一间神奇的教室

郑海玲 著

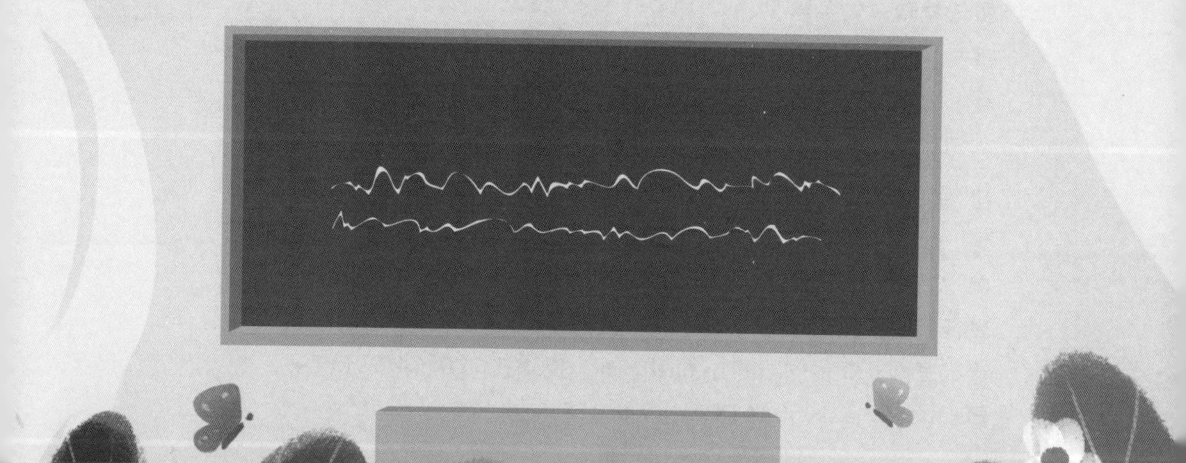

山西出版传媒集团 山西人民出版社

图书在版编目（CIP）数据

一间神奇的教室 / 郑海玲著 .—太原 ：山西人民出版社，2023.3
ISBN 978-7-203-12486-3

Ⅰ. ①一… Ⅱ. ①郑… Ⅲ. ①儿童小说—长篇小说—中国—当代 Ⅳ. ①I287.45

中国版本图书馆CIP数据核字（2022）第241548号

一间神奇的教室

YIJIAN SHENQI DE JIAOSHI

著　　者：郑海玲
责任编辑：史美珍
复　　审：崔人杰
终　　审：梁晋华
装帧设计：张慧兵

出 版 者：山西出版传媒集团 · 山西人民出版社
地　　址：太原市建设南路21号
邮　　编：030012
发行营销：0351—4922220　4955996　4956039　4922127（传真）
天猫官网：https://sxrmcbs.tmall.com　电话：0351—4922159
E－mail：sxskcb@163.com　发行部
　　　　　sxskcb@126.com　总编室
网　　址：www.sxskcb.com

经 销 者：山西出版传媒集团 · 山西人民出版社
承 印 厂：山西基因包装印刷科技股份有限公司

开　　本：720mm×1020mm　1/16
印　　张：18
字　　数：280千字
版　　次：2023年3月　第1版
印　　次：2023年3月　第1次印刷
书　　号：ISBN 978-7-203-12486-3
定　　价：56.00元

最好的春天

文／丁立梅

海玲嘱我给她的教育随笔写个序，我是有些犹豫的，我极少给人写序，是不想“画蛇添足”吧。且每个人的文字，只有自己最懂得，我又怎么能够随便评说？但海玲不同于一般的写作者，一般的写作者写出的东西，更多的是有着“创作”的成分在里面，难免有雕琢的痕迹。而海玲的，百分之百来自真实发生的事件，是她用心记录下的点点滴滴，是自然生长出的一花一草。

我喜欢这个自然。

我于是，一页一页地，慢慢翻看这本叫《一间神奇的教室》的随笔集。从“我在秋日里种下一枚欢喜”，一直到“携手的光华”，她的那些孩子，田崇乐、张书婉、邓智彤、程佳哲、吴佳明、梁艺缤、张祖奥、刘天宇、成天乐……一个一个，恍惚在我跟前蹦蹦跳跳着。他们像小鸟一样快活，他们像蝴蝶一样美好。

我该用春天来形容海玲。她的身上，有着春天才有的阳光、热情、温馨、明媚、善良、耐心、执着，还有可贵的怜悯和孩子气的天真。

再坚硬的“顽冰”，在她的温情抚慰下，也慢慢融化了；再不愿开花的“小草”，在她的悉心呵护下，也钻出羞涩的花蕾——尽管微小，可是，那也是属于他们自己的一朵花。看她的教学随笔，我很容易走神，总觉得她左手握着春风，右手握着春雨，是一个在修行的路上，修炼得颇有几分道行的人。她使怒放的生命更加怒放，也没有遗漏掉卑微地躲在角落里的。即便是掉在石缝中的一颗“种子”，她也给予眷顾，施以春风春雨，让它能生根发芽，盛开出另一番灿烂。

“教育，是深入灵魂的事，是精神上的扎根和熏染。”她是这么说的，也是这么做的。她是一个真正把三尺讲台当园圃，而努力耕耘、精心栽培和浇灌的人。她的园圃里，可以长牡丹，可以长君子兰，可以长含羞草，也可以长小野菊，甚至，一些小青草来了她也欢迎。每一个生命，都是一个个体的圆满，在她的园圃里，都获得应有的尊重。她努力发现他们身上的闪光点。为着一点点闪亮，她真诚地欣喜，且不吝掌声。

孩子们遇见她，是遇见最好的春天了。她深情一唤，53朵小花群起呼应，绽开出一个个小小战鼓。“走过万水千山，教育终究会回归到人的模样”，我以为，她做到了。

（丁立梅，作家，江苏东台人。代表作品《风会记得一朵花的香》《有美一朵，向晚生香》《丁立梅的写作课》。出版作品逾百部，被读者誉为“温暖人心的作家”。其作品在多地中小学被列入课外阅读推荐书目，上百篇文章被设计成语文考试现代文阅读材料，连续15年被超过三十个省市选作中考试题 。）

目　录

第一辑　我在秋日里种下一枚欢喜

第二辑　也做牧羊人

第三辑　愿每个日子都遇见欢喜

第四辑 碎 暖

第五辑 悠悠时光，欢笑声中地老天荒

第六辑　让日子就这样慢下来

第七辑　携手的光华

第一辑

我在秋日里种下一枚欢喜

此刻的我，也在秋日里种下一枚欢喜，等待他日，陌上可以开成一城芙蓉色，风起时，眷念萦绕，风过处，依然香息半亩。

我在秋日里种下一枚欢喜

一次作文课，修改重写考场作文《乐在其中》。大约半节课的时间，孩子们都在低头刷刷地写着，非常专注。蓦地，一个柔弱白皙俊俏的女生把手举过头顶，用祈求的眼光望着我，我迅速走下讲台，来到她身边，俯下身子，与之交谈。

“怎么了，孩子?”

“老师，我不想写这个作文了!”

“为啥呢?”

“我不知道咋写。”

“就按照刚才我讲的，写一件让你快乐的事就可以了!”

“老师，我没有快乐……”

“怎么会没有呢，孩子！学习压力大？还是别的什么？你可以写家里的快乐啊!”

“老师，家里就更没有快乐了!”

“怎么会呢，你的爸妈一定会带给你很多快乐的!”

“没有，老师，真的没有……”

此刻，你眼圈微红，睫毛湿润，我不敢再说话，我知道，我触到了你内心最柔软的角落。

“放学后，我去妈妈门市那里，妈妈很忙，顾不得搭理我!”你继续说。

“爸爸呢?”我轻声试探着问。

“爸爸在外面打工。”

“哦，那爸爸回来后，你应该就会有快乐了!”

“不是，老师，他每次回来都要与妈妈闹分家……”你的眼泪已经落下!

我错了，我犯了个大错，不敢再说下去！手不自觉地抚摸你的脸颊："孩子，咱不写快乐了，你想写什么就写什么吧！"我再一次抚摸了一下你的头发，你的眼中掠过一丝惊喜，嘴角轻微上扬。

多么可爱的孩子！

我快速走回讲台，拿了新的作文纸递给你，微笑鼓励。

于是，你开始埋头书写你自己想写的东西。

我的心在微微颤抖！

多么坚强的孩子！

让我没想到的是，又是半节课后，当同学们上交作文《乐在其中》时，你竟然也写完了你自己想写的作文，满满两大张，这是怎样的速度啊！我惊叹！

与此同时，你举手向我示意，我快速走过去，接过你的作文，微笑鼓励："孩子，你真棒！"

《面具》，没错，这是你本次的作文题目，我再一次震撼！瞬间，我明白了你小小年纪所经历的一切！

"孩子，谢谢你的信任，如果你愿意，我愿做你的好朋友，为你分担忧愁，听你倾诉，尽我最大能力看见你的笑……孩子，加油，努力向着美好奔跑！"

这是我在你的作文纸上写下的评语。

放学后，你来到我的办公室，依然拿着那份作文，递给我，然后深深一鞠躬，抬起头，你的眸子里充满了明净与美好！

我张开双臂深深拥抱你："宝贝，加油，一切都会好！"我拍拍你的肩。

"老师，再见！"你朝我挥挥手。

终于，我看见了你的笑！

自此，语文课堂上，我特别关注到了你。你的脸上，再也没有了往日的忧愁，取而代之的是含羞草般的微笑。学生互动阶段，你也开始了与同桌的交流，并一次次高高举起了手。我看在眼里，乐在心底。

这就是爱的力量。

今天的语文课，我们依然在学习《论语》十二章。小组交流阶段，你时而朗读，时而与同桌交流，时而又望望我，眼中充满了期待。是啊，我知道，你期待着我让你们小组展示，我也期待着你给全班同学带来惊喜。于是，在这种美好的期待中，你高高举起了手。

“知之者不如好之者，好之者不如乐之者。”你甜美洪亮的声音在教室里回荡。

“生活中，你又是以什么为快乐呢?”我看着你的笑，如此问你。

“读书啊!”你不假思索地回答，用含羞草般的微笑看着我。

我内心为你鼓了一万次掌!

孩子，让我如何不爱你!

课堂小结阶段，我们再一次回顾了“四书”:《论语》《大学》《中庸》《孟子》。

“这些书我家里都有，同学们如果想看，可以向我借!”我忽然想起家里有这几本书，就随口说出了上面的话。

令我没想到的是，下课后，我刚走出教室，你就拉着你的同桌追上了我，满脸的笑容，似风中的莲花，又如山间的百合。

“老师，我想看您家里的《中庸》，如果您有《古文观止》也给我带着。”你看着我说，依然在微笑。

我全身都震悚了起来!

你竟然向我借这两本书，对一般同学来说艰涩难懂的书!

我惊讶了几秒钟，马上回答你:“好好好，我明天给你带来!”

你蹦跳着离开了，飞向教室!

回到家，我就赶紧寻找这两本书，还好，它们都在书架上，我把它们取下来，放在显眼的位置，对自己说:明天千万不能忘了带。

我在想象着，此刻的你，作业一定写完了，一定在灯下读着自己喜欢的书，跟着书里的故事一同欢笑!

这是一幅多美的画面啊!

于是，此刻的我，也在秋日里种下一枚欢喜，等待他日，陌上可以开成一城芙蓉色，风起时，眷念萦绕，风过处，依然香息半亩。

彼岸在哪里

午间，小憩一会儿，眯上眼的瞬间，满脑子翻腾着的都是孩子们上传的作业和背诵的视频，这是一幅幅画卷，又似一场场影片。

幸运的我，不出家门，也能够天天欣赏“美画”，日日观看“影片”，并且还是“连续剧”。

此刻，脑海中闪现了一个小姑娘的画面，她基本上每天都是第一个起床晨读打卡的，现在，每天早晨睁开眼，我都得先去钉钉看一眼，看看这个小孩是不是已经上传了背诵的视频，好在她每天都不会让我失望，并且惊喜不断。她是谁呢？没错，她就是42班的成天乐。

还记得周一早晨，是全校师生与家长线上升旗活动时间，我并没有特别强调晨读一事，因为学校安排的线上升旗时间是早晨七点二十分。那天，我同样早早醒来，翻看钉钉，原来，成天乐已经在六点二十六分打完了晨读的卡。你看，她顶着一头碎碎的干净短发，戴着厚厚的眼镜，着一乳白色的羽绒马甲，靠在灰白相间雅致的窗帘前，面带微笑，正在背诵《式微》和《子衿》。柔和的灯光打下来，照在她白皙纯净的脸上，那不正如《诗经》里的女子吗？她正欲穿越时空，透过小小的屏幕，向你招手，带你迎接美好的一天。

我们再看看今天的晨读，早晨七点零一分，成天乐已经熟背了《社戏》中的第十和十一段。打开视频的瞬间，她甜甜的微笑和琅琅的读书声扑面而来。“……两岸的豆麦和河底的水草所发散出来的清香，夹杂在水气中扑面的吹来；月色便朦胧在这水气里。淡黑的起伏的连山，仿佛是踊跃的铁的兽脊似的，都远远地向船尾跑去了……”这段话，我应该在三十多年前背过，至今仍记忆犹新。那时，是为了完成老师的任务，并不真正懂得这句话背后的意境，更不明白这样一幅画面在鲁迅的心中所占的分量。今天听来，却另有一番意味。这是调用了各种感官，抒写了“我”对那方净土的热烈赞美和无比怀念之情，还有那最自然的人情美，都是“我”一生所渴求的啊！亲爱的天乐宝贝，你读懂了吗？看着你轻松的背诵表情，微微带笑的脸蛋，你是随着文中的“我”，还有那群小伙伴一起踏上那方净土了吗？是的，我坚信，你懂了，一定懂得了。

当钉钉里铺天盖地的背诵声传来时，早晨七点零九分，你的身影又出现在了你们A3组的小组群里。两个视频，一个是跳远，另一个是跑步。只见你顶着一头碎发，还是那副厚厚的眼镜，不同的是多了一只蓝色的口罩和一件红色醒目的外衣。你干净的短发随着你跳远或者跑步的动作一起起伏，你就这样一下一下地跳着，一步一步地跑着，屏幕里还不时传来你奶奶的加油声。你跳出了今天我眼中最美的长度，也跑出了你脚下最坚定的路程，奶奶的呐喊声，也成了今天清晨我手机里最动人的声音。

此时此刻，敲打着上面的文字，又一遍遍翻看着你读书、跳远、跑步的视频，我只想说，孩子啊，谢谢你，你努力的样子，真的很美。

还记得周末的练笔，我们练习的是《彼岸并不遥远》。仍记得你是当时第一个上交作业的孩子，是周日早晨七点二十三分。你写的大概内容还是现在的疫情，期望疫情快快退去，春天快点到来，立意也很高。还记得当时我给你的评论：“内容有点空，根据自己的实际情况，写写自己的彼岸以及为之付出的努力，如何？”当我在钉钉为你写下这样的评语时，第一感觉告诉我，你一定会再写一篇的，因为，平时，你对自己的要求是完美的。结果，正如我所愿，下午五点零九分，你的奶奶用私信钉给了我你重新写的练笔，我看到时正在忙着批改两个班的所有周末语文作业，当然也包括练笔。因此，当时，我大体浏览了一遍，给你点了大大的赞，就去忙其他作业了。可能是因为我对你充满了信心，坚信你一定能写好，也一定有自己内心深处的“彼岸”。直到今天，我写下了上面的文字，才真正想起来，我还没有好好读你的第二次练笔，也还没有给你好好写评语，深感愧疚。

“……初一下学期时，我异常浮躁，也不知为什么，做所有事都是敷衍了事，在我的荒唐度日中，迎来了期末考试……我跌入低谷……于是，我下定决心好好学习，于是，我走上了一只小扁舟，开始了我的旅程，望着那宽阔的大海，心里不由得产生一丝恐惧……清晨，一阵闹钟声将我惊醒，我穿好衣服，来到院中跑步……其实，彼岸并不遥远……”

再次认真读你的那次练笔，我似乎更加读懂了你，也把我的思绪拽回到了那个初一下学期。

是的，你当时退步很大，可以说是一泻千里。记得我当时就找你谈了话，肯定了你的实力，并相信你一定能行，还给你的爸爸打了电话，希望他能给你加油鼓劲。没想到，第二天，你的爸爸就带着你的奶奶一起来到了学校。我清楚地记得，当时我在上晨读，你的奶奶和爸爸就在我们教室东边楼道的拐角处，等了我足足一节课，很是让我感动，也是从那时起，我知道了你们全家都是非常重视教育的。也是从那时起，我从你奶奶那里，了解到你曾经是多么优秀，也是你的奶奶陪伴着你一路走来的。从咿呀学语开始，她就给你读故事书，再大一些，为了叫醒沉睡的你，她在你小小的背上写字，让你猜是什么字，你就精神抖擞地起床，开始一天的学习之旅。小学时，你曾经多次作为升旗手，多次参加歌咏比赛和古筝演奏比赛……成绩也一直名列前茅。

孩子啊，你就这么稳稳地走，在老师的目光里，在家人的关爱里，在自己的勤奋里，慢慢朝着你的彼岸靠近。

你说，其实彼岸并不遥远，但只有有恒心、有耐心、有实力的人才能发现到达彼岸的捷径，因为那是幸福之花盛开的地方。

孩子啊，彼岸在哪里呢？是的，你已经做出了最好的回答，其实，彼岸并不遥远。就在你琅琅的书声里，在你书写的每一个汉字里；在你所走过的每一个脚印里，在你所跨过的每一段距离里；在你早起的每一个晨曦里，在你晚睡的每一缕灯光里……

盼你长成我想要的样子

放假十天了，几次接到你爸妈的电话，说是你假期作业一点也没写，还经常不回家，偶尔回来也是很晚，昨天回家又是凌晨两点……

即使手头有再重要的工作，我也得放下，我必须见你！于是，放假后第一次家访，我出现在你们家里。

早晨七点五十几分，我来到你家楼下，你的妈妈为我打开门，满脸疲惫，眼圈微红。早就知道你爸妈经营一家快餐店，每晚很晚才能关门，早晨还要早起赶集买菜，很是不易。

我与你妈妈就在你家一楼的门厅里谈着话，她顺手给我拿了个马扎，示意我坐下，同时，还递给我一瓶水。

“从放假到现在，他基本上不理我们，每天都回来很晚，有时干脆就不回家……”你的妈妈已是满脸泪花。

“为什么会这样呢？”我也很是担心。

“可能是他爸爸前几天打得太狠了吧！”说话期间，爸爸从楼上下来了，估计没有四十岁，可鬓角已斑白，同样是满脸忧郁。爸爸带来的消息是你还在楼上睡觉，由于昨晚睡得太晚了。

“请您上楼告诉田崇乐，郑老师想见见他！”这是我与爸爸的对话。

不知过了多久，爸爸下楼带来消息，说你在楼上洗澡，不愿意下来。

我猜测，你一定会见我的，你在楼上洗澡，是想给老师一个干净整洁的形象。

估计你快洗好了，我央求你的妈妈带我上楼去找你，确切地说是请你。等我们来到三楼，你已经洗完澡，把头埋在了被子里。没经你的允许，我就坐在了你的身边。

“乖乖，你给我帮个忙行不？带我一起去找孙培宇，他放假到现在，一直没有消息，我打了几次电话，家长都没接，也没回！”这是我见到你的第一句话。

你没有反应，片刻后，起身，到另一个房间，把自己反锁在里面了。我敲门，你不回应。几分钟后，门被你打开了，此刻的你，穿戴整齐，站在门旁，我知道，你愿意跟我走了，内心真的充满了对你的感激，谢谢宝贝没有完全排斥我！

于是，我牵着你的手，我们一起下楼，坐进我的车里。我发动车，摇下车窗，跟你的父母道别。此时，你乖巧得像只绵羊。

“我把你们的儿子田崇乐带走了哈！”直到此时，我才看到你爸妈脸上微微的笑意。

“宝贝，孙培宇家在哪里啊？”

“我只知道在康庄，具体位置我也不清楚。”你终于开口说话了，我从内心再一次感谢宝贝没有对我封闭自己。

我们驱车向东，然后左转，缓慢驶向康庄，并一路为你寻找着早餐。从康庄的东头驶向西头，只有几家卖包子或者油条或者胡辣汤什么的，没有一样我觉得能配得上你的早餐，更没有一处能配得上我俩如此默契的场所。

我把我的手机给你，告诉你再次拨通孙培宇家长的电话，一遍又一遍，依然无人接听。我想让你知道，我是确实央求你陪我一起寻找孙培宇。

但我今天的主要意愿，是尽我最大的努力改变一下你，我能感觉到，聪明的你已经意识到了！就这样，我俩都不说破，一路继续寻找，肯德基或者德克士都可以，可偏偏都没看到。

驶出康庄，左转，右转，前行，再左转，记不清在哪个路口，看到了这家类似肯德基的店（我真的记不清它叫什么名字了）。

“我们去这里吃早餐行吗？”“行！”

“你来过这里？”“是的！”……

记不清经历了几次对话，我们开始点餐。

“看屏幕上那么多种类，你喜欢吃哪一种?”“都管!”

再问一遍，你依然是俩字“都管”!

没办法，我只能随意点了个桶装套餐。

坐在你的对面，看你满心欢喜地吃早餐，有一种叫作幸福的暖流流淌在我的心间!

“能跟我说说放假后你每天的生活吗?”“上午与我的几个小学同学一起打打篮球什么的，下午和晚上去练街舞。”

“这些天，你不在家时，住在哪里了?”“住在同学家了!”

……

“爸爸打你时，你没有吱声，没有反抗，更没有还手，这是你对父母的孝顺，说明你是一个内心善良、懂得感恩的孩子。父母的教育方式也许不对，但他们也是内心着急，没有办法，你可懂得?”

“嗯!”

“以后有啥想法多与父母交流，别把啥事都憋在心里!有时候，人与人之间不是缺少理解，而是缺乏交流!他们是多么爱你啊!”

你使劲点了点头，并表示从明天开始好好完成假期作业，我们互相击掌!

不知不觉，已是上午十点，没吃完的东西打包带走吧，你也乐意，并去前台取了打包盒与打包袋。

回来的路上，我们终于无话不说，笑意也终于爬上你红润的面颊。

“等将来老师年纪大了，扛不动东西了，你愿意帮我吗?”我戏说。“管!”你大声回答!再次击掌!

阳光，自信，温暖，希望。遇事不悲不喜，遇人不卑不亢，永远脚踏实地，刻苦勤奋，进而顶天立地!

这是我对你的希望与祝愿!

盼你长成我想要的样子!

一定会的，对吗?

谢谢你的爱

开学一个多月了，你的存在感一直很弱的，记不清从哪天起，我特别注意到了你。

是那天卫生大扫除？还是那天你去排自行车？抑或是那天你低头帮助别人打扫卫生？都无从知道，毫无迹象地，你走进我的关爱里。

你的眼里总是充满了忧郁，抑或是期待，即使在我表扬你的时候。忧郁什么呢，孩子？你又期待什么呢？

第一次月考结束了，你的成绩不太好，于是，你的眼中又多了一份忧郁。

于是，我想走近你。

“孩子，我看见你在努力，其实，你真的非常优秀，我很喜欢你，再加把劲，期中一定会创造奇迹……”一个安静的午后，我站在你的身旁，抚摸着你的后脑勺，微笑，看着你的眼睛，说出了上面的话。

你点头，嘴角微微上扬，依然不说话，继续埋头写作业。

但我能感觉到，你内心的变化。

于是，接下来的日子，你真的是每天进步一点点，努力做最好的自己。打扫卫生时，你更加卖力；书写作业时，你更加认真；语文课堂上，你开始看着我的眼睛听课……

我知道，短短的交流，拉近了我们之间的距离。

我更知道，42班一个忧郁的少年，正在朝着太阳升起的地方飞奔向前。

今天，又是一个新的周一，天气很好，秋日的阳光，照在人的身上，暖暖的。大课间，跑操正常进行。虽然我的脚还没有好利索，但我依然站在你们中间，目送着你们一圈圈地跑啊跑啊，看着年轻的生命运动在操场上，真美！

每次跑过我身边，你总是向我投来关切的目光，看着气喘吁吁的你，我用眼睛告诉你，加油孩子，终点就在不远处！

终于，广播里音响停止，今天的跑操结束了，同学们陆续离开了操场，向教室走去。我立在操场，目送着你们，你却迟迟不肯离开。终于，你鼓起勇气，向我走来。

“老师……”你两眼注视着我，好像有话要说。

“怎么了，孩子？该上课了，快回教室吧！”我对你说。

“老师……老师，您的脚好了吗？”你看看我的脚，又把目光移向了我的眼睛，充满了关切与期待。

我内心为之一震！

孩子啊，原来，你的迟迟不肯离去，就是为了问候老师，关切老师上周一不小心崴的右脚！

“没事了宝贝，赶紧去上课吧！”我用脚做了个好了的动作，我的手情不自禁地又拍了一下你的肩。

你这才放心，飞奔着向教室跑去。

“谢谢你的爱，孩子！加油，向着美好奔跑！”我望着你的背影，在心里对你说出了这句话，我知道，你能听得到。

此时，太阳升得更高了，阳光穿过东操场的栾树照射在草坪上，温暖美好。

大婉的蜕变

张书婉，人称大婉，42班的体育委员。皮肤白皙，小鼻子小嘴，眼睛却清澈透亮，因此，给人一种清秀俊俏的感觉。跑起步来却是飞快，又称“飞毛腿”。曾经疯疯癫癫，叛逆得无法无天，成绩也不理想。她是同学们眼中的疯妮子，与同学打得火热，却与父母很少交流。

据她妈妈讲，每晚的作业基本不做，每天放学后总是先看课外书，磨磨蹭蹭就是不说写作业之事，更不与家长交流。妈妈一说她，她就砰的一声把门关上，然后，不知什么时候就睡着了。写作业的事，也只能拖到第二天早晨了，于是，晨起后潦潦草草把作业写完应付了事。有时候，早晨起不来，作业就无法完成，如此经历了几个月的时间吧，家长基本被气得吐血，束手无策。

我也找她谈了无数次的话，每次不管说什么，她都沉默不语，表面答应了，回家后还是我行我素，作业照样不写。

“您把她带走吧，我实在不知咋办了！”有一天，她妈妈满脸焦虑地对我说。

于是，大婉就跟着我一起生活了八天。跟着我的日子，她却温驯得像只小绵羊。每天晚饭后就主动去写作业，偶尔有题不会，我们就一起解决，完成所有的书面作业后，还主动复习背诵当天学习的政史地生。

我家小区门口，基本是小吃一条街，偶尔，我俩也一起去吃点垃圾食品，烤面筋、烤鱿鱼之类的。当时，虽然她很少与我交流，但我依然能感觉到她很享受与我在一起的日子。

在这短短的八天时间里，我还发现她特别聪明。

一个周末，我网购的厨房储物架快递来了，我捣鼓了半天都没有安装好。于是就求助大婉，谁知她看了一遍安装说明，三下五除二就捣鼓好了，真是个神奇的小孩。“你太聪明了，宝贝！”我脱口而出，然后抱起这个小家伙在客厅转了一圈。“快去写作业，写完我们一起去超市买好吃的！”她像小鸟一样飞到书房，奋笔疾书。

我忽然非常喜欢这个小孩儿，如果我也有女如此，那该多好啊！

超市里，大婉推着购物车寻找自己爱吃的东西，我在旁边跟着，不时提醒她：“想吃什么尽管往车里装哈，咱不差钱！”她笑笑，继续往前走。偶遇一熟人，看到我俩，非常吃惊：“哎呀，郑老师，这是你家姑娘啊！”“是啊！”我自豪地答道。大婉笑红了脸，那神情，是对我的回答表示吃惊？还是欢喜？都无从知道，反正，我是过了一把有闺女的瘾，真好！

这次超市购物，更加拉近了我与大婉的距离，吃饭时，我俩的说笑声多了起来。偶尔，也谈论班里的小孩，哪个最爱学习，哪个上课（语文课除外）最爱举手回答问题……忽然，我发现，她所谈论的同学都是我和老师们眼里共同的好孩子，不禁窃喜，大婉要进步了。

大婉真正蜕变的开始应该从那次运动会说起。

身为体育委员，她是第一个填表报名的，短跑、中长跑、接力，记不清是什么了，反正就是各种跑里都有她的名字。枪声一响，她飞一样往前冲，跑到班级方阵前，同学们是各种欢呼声冲向大婉，她跑得越发快了，基本上拿下了各种跑的冠军，有两项还打破了学校纪录。每次跑完回到班级队伍，同学们是各种喝彩，恨不得把大婉举起撂在空中。领奖台上，更是一次次出现大婉的身影，此时的大婉，脸颊微红，眼睛充满自信，显得越发美丽！

此后，大婉像变了一个人似的，开始努力学习了。听课也变得专注了，作业也基本能按时完成，她妈妈眼里所谓的叛逆在渐渐消失。接下来的月考中，她成了班级进步最大的孩子。班会课，让她谈进步的感悟，她说：“只要上课好好听讲，跟着老师的思路走，不至于听得一头雾水，想考好也并不是那么难！”台下掌声一片。

自此，大婉成了进步的典型。

每天晨读，她都能早早来到教室，站立，大声读书，有时候也举手示意，让我帮她检查背诵，她都能顺畅过关。作业也越来越规范，书写越来越干净，上课也开始了主动举手回答问题。在老师与同学们的眼里，大婉成了“好孩子”的典范，于是，更多的笑意写在了她俊俏的脸上。

“你的目标是什么呢?”一次班会课，面对站在讲台上的大婉，有同学这样问她。

“赶上张译文!”她羞涩地答道，台下又是雷鸣般的掌声。

“你最喜欢的事情是什么?”又有同学如此问。

“读书啊!”“疯妮子”大声回答，退去了羞涩，走下讲台。

我这才想起，大婉的文笔是一天好过一天，她的作文曾经几次作为范文在班上读过。她先前的不写作业，也是把时间用在了看课外书上，而不是游戏或者上网。

一个偶然的机会，又与大婉妈妈交流，她家里的书桌上，张书婉的目标实际是追赶李姗诺，这是一个内心多么强大的孩子！只是，原来的她，因为弟弟的出现，缺少了关爱与鼓励，她用自己所谓的叛逆，来引起家长的关注。慢慢地，经过了一段时间，又遇上运动会的超好成绩，再加上她本身天资聪慧，自信的潜能被激发了出来，于是，在班里找到了极强的存在感，变得更加欢快了。

这，就是成长。

每一个孩子的成长，都是需要一个过程的，作为家长和作为老师的我们，都急不得。我们需要好好引领，好好给予孩子关爱与鼓励，更需要静静守望。因为，每一个孩子，都是一株花，即使同时栽下，花期也会不同。不管怎么说，每个孩子的内心，都做着一个开花的梦，默默积蓄，不舍不弃，有朝一日，定会疼痛绽放。

祝福可爱的大婉，我会与你的妈妈一起静静守望花开。不管你开出怎样的花，我们都喜欢。

风中的莲花

拿到分班名单，初见你的名字，我就想到李渔《芙蕖》中的“日高日上，日上日妍”。因此，我联想，你的父母为你取这个名字，一定有他们美好的心愿，你也一定是个阳光向上的姑娘。

开学没几天，我认识了你，但留给我的印象却与我当初想象的不一样，你的脸上分明写着几分忧郁。

接下来的日子，你在班级的存在感也不那么强，与同学及老师没有过多的交流。但却能够按时完成老师布置的各项作业，也能够遵守学校及班级的各项规章制度，成绩也一直不高不低。于是，就这么安分守己地，你在42班度过了一个学期。

本学期开学后，你的英语突然下滑得厉害，连最基本的单词往往都默写不过关。为此，我也找你谈过很多次，询问原因。不善言谈的你，也没有跟我说出为什么。我看在眼里，急在心里。

为何忽然会这样？我千万次地问自己。

为什么忽然想写一写你，这都源于本学期期中考试前几天，一个下午放学后，我目送着同学们陆陆续续走出教室。你，最后一个离开，来到我面前，非常认真地问道：“老师，怎么才能更快地记住英语单词？”我的心中迅速飞过一个叫作“欢喜”的词语，于是，赶紧把你带到英语闫老师的办公室，刚好，闫老师也还没走。向她说明情况后，我就去处理当天留下的问题了。

原想着你会讨到学习英语的技巧，但接下来的几次英语小考，你的成绩仍然不尽如人意。

直到期中考试成绩揭晓，你再一次退步很多。

我不得不再一次走近你，了解你。

那天，下午放学后，同学们踏着校园里悠扬的歌声，排着整齐的队伍，陆陆续续回家了。我拉着你的手，来到办公室，示意你坐在我邻桌的椅子上，此刻的你，好像也没有了往日的胆怯。于是，你我开启了下面的对话。

“平时，在家里，谁陪你写作业啊？”我抚摸了一下你整齐的刘海，如此问道。

“没人陪我啊！”你立刻回答。

“为什么呢？你爸妈都很忙吗？”我也顺势追问。

“他们不是太忙，是我不想让他们陪，写作业的时候，有个人坐在旁边我总感觉不舒服。”你噘着小嘴，眼望着我，一副很无奈的样子。

“哦，原来是这样啊！宇妍啊，以我做父母的经验，我感觉陪伴孩子写作业是一件很幸福的事情，每一对父母都想做幸福的父母。以我这半年多对你的判断，你是一个热爱学习并懂得孝道与感恩的孩子，我相信你也一定会给你的爸妈这种幸福的！”我再一次拍拍你的肩膀，抚摸一下你的齐耳短发，并微笑点头示意你试试。

“好吧老师，我试试！”你终于露出了笑容，很甜，很美！

“老师，你办公桌前的这几枝绿萝真好看！”

“是啊，这几天我又给它们加了营养，长得更加茂盛了！”

你我之间终于可以以这种轻松的方式交流了。

“这次期中考试，为什么又退步了呢？乖乖！”我试探着问。

“老师，我告诉你实话，我晚上玩手机了。”你脸上没有了笑容，是害怕我吃惊乃至发火吗？

“你是一个真诚而又勇敢的孩子，谢谢宝贝的坦诚！”我站起来，拥抱了这个勇于反省自己的孩子。同时，也明白了她成绩忽然下滑的原因。

“老师，我保证以后绝不玩手机了，我一定会好好学习的，请您相信我！”你睁大了眼睛望着我，内心一定充满了恐惧。

“老师绝对相信你，你能再回答我一个问题吗？”

你点头。

“手机是你自己的？还是爸妈的？”

“是我妈妈的！”

“你妈妈的手机晚上都是你拿着吗?”

“不是，是写完作业后妈妈让我听英语用的，我没听，就只玩游戏了!”你如是回答。

我明白了，是妈妈对手机管理不严，让缺乏自控力的你钻了空子。

“没事宝贝，再次感谢你的坦诚，咱从今天晚上开始不玩手机了，完成作业后早早休息，好吧?”经过这么长时间的交流，我坚信你一定能做到。

你使劲点了点头，挥手与我说再见!你走出办公室的门，然后，门外就传来了轻快的下楼声，我知道，你一定是释然了，明天定会给我带来惊喜!

于是，你走后，我拿起电话，又与你的妈妈沟通很久很久，让她做好对你的陪伴工作，合理管理好自己的手机。

当一切工作做完，已是夜晚，我下楼走在校园里，仰望夜空，繁星满天，很美，很蓝。明天一定会更好!

第二天清晨，我早早站在教室里，就想看看一夜后你的模样，只见你背着书包，笑容满面，向我走来。

“宇妍，昨晚休息得可好啊?”我笑着问你。

“挺好的啊!还有啊老师，昨天晚上我妈妈一直陪我写作业，我忽然发现，有个人陪真好啊!”你开心地手舞足蹈，向我表达着你昨晚经历的一切美好!

此时，靠窗的丁麒元，顺手打开了窗户，一缕暮春的清风吹来，刚好吹散了你的头发，你顺手捋了一下，把它们重新别在耳后。此刻，你的笑容更加灿烂，我顿时又想到了《芙蕖》中的“日高日上，日上日妍”，你不就是那朵莲吗?“有风既作飘摇之态”，希望无风的日子，你也能呈“袅娜之姿”。

是的，此后的日子，你像变了个人似的，每天开心无比。终于，在你的身上，我看到了我想看到的模样。

希望，所有的孩子都如你一般，似莲，永远以最美的姿态绽放在风中。

看见你的笑

出人意料地，今天清晨，我刚到教室，你就带着大把的微笑蹦跳着进来了，直视我的眼睛，大声道："老师，早上好！"

"早上好，宝贝！"我惊喜无比，赶紧回复道。

孩子啊，知道吗？你的微笑与问候，我真的是期待了好久好久。

脑海中不时闪现初一下学期你刚插班时的情景。

当时，过完春节，刚开学，乍暖还寒时刻，你穿着一件单衣，露着长长的脖子，顶着遮眼的长发，带着满脸的疲惫，在一位自称是你姨的女士的陪同下，由张校长带领，来到42班门前。我看着你充满"社会气息"的形象，顿时感到你的"不一般"，很不情愿地接过校长手中的插班通知单。"张校长，这个学生我暂且收下，观察几天，如果不遵守班规校纪，就哪里来哪里去哈！"这句话，我是说给校长听的，也是说给你听的。

就这样，我带着你，在一阵热烈的掌声中，来到了42班。

然后，我通过与你的姨妈交流，知道了你来自定陶区，现在暂住在她家里，并且你的姨父是教授，能够辅导你的学习，我好像对你忽然有点放心了。

"今天中午放学后，把头发理了，理成女生标准的学生头！"这是你入班后，我对你说的第二句话。

当天下午到校时，你确确实实顶着一头短发走进教室。"这个女孩子，也许没有我想象的那么难管理。"这是我看到你理发后的真实想法。因此，对你的警惕就少了三分。

可谁知，接下来的课堂，你的问题层出不穷。

"老师，邓智彤上课看课外书！"

"老师，邓智彤上课传纸条！"

“老师，邓智彤上课玩明信片！”

……

这是天真可爱的孩子们在向我罗列你的种种过错。

于是，我开始在课堂上仔细观察你。

是的，语文课堂上，你基本不抬头。我拿过你的笔记仔细看你的书写，也基本看不清。

“孩子，认真书写好每一个汉字！”我端详着你青春但却没有活力的脸颊。

“嗯！”你点点头，却不敢正视我。

其他课上课时，我也经常站在教室的后门外，透过狭窄的门玻璃，观察你的听课状态。有时候，你趴在桌子上，一动不动；有时候，你低头玩东西；有时候，你又在与同桌或者前桌说话。

于是，我一次次地找你谈话，每次，你都是站在那里，低头不语，我陪你站着，很想很想了解你的内心世界。你也总是不说话，不抬头，无论我用什么办法。很是让我无奈。

一次大课间，我真的在你的课桌上发现了大把的明信片和黑蓝相间传递的纸条，明信片上是当红影星的照片，我记不清是谁的了，纸条上大部分都是和手机QQ有关的内容，什么游戏啦，周末去哪儿玩了，等等。

这一次，我真的火了，叫来了你的家长。你瘦弱的妈妈带着你的什么表姐一起来到42班教室门前，我把明信片和你上课写的纸条拿给她们看，也向她们一一罗列你上课的“罪行”。当你胆怯地走出教室门时，你的妈妈大发雷霆，上去给你一个大大的耳光，于是，你的那张本就没有微笑过的小脸，瞬间出现了几个通红的指印，两行泪水也顺着那几条指印流了下来，但你却没有哭出声来。我惊呆了，被你妈妈突如其来的举动惊呆了。也后悔了，后悔叫来了你的妈妈。也忽然明白了为什么在你的脸上看不到微笑。

我赶紧阻止你的妈妈再出手，顺便拿出纸巾擦拭你的泪水。

“老师，我以后好好学习，再也不敢这样了！”你哭着向我说。

“好孩子，整理一下情绪，先回教室吧！”我继续为你擦拭泪水，然后整理了一下你的衣领，拍拍你的双肩。

与你妈妈交流后才知道，先前带领你入班的姨妈，原来是一所公寓的老师，她与你非亲非故，那个所谓的教授也与你家没有任何关系。原来啊，你一直住在校外的公寓。我没法想象那里究竟是什么样子，有没有可口的饭菜？有没有舒服的床铺？有没有能让自己静下心来学习的环境？有没有知心的同学？……无数个问号画在我的心中。但我深知，那里一定没有妈妈的味道，那里一定也没有爸爸的关爱。

我更加明白了你的脸上为什么没有笑容。

孩子的成长怎么能少了爸妈的陪伴！

“能不能克服一下困难，来陪读？”我看着你那个还在气愤之中的妈妈，试探着问道。

“她爸爸还在外地打工，等他回来后我们商量一下吧！”你的妈妈如此回答，此时，她也抹起了眼泪。

几分心酸充斥在我的心间。

又是一个不容易的家庭。

我在责备自己为什么没有早一点对你多一点了解与关爱。

日子就这样缓缓流淌，经过了初一下学期一个漫长的春季和短暂的夏季，你没有再玩明信片，也没有发现你再在课堂传纸条，同学们对你七嘴八舌的“告状”声也少了许多，你依然是这样安静地成长在42班，不悲不喜，存在感极低。

初二新学期伊始，出人意料地，你的爸妈同时出现在42班助学家长的队伍里，这使我万分惊喜。原来，从这学期始，你的爸妈开启了对你的陪读生活。每天早晨，他们与你一起早早来到校园，然后就挥舞着大扫帚，清扫我们教室门前的落叶，或者站在教室后门，看着同学们早读。你呢，也基本上总是第一个走进42班的教室，然后，站立在自己座位旁，放声朗读或者背诵。每每看到此情此景，总有很多感慨在我心中。感动你伟大的父母为你做出的牺牲，感动你勤劳的父母为42班所有的付出。

更开心的是，每天晨读前，你的爸妈向我“汇报”你在家的表现。

“郑老师，智彤昨天的作业做得特别快！”

“郑老师，智彤昨天主动要我们听写单词了！”

“郑老师，智彤今天早起背诵历史了！”

……

说这些话的时候，是你的爸妈最开心的时候。

日子就这样过去了两个月，你变得会听课了，课下也主动与同学交流问题了，你的字体也变得越来越好了，你所有的变化真是让每位老师欣喜。更让人欣慰的是，刚刚结束的期中考试，你比先前又进步了。

于是，每天清晨，我总是发现，你是蹦跳着走进教室的，你稚嫩的脸上终于有了微笑，绽放出青春特有的光彩。

这，就是陪伴的结果。

这，就是爱的力量。

这，就是教育的美好。

因此，我要说，对孩子而言，他们需要的不是奢华的物质享受，而是寂寞时有人陪伴，迷惑时有人指引，成功时有人鼓励，失败时有人理解。而能给予他们这些最多的人，恰恰是每一位父母。

感谢智彤的父母，让我们看到了教育原本的样子。

看见你的笑，就是看见教育的美好。

你奔跑的样子，真美

“一、二、三、四……”

又是一个大课间，你响亮的口号伴随着有节奏的音乐回荡在校园的上空。

我站在队伍的一头，目送着你和全班同学一圈圈地跑着。

当大部分同学累得气喘吁吁，直至喊不出口号的时候，你依然张大嘴巴，喊出最响亮的“一、二、三、四……”一次次路过我站的位置。只见你均匀地摆动着双臂，目视前方，满脸写着坚毅、自信与美好。

孩子，你奔跑的样子，真的很美！

是的，从入班的第一天起，你可谓是一路奔跑，来到这里。

仍记得，初一的一次课间，阳光很暖，大部分同学都出去晒太阳了。我走进教室，只见田崇乐、冯斌等几位同学围在一起，争抢着看一个小本子，看得很是投入，直至我走到跟前，他们都毫无察觉。

“看什么呢？这么入迷！”我笑着问。

听到我的声音，他们几个慌忙把那个小本子收起，准备藏在桌洞里。可能是因为看得太入迷了吧，最终还是被我拿在了手。

“老师，这是程佳哲写的小说，写了好久了，您千万不要撕了啊！”重情义的冯斌率先哀求道。

我微笑，没有说话，把那个小本子拿回了办公室，并示意程佳哲下一个课间到我的办公室。

回到办公室，我翻看了那个小本子，已经写了厚厚的半本，估计写了已有一段时间了吧。我猜想，你是在什么时候写的呢？课堂？课间？还是晚上？都无从知道。不知为何，当时的我，不但没有生气，还有几分高兴在心头。就这样静静地坐在办公室，等候着下课你的到来。

我不知道你是如何度过那一节课的，课间，你如约而至。

“老师！”怀着几分胆怯，看到我的第一眼，你喊出了这两个字。

我微笑，不说话，等着你的解释。

“老师，那些都是我在晚上写完作业后写的，我保证以后再也不写了，一定好好学习，期末再进步。”

“你很有文采啊，写得很好啊！”

听到上面的话，你感到很吃惊。

“老师，我真的不写了，请您相信我！”你一脸茫然。

“好，回去好好学习，我等着你的好成绩。”

“谢谢老师！”你深鞠躬答谢。

“我还有一个请求，等你的小说问世的时候，我想成为第一个读者，可以吗？”我拍拍你的肩膀，目视着你的眼睛。

“老师，我一定会努力的！”你露出羞涩的笑，不敢抬头正视我。

“好的，加油哦！”我再一次拍拍你的肩膀，示意你可以拿着那个小本子去上课了。

你走向教室，步履坚定。

接下来的一次作文课，我已记不清是什么题目了，你把你我的这次交流写进了作文里，说，那个小本子，已经被你锁进了抽屉里，长大后再继续书写，并表示一定会好好学习，来报答郑老师的理解与宽容。

自此，你更加勤奋了，每天早早来到教室，站在自己位子上，大声读书。课堂上，你目视黑板或老师，目光坚定，更加认真听课了。课间操时间一到，你总是飞快地跑出教室，口号也更加响亮了，生怕拖了班级的后腿。每每此时，我站在班级队伍旁，你一圈圈奔跑向前的样子已成为我眼底最美的风景。

日子就这样缓缓流淌，不觉间已来到初二。

你在42班的存在感依然像以前一样不是很强，一个月后的月考，你的成绩依然不是太理想，没有达到你的预期目标。

于是，你好像又发奋了一阵子。

最近一段时间，有同学反映，你上课爱打盹儿。

为了达到你的目标，你熬夜刷题或者背书了？还是玩手机了呢？抑或是看课外书了呢？……

很多个问号在我的脑海中闪现。

担心，很担心！

“你最近精神状态不是很好，有啥特殊情况要跟老师说说吗？”一个安静的午后，我站在你的位子旁，俯下身子，低声问道。

“没事，老师，我努力调整自己！”你抬头目视前方，依然不敢正视我。

我又是担心地走开，回头望望你，你已低头做题。

接下来的地理、生物等小测试中，你的成绩很不理想。

“坏了，程佳哲的父母都不在身边，跟着爷爷奶奶生活，他肯定是趁两位老人不注意时，晚上熬夜偷玩手机了。”这一想法在我脑海中非常坚定。

于是，又是一个午自习，我把你叫了出去，来到教室门前长长的紫藤架下，直接说出了上面我所担心的问题。

“老师，对不起，我没能控制住自己，晚上写完作业后又写小说了，但我绝对没玩手机。请老师放心，昨天晚上我就决定不写了，把它再次锁进了抽屉里，等我长大了再去写。我向您保证，这次一定完成我的考试目标！”你一口气说出了一大堆话，与往常不同的是，这次，你敢目视老师的眼睛了。是你成长了？还是比原来更加坚定了？我想是二者兼而有之吧。

除了欣慰，我还能说什么呢？

“好吧孩子，加油，冲刺期中！”我依然是拍拍你的双肩。

你朝我使劲点点头，目光充满坚毅。

教室门前的樱花树叶差不多落了个精光，一地金黄，但紫藤架依然碧绿，充满生机。它们都同样做着开花的梦，来年春天，都会开出一树的美好。

你抬头看看我，再看一眼那一墙的碧绿，踏着满地的金黄，怀揣美好的梦想，再次向教室奔跑，因为，那里，也有你开花的梦。

午自习结束后，我回到办公室，办公桌上赫然放着一张纸，用鼠标压着，竟是你写的“检讨”。我不禁为之一震，孩子啊，我并没有罚你写这个东西啊！仔细看了一遍你书写的内容，我忽然明白了，刚刚午自习时叫你出来谈话，你眼中为啥写满坚毅与自信，因为，你已经下定决心要好好学习了，只是，我还没有了解到。

“……月考过后，郑老师对我说，她对我的期望很高，但我却以这种成绩来回答老师，心中实在过意不去。不仅是郑老师，还有家人们，我让他们失望了吧？放心吧，从今天开始，我将努力改变自己！让自己变成一个崭新的我！……我相信，我必定会成功！……”

一遍遍读着你的“检讨”，一次次被你感动着。孩子啊，你努力奔跑的样子，真的很美！

接下来的几天里，你像换了个人似的，每天晨读的背诵，都能早早过关。课堂上，更是精神头十足，微笑、坚毅、快乐与美好都写在你稚嫩的脸上。

连续几次的小考，你的成绩也是一次比一次理想。乃至昨天的语文模拟测试，你一跃成为班级前几名的孩子。

这，就是成长的快乐。

这，就是教育的美好。

孩子，你努力奔跑的样子，真的很美。

你的名字叫佳明

冬日午后的阳光透过宽大的玻璃窗打在我批改的随笔本上，温暖美好。

对面，王老师精心培育的吊兰在肆意生长，长长的叶子调皮地向我探出了脑袋，此时的阳光仿佛也非常偏爱它，大把大把地倾泻在它的身上，明净美好。

忽然，一页密密麻麻的小字映入我的眼帘。再仔细看，题目是《留点放松给自己》，一看这题目，我立马想到，是平时作业太多？课业负担较重？压力太大？还是……想给自己放松呢？谁知，没有看完全文，我的眼眶就被打湿了，这个“放松”，竟然是你对英语闫老师的美好期望。

“……犹记得每一次英语早读的时间，您会准时到来。把任务写在黑板上，然后告诉大家按照黑板上的内容去做，同学们也都照做了，每次考试完，您也是第一时间把卷子改完，并发下来号召大家去问问题，您总是十分认真地完成每一件事，但经过了那两件事，我想对您说：‘留点放松给自己。’

“记得初一时的一个晨读，您像往常一样走进了教室，然后告诉大家该做什么。但细心的我发现您的声音变得沙哑了，鼻子也十分红，而且还随身带着药，我这才明白您是感冒了。但您仍然坚持为我们上课，我瞬间鼻子也是一酸，心里默念道，谢谢老师，您辛苦了！之后，您仍然用最大的声音领读单词和短语，为了让所有人都听到您的声音。不久，您又说，现在请同学们大声朗读四单元2b课文，不会的来问老师。同学们就拿起书大声地读课文，您回到了讲台上把药按一定顺序吃了一遍，我看了看，发现您吃了很多药，可能是想让感冒快点好起来，为我们讲更多的知识。

“这件事让我记忆深刻，但那次您在办公室里‘睡懒觉’的事更让我铭记在心。

“记得当时我去找您分析期中试卷，我刚走进办公室，就见您趴在桌上睡着啦，我心里一直想到底是叫还是不叫您呢？叫醒您虽然可以分析试卷，但会打扰您的休息，正想到这里，突然一道荧光闪入我的眼帘，打断了我的思绪，我惊奇地发现老师头上有几根白发，心想，老师才三十几岁，怎么这么早就有了白发呢？一定是为我们上课一天到晚累的，几道皱纹也爬上了老师的眼角。最终我拿着试卷走出门外，当关上门的瞬间，眼泪禁不住从脸上流了下来。

“到现在您依然像往常一样为我们备课，讲课，批改作业，不知疲倦，亲爱的闫老师，我想对您说‘留点放松给自己’。”

……

读到一半，我就猜到了是你，你的名字叫佳明，吴佳明，我在心里默念了很多遍。“佳”字，现代汉语词典这样解释：“美；好。”于是，心里又闪现了与之相关的很多组词：佳绩，佳话，佳音，佳节，佳句，佳人……“明”字，也有很多意思，我没有查找词典中对这个字如何解释，但一想到你，我的脑海中忽然闪出一个词“明净”。与此同时，平时我与闫老师交流时对你的评价，也瞬间浮现于脑海：“纯净、善良、阳光、美好……”于是，“佳明”二字，我给你的解释是：“美好明净。”不知道当初，你的爸妈为你取名字时是不是也是这般想的。

悉数过往的点滴，佳明确实是明净美好的。

与佳明的初遇，是初一秋季开学的第一天。那时的阳光明媚，天也特别蓝。高高大大的你，背着书包，踏着鲜艳的红地毯，穿过彩球编织的状元门，带着几分羞涩与胆怯，与同学们一起走进美丽的校园，来到42班。见到我，你迅速举起右手，并拢五指，满眼纯净与美好，伴随着清脆的“老师好”向我敬礼。

这是你的第一次出场，明净美好。

走进教室，我示意你坐在中间空余不多的位子上，你朝我笑笑，说："老师，我个子比较高，还是坐在后面吧。"于是，你选择了后面靠墙一个角落的位子，坐下，再次抬头望向我，似在告诉我，老师放心，我一定会好好学习的。于是，你整理好书包，调整好坐姿，拿起书，开启了你美丽的初中生活。

如此相见，甚好。

接下来的初一新生军训，我真担心高高胖胖的你吃不消。每天看着你站在最后一排队伍的最左侧，与同学们一起站军姿、练习四面转法等，你的校服每天都被汗水打湿，仿佛从来没有干过，脸上也总是汗津津的，像刚洗过而没有擦拭，但却时刻写着坚毅。如此经过一周的训练，我们成功拿下一等奖。

"老师，我就知道我们是最棒的！"你高兴得手舞足蹈，稚嫩的脸上闪着自信的光芒，纯净美好。

军训完的初中生活平静无澜，美好无边。

时而，你似一只小鹿蹦跳在42班；时而，你似一只乳燕飞翔在美丽的校园；时而，你又似一本厚重的大书诉说着美好与安静……

你的脸上永远书写着真诚与善良，认真与负责，踏实与勤奋。

犹记得那次，全班有十几位同学诗词默写不过关，我让你做组长负责监督他们背诵默写。你认真的模样时时闪现在我的脑海。

"×××，你背诵一下《钱塘湖春行》和《野望》。"

"×××，你的诗词默写还没交呢！"

"×××，你默写的诗词少了一首《渡荆门送别》。"

"老师，今天的默写全齐，请您过目！"

……

基本上每个课间，都能看到你穿梭在教室内忙碌的身影，同学们也都非常配合你的工作。乃至后来，我再找同学背诵时，他们都齐声说："老师，我们找吴佳明背过了！"

也正是因此，你对自己的要求也越来越高，开始更加规范自己的字体，随笔也写得越来越有模有样，上课更是积极举手回答问题，而且准确率非常高。

期中考试后，你是第一个跑到办公室要求我帮助分析语文试卷的孩子。那天，是出成绩的第一天，我正坐在办公室分析同学们本次考试的试卷，你气喘吁吁上楼，来到我身边，我看你满头大汗，赶忙问：“怎么了孩子?”“老师，课间只有这几分钟，我是大跑着来的，想让您帮我分析一下本次语文考试的试卷，可以吗?”你满眼求知的欲望，让我满心欢喜，于是赶紧打开你的试卷，与你一起分析，查找失分原因。

谢谢你，亲爱的佳明，你再一次让我强烈地感受到做一个老师的幸福与欣慰。

不仅仅是学习上如此，你还有超强的集体荣誉感。

最近，学校要进行大课间跑操模范班级评选，要求出操迅速，队伍整齐，步伐一致，口号响亮。即使三番五次强调，也总有个别同学不按要求做，出操磨磨蹭蹭，甚至跑操时掉队，或者不喊口号。每当此时，你总是会给他们提醒，时刻牢记学校的要求，不要让班级被扣分。该喊口号时，你更是卖力，恨不得使出全身的力气，仰望蓝天，大声喊出“一、二、三、四……”于是，同学们也受你的感染，把口号喊得震天响。也正是因为这个，42班跑操被扣分的情况很少出现。

为了强化同学们的跳远训练，你作为跳远组上午组的组长，更是以身作则，哪怕大课间跑操已经累到差点吐，你依然坚守岗位，带领同学们认真练习跳远。

太多的过往，点点滴滴，每时每刻，你都在诠释着自己的名字——“佳明”。合上你的随笔本，静默片刻，再一次呼喊你的名字——佳明。

此时，午后的暖阳已经透过宽大的玻璃窗铺射在办公桌上，明净美好。

有朵叫作美好的花

初见你，是2018年秋季开学的第一天。

那时的你，不言不语，坐在第四排靠窗的角落里。齐耳的短发，圆圆的脸蛋，大大的眼睛，小巧的嘴巴，修长的手臂托着下巴，始终微笑的表情，注视着站在讲台上的我。那时的你，在我眼里，就是一朵叫作美好的花，迎着秋阳，绽放在42班的教室里，不时传来阵阵馨香。感谢上苍，给我送来了如此珍贵的礼物。

接下来的自我介绍，更是让我欢喜。“我叫梁艺缤，来自菏泽市实验小学，我喜欢朗诵……”你如天籁般的声音回荡在42班的教室，越发让我相信缘分，感谢相遇。

“艺缤”二字，让我多次揣摩，并寻找它们的意义。百度百科中如是说，艺：才能，技能，技术，文艺，艺术。缤（读音bīn），形声字，“糸”为形旁，“宾”为声旁。缤本义指繁盛的样子，多用作“缤纷”。陶渊明《桃花源记》中写道：“芳草鲜美，落英缤纷。”我猜测，这是你父母美好的心愿。直到那天，与你的妈妈聊天，谈到你的名字，才证实了我的猜测是正确的，又是几分欢喜。

新初一的课堂，你专注无比。每一次的作业，你也都完成得特别好；与同学的关系，你也处理得非常恰当；对于每一位老师，你更是尊重有加。

美好的名字，姣好的容貌，美妙的声音，大方的举止，优秀的表现，都聚集在你身上，一切都是那般美好。

我也曾经千百次地寻找一种花来形容你，可是，没有一种花能完全聚集你的一切。

更让我感叹的是，你是那么优秀，却一点也不张扬。

时光是只摇橹的船，转眼到了新学期的国庆节前夕，我们要进行歌咏比赛，每个班都要有个指挥。音乐老师提醒大家自荐一下，因为那个时候，开学才不到一个月，同学老师彼此之间都还不太熟悉。于是，42班的一个男生自荐了，带领着同学们也进行了几天的排练，效果也还可以。可是，就在比赛的当天下午，那个男生却没有按时到场，心急如焚的我，央求你试试。

你没有推辞，毅然决然地站在讲台上带领同学们进行了最后的彩排。没想到，你一出场，就震住了我。伴随着音乐响起，你的手臂就跟着节奏舞动在教室上空，把音乐的蓓蕾擎在小小的手掌，抛出的刹那，音符在空中绽放，旋律拂过每一个同学的脸庞。瞬间，我与同学们一起都被你震住了，原来，你就是一位天才指挥家，更是挽救42班这场比赛的人。

接下来的正式比赛，同学们个个精神百倍，你的指挥更是天衣无缝。此刻，望着舞台上的你，我忽然觉得，你就是高山上的那朵雪莲，纯洁无瑕，迎风绽放，美了整座高山。

比赛的结果，大家可想而知，我们成功拿下一等奖。

于是，你第一次在同学们面前诠释了你的名字“艺缤”。

“……从碧波环抱的宝岛走来，我是海风中的一只乳燕……到如歌如画的唐诗宋词中，领略枫桥的钟声，大漠的孤烟……”这是一场诗歌朗诵比赛，你甜美的声音再一次飘荡在校园上空，沉醉了所有的观众。此刻的你，身着一袭白纱裙，伴随着音乐的节奏，沉浸于诗歌的内容，你时而伸开双臂仰望蓝天，时而低眉沉思俯视舞台。忽然觉得，你就是诗歌里的那只乳燕，有对大海的向往和对蓝天的追求；你又似一朵洁白的莲花，“中通外直，不蔓不枝”。有朝一日，定会“香远益清，亭亭净植”！

当台下热烈的掌声响起，你的朗诵完美收官，于是，在此，你向我们再一次诠释了你的名字！

接下来的日子，在班级、学校乃至全区举行的与朗诵有关的所有活动中，总能看到你的身影，听到你的声音。也因此，你成了42班的骄傲，更是我的骄傲！

孩子，让我如何不爱你！

亲爱的艺缤，你有这么多的才艺，但更可贵的是，你一点也不张扬，文静内敛，在学习上还有一股永远不服输的劲头，并且成绩非常优秀，这是所有老师包括我在内更加喜欢你的原因。

曾经有几次，你的成绩不理想，也因此沮丧了许久。于是，我在班里给你们讲“山间的百合”，当山中所有的野花都不认为它是百合的时候，它并没有辩解，而是不舍不弃，默默积蓄，终于有一天，它绽放在了山间，绽放在了遍地野花的山间，让所有的野花都为之叹服。

亲爱的孩子，我觉得你一定听懂了我的话语，因为，在我心里，你就是那朵百合。

你究竟是雪莲，还是乳燕？你究竟是芙蓉，还是百合？

你是爱，你是暖，你是希望，你是人间的四月天。

我从此叫你美好，可否？

感谢你的肆意成长

“我们遇到什么困难，也不要怕，微笑着面对它！消除恐惧的最好办法就是面对恐惧！坚持才是胜利，加油！”

最近，42班流传着这样一句话，仔细听听，还很有意思。

“这是谁的名言？”我问。

“张祖奥的！”全班齐声答道。

张祖奥，又称奥奥，42班的物理课代表。个子高高，眼镜很厚，圆脸，微胖，一副憨厚老实的模样。可真的是这样吗？听完下面的故事，你就明白答案是什么了。

先来看看张译文班级日志中的祖奥形象。

……正上着数学课，一切都相安无事。只听和善的彭老师大声说道：“尹一涵，把李铭瀚和张祖奥记上，扣两分。（只见尹一涵一脸幸灾乐祸的表情，爽快地答应了一声：“好的！”迅速拿出本子记上了。）我们都齐转头，想看看搞笑班长和可敬可爱的祖奥大哥又闯啥祸了。只见班长一脸很无辜，很单纯，好像和他没有丝毫关系的样子，问道：“老师，我咋了？”彭老师一脸很气愤的样子说：“你还说你咋了，我都看到你俩在那儿撞脚了！”听了这句话，班长沉默了。经过热心吃瓜群众刘家硕的讲解，我好像明白了。就是祖奥大哥对班长说踩新鞋交好运，正因他们俩都是新鞋，就相互撞了起来。这时艺缤姐姐发话了：“什么呀，他们俩那是在‘传输元气’，通俗一点来讲就是在传染脚气。”班长听了以后，俏皮地朝她翻了个白眼。班长事后还说道：“我好像已经染上脚气了，现在脚底板光痒痒。”但是，经过那次教训，他们并没有悔改，依旧老样子，时不时看不见的时候，他俩就把脚放在一起了。不过仔细想来也可以原谅，因为药不能停，“元气传输”不能停呀！

再说一个近况吧！

下午的时候，广播中正在谈论关于垃圾食品的问题，校长决绝地告诉我们："杜绝垃圾食品！"刚强调完，教室一片寂静，祖奥大哥耐不住寂寞，调动气氛说："对，只有班长吃垃圾。"班长怒了："我怎么还吃垃圾呢！"再心疼班长两秒钟，真是躺着也中枪。

……

再来看看梁艺缤班级日志中的祖奥小朋友。

……"彭阿姨"，这个外号是我们青春靓丽的彭老师的，这是谁起的外号？如此不切实际？这么有才，定是祖奥大哥。

我们都喊彭老师"姐姐"，独特如祖奥大哥当然不会走这条"寻常路"，"姐姐"是比自己年长一点的女性，"阿姨"是比自己高一个辈分的，比自己老许多……对，彭阿姨！祖奥大哥灵光一闪脱口而出："彭阿姨！"全班哄堂大笑，我都心疼楼上44班的同学了，他们的地板要被这笑掀翻了。

……

以上是同学眼中祖奥课堂形象的点滴，这样的故事真的是每天都有，这样的孩子也真的是让我喜忧参半。每次课堂违纪或者接老师话茬被我知道后，我总会对他严厉批评，而他也总是低头"认罪"："老师，我改，以后再也不会这样了！"一脸虔诚。虽然，每次我都告诉他这是最后一次，可每次事发后，又好像是下一次的开端。

之所以说他让我喜忧参半，是因为，他在我的语文课堂上，曾经无数次给我带来惊喜与感动，我从内心默默感谢他的肆意成长。

作文课《我的烦恼与快乐》正在进行时。

"今天，我们不聊语文，聊聊我们最近的生活，聊聊我们的烦恼和快乐！"

“老师，你也有烦恼吗？”张祖奥率先问我。

“当然了！”我接受他的挑战，“我的烦恼就是咱们班总有几个小孩不好好完成作业……”

“唉，就是啊，这是哪个熊孩子让老师有了烦恼！”

“看来，祖奥小朋友是没有烦恼喽！”

“老师，我的烦恼就是我长得太帅了！”张祖奥慌忙抢话道，并用手做出捋顺头发的姿势。

我无语。

全班哗然。

再来看看我们的《木兰诗》课堂。

木兰回乡与亲人团聚段落，是张祖奥组展示的。正好张祖奥负责朗读，当他读到“出郭相扶将”时，他挽起同位殷宇辰的胳膊，做出年老状，仿佛他们就是木兰的爹娘；读到“阿姊闻妹来，当户理红妆”时，他做出女子梳妆的娇柔模样；读到“磨刀霍霍向猪羊”时，他拿起铅笔盒在课桌上做出磨刀的样子，最后“捅”向同桌殷宇辰；读到“坐我西阁床”，他一屁股坐在了课桌上；读到“对镜帖花黄”，他竟然顺手拿起了一片黄色的便利贴，贴在了自己的脸上；读到“火伴皆惊忙”，他做出非常吃惊的模样……

掌声雷动啊！

他把整段文本展示得生动形象，我和全体同学就如在看现场直播！

就这样，木兰回乡与亲人团聚的场景，在张祖奥的表演中，全体同学都深深领会了！

记忆深处，还有一节语文课，课文的名字叫作《动物笑谈》，我让同学们反复读课文，然后自己解读，在解读到第15段时，张祖奥弯着身子，两手紧紧抓住裤腰，蹒跚着走向讲台，开始了他的自编自演。

“我的天啊，你是不是病了？”

“没有，”他生气地说，“我一点儿病也没有，只是那个坏东西在我睡觉的时候，把我裤子上的扣子全咬掉了。”

全班又是一阵大笑。

张祖奥的声音俨然一位老人，他简直就是康拉德·劳伦兹的“爹”。

记不清有多少这样的课堂，祖奥小朋友为大家带来欢笑，还原生命语文课堂的本色。

此时此刻，忽然想起海子的诗句：村庄里住着母亲和儿子，儿子静静地长大，母亲静静地注视……

这是我内心深处一直期待的教育的模样。

我要做那个静静注视、默默陪伴的母亲。

笃定安详。

我们常常习惯站在教育者的立场去看教育，就像很多人总是站在自己的立场去看问题。我有时会想：学生们眼中的老师和家长，是否也是如此。只关心着他们的分数，而忘记了他们的成长。

当我们不再斤斤计较学生或者家长的一些误会或者冲撞，当我们百转千回上下求索寻找最好的教育方式，当我们在艰难的思考与尝试中发现了教育的柔软与美好，我们的人生会有一种质的飞跃。

总有一天，我们会发现，做教师，最大的收获是发现了自己，找到了最好的自己。这是教育带给我们的美好。

走过万水千山，教育终究会回归到人的模样。

每一次的经历在未来回头看，都是一个很棒的故事。

感谢你的肆意成长，还原我最本真的语文课堂。

感谢你的肆意成长，让我看到了教育原本的模样。

天　宇

天宇，多么宏大的名字，辽远而又广阔。

晚饭时，在电话里再一次听到了你“柔柔”的声音，乖巧，懂事，永远不服输……你的种种样子瞬间浮现在我的眼前。

语文103，数学99，英语95，是智学网上显示的本次开学考试你三门主科的成绩，在我看来，已经很好了。另外，语文还给你少算了4分，否则，你会有更好的成绩。可是，你并不满意这个成绩，我知道，你追求得更高！这一点，像极了中学时的我，因此，我喜欢！

于是，从入学到现在，你我的种种细节闪现在我的脑海。

2018年8月30日，是新生分班抓阄的日子。当时，天色已晚，蓝色的夜空繁星闪烁，静谧，美好，46位班主任站在操场上等待领导拿来抓阄的名单。我，就是其中的一员，站在偌大的操场上，仰望星空，那一颗颗明星不就是我要带的这一届孩子吗？他们眨着眼正向我微笑，我知道，这又将是一场盛大欢喜的遇见！

没多久，刘校长手持46份名单向老师们走来，记不清当时的细节，只记得我抓的单子上有一个闪亮的名字——“天宇”，也就是从那刻起，我与你的名字连在了一起。

在这样的夜空下，遇见“天宇”，怎能不让人欢喜！

次日清晨，我穿上了自己最喜欢的蓝白碎花的连衣裙，早早到校，迎接你们的到来。

没多久，留着标准平头的你，面带微笑，斗志昂扬，走进42班的教室。我也微笑望向你，你皮肤白皙，浑身清爽，我真是满心欢喜，这正是我心中好孩子的模样！

我欢喜于与你之间这样的遇见！

感谢相遇！

接下来，更是收获了太多的惊喜！

军训时，你一丝不苟，听从于教官的指挥。不惧怕烈阳，不惧怕劳累，哪怕口干舌燥，哪怕汗流浃背，你依然是最出色的一位！

歌咏比赛，你更是认真，与同学们一起，一遍遍练唱，哪怕哑了嗓音，哪怕酸了脊背，你也从不叫苦叫累！

课堂上，你同样是最专注的一位。你永远笔直地坐在位子上，笔不离手，眼随老师与黑板，大脑更是高速运转。你总是最先思考出老师提出的问题，也总是第一个背会该背的知识点。

你的作业，每次也都是超额完成，并且书写规范，干净整洁。

还有太多太多，你留给同学们的点点滴滴，都会成为他们心中最美好的回忆！

42班的每一个孩子都不会忘记，你在操场上洒下的汗滴。

上学期期中考试，30分的体育跳远测试，你仅仅得了15分。为此，你郁闷至极，也曾一度哭泣（听说），但坚强的你并没有放弃。于是，每一个课间，你都来到操场，练习跳远，一遍又一遍。于是，你的跳远成绩也越来越好。更可喜的是，你带动了42班一大批孩子，和你一起，每一个课间，“舞动”在操场，你们一起练习，一起加油，创造了一幅幅美丽和谐的画面，谱写了22中南校区操场课间最动人的乐章！

终于，功夫不负有心人，期末考试，你的跳远成绩2.17米，超额，满分！全班的体育成绩也在你的引领下全年级第一，你的总成绩也在全年级名列前茅。

我骄傲，我是42班的班主任，我更骄傲，42班有一个响亮的名字——刘天宇。

斗转星移，日月交替，不知不觉，又是一个新的学期。此时的天宇，更是眉清目秀，满眼都是纯净，满身都是阳光，内心充满善良，朝着更高的目标，不忘初心，砥砺前行！

遇见天宇，就是遇见欢喜！

感谢这场盛大欢喜的遇见！

那日，阳光正好

今天上午第四节，我在41班上课。这节课，与孩子们一起学习的是《昆明的雨》，孩子们状态特别好，在没有做任何预习的情况下，放学的铃声响起时，我们顺利赏读完了这篇文章。自己也心情大好。

收拾完优盘和教科书，正要走下讲台时，坐在第二排过道旁的王喆微笑着向我走来，直视我的双眼。

“老师，您着急走吗?”王喆的笑容里满含祈求。

“不着急，王喆有什么问题要问吗?”我也微笑望着这个我特别喜欢的女孩。

“老师，您能给我做一下点拨吗?”你歪着头瞪大了眼睛看着我。

“宝贝，你说的是哪一方面的点拨?”

“我也说不上来。”

“那你对自己的将来有没有什么打算啊？比如你将来想学什么？考什么大学?”

“老师，这个我还真没有想过!”

“哦，我觉得对这个问题，你现在可以有自己的打算，然后才能为之努力啊!”

“老师，我也不知道我要干什么!”

我没想到王喆会这么回答我。

这是一个我心目中勤奋好学、阳光向上、永远面带微笑的孩子，我一直认为她心中一定有坚定而又远大的目标。

课堂上，她会认真听好每节课，记录好我讲过的每一个重点内容，并且，对文本也有自己独到的见解。偶尔，课间时，她也会主动找我问问题或者聊天。

对这个孩子今天的反应，我真的有点吃惊，也有一些自责，自责自己没有早早地引导她种植梦想。

望着她天真可爱的模样，我只能引导她种下最基层的梦想。

“那好吧，你先把一中宏志班作为自己的奋斗目标吧!”

“啊?!”听到这里，你张开了漂亮的樱桃小嘴，发出这样的感叹，好像你认为这个目标很大也很遥远，但看到我一直在看着你的眼睛，鼓励着你，于是，你又开始调皮了。

“老师，您的眼睛真好看!”你再一次直视我，依然一副微笑的表情，我真的怀疑，你是不是不会哭啊?我看到的你的样子总是开心的。

“别打岔哈，谢谢你的夸奖，老师已经老了!”

“老师，一中宏志班咋考啊?”

“你说呢?”

“好好学习呗!”

“孩子啊，我一点都不担心你的学习能力，每一门功课你都学得那么好。以后啊，还得多读书，丰富自己!”

“老师，您每天都读书吗?”你如此反问我。

“是啊，我努力做到。每天读书至少一万字，是我的追求。”

“那好吧。老师，您给我推荐几本书呗!”

“初中生必读的名著是一定要用心读的，它们会使你终身受益。学习累了的时候，也可以读一些其他的书，同样可以陶冶你的情操，提高自己的阅读和写作能力。比较贴近我们生活的文章，捕捉生活的细节或瞬间来表达人世的美好，如丁立梅、雪小禅、包利民等作者的文章，还有一些书，可以教会我们品味生活的哲理，感悟人生的美好，如我们今天刚刚认识的作家汪曾祺的作品，你可以读读他的《人间草木》，也可以读读毕淑敏、季羡林、林清玄等作家的作品。每周的阅读课，我看你也读了不少吧!”

“好的，老师，我一定再努力!”此刻的你，声音更加清脆甜美，我知道，你心中已经有了自己的小目标。

“你现在的写作水平比原来有了很大的进步，内容丰富了很多，语言上也有了很大的进步，但与韩以恒他们几个相比，还是有差距的，所以啊，你还得好好努力！”

“嗯！”你使劲点点头，“老师，我一定会考一中宏志班的，以后也想考清华。”你的微笑更加甜美，目光充满坚定。

此刻，教室后墙上的钟表时针已经指向十二点，不知不觉，放学已经十分钟了。

“加油哦，你一定会成功的。现在，我们回去吃饭吧！”我的内心溢满欢喜，温暖无比。

“谢谢老师，老师再见！”

你朝我挥挥手，像一只欢快的小鸟飞出教室。

望着你努力奔跑的样子，我忽然想起雅斯贝尔斯《什么是教育》中的话：“教育的本质意味着，一棵树摇动另一棵树，一朵云推动另一朵云，一个灵魂唤醒另一个灵魂。”

我庆幸，我在从事着美好的教育。

踏出41班的教室，外面阳光正好，暖暖的，洒在我的身上，我张开双臂去拥抱，抱住了这一冬的暖阳。

老师，请您监督我们吧

午自习后，邓智彤与刘星硕两位同学到办公室找到我，很羞涩地告诉我说：“老师，我俩想共同进步，想让您做我们的见证人，可以吗？”听到她们这么说，我真是太欣慰了，这是我今天收获的第一份惊喜。

“太棒了，孩子，需要我做什么？”

“老师，我俩想让您每天早晨来校后帮我们检查背诵，以免我们再懈怠！”

“太好了，我一定会认真为你俩检查的！”我开心无比，拍拍俩孩子的肩膀，等待着明天更大的惊喜！

第一节上课的铃声响了，俩孩子高高兴兴地去上课了。

作为一个老师，最开心的事莫过于此！

孩子们努力学习，追求进步，天天向上，快乐成长，就是我们最大的追求！

感谢刘星硕与邓智彤两位可爱的孩子，让我再一次更大程度地体味到老师的幸福！

下午第三节课后，我正准备到41班上课，刚走出办公室的门，张祖奥与邓文宇来找我了。

“老师……”俩孩子站在办公室门口，欲言又止。

“有什么事啊，你俩？”我边问边示意他俩下楼。

“老师，我俩首先向您道歉，说声对不起！”一高一矮、一胖一瘦的俩孩子，站在我的对面，满脸虔诚地说道。

“快说，你俩究竟又怎么了？”我瞬间联想到，他俩在上节课肯定又给我惹啥麻烦了。

“老师，我俩也想让您监督一下！”邓文宇仰望着我，十分诚恳地说道。

“老师，我俩吧，先不说让您监督我们如何去学习，您先监督我俩的课堂纪律吧！”高高的张祖奥望着我，很恳切地说道。

我不禁为之一震，刚刚的担心瞬间烟消云散，取而代之的是感动与欣喜。

“说吧孩子，想让我如何帮助你俩？”我笑问。

“老师，您可以让我俩帮您维持纪律，也可以帮您记录违纪名单。这样，我们可能就多了一份责任，就时刻提醒自己不要违纪了！”俩孩子基本上同时说出上面的话！

我自然欣喜无比。

此时，第四节课的上课铃声已经打响了，我示意俩孩子赶紧去上课，我也得快步走进41班的课堂。

满怀着欣喜与感动，我上完了41班的课，快步走进42班，准备组织孩子们放学。

此时，邓文宇偷偷递过来一张纸条，我翻开一看，上面有几行小字：“几点几分，×××同学说话了，几点几分，×××同学扭头与×××说话了……”看到这张纸条的瞬间，又是几分感动涌上心间，此刻，我多想抚摸一下这个可爱的孩子！

相信两个孩子明天一定会有大的改变！

孩子真的是一张白纸，他们单纯可爱，阳光向上，追求进步！即使偶尔犯错，只要我们正确引导，就一定会有很大进步的！

祝福俩孩子，祝福42班！希望明天有更大的惊喜，希望每天都有新的感动！

教育孩子，我们一直在路上！

感谢你的宠辱不惊

下午放学时，你板书完明天晨读的任务，正准备出门，回头望望我，微笑，眼睛睁得特别大。似在问我，老师，还有什么事吗？我可以走了吗？此刻的我，忽然想起，最近一个多月，你始终处在感冒中。

“姗诺，感冒好彻底了吗？”我也望向你。

“好彻底了，老师！”

“那就好，感冒好了我们还得往前冲哈！”

“好嘞，老师！”

你始终都是这样不卑不亢，阳光向上，宠辱不惊。

姗诺，是你的名字，我多次推敲，还是不得其意。

百度百科这样解释：“姗”，多才巧智，清雅伶俐，秀气巧妙。因为谐音“山”，也代表一种希望，希望孩子富有、强大。至于“诺”，就更不知道其意了，是诺言？允诺？还是另有其意？不去问你的父母，也不曾与你交流有关你名字的问题，我就这样在心里默默猜测着，感觉很美好！

记不清多少次读你的班级日志，也记不清多少次我曾经走进你的随笔里，你一次次描绘你我初遇的美好情景，很是让我感动。

“升入初中的第一天，我便与您的微笑不期而遇。

“那日您从后门走进，步履轻快，刚升入初中的我们像受惊的小鹿，齐刷刷扭头看去，您并没有被这阵势吓倒，反而微笑着，微微歪着头看着我们，眼中盛满欣喜。我扭过头不敢和您对视，心中却异常激动。柔柔的阳光照进来，拂过我在纸上无意识滑动的笔尖，拂过您的发梢和眉边，落在您的嘴角——微微上扬的嘴角。转过身去的我有种预感，您一定依然微笑着，目光在每个身影上流转……”

这美好的一幕仿佛就在昨天，可日子真是太匆匆，时光的摇铃在不知不觉间摇响2020，你的初中生活随之也已经过半。

仍记得开学的第一天，我让你们书写自己的爱好和梦想，你工工整整地在纸上写下自己的名字，并且谈到了你的爱好是弹钢琴，梦想是考进北京大学。当时，震撼我的不仅仅是这些，你隽永有力的字体也惊艳了整个班级。

最初的一学期，从校规校纪的学习到军训，你都做得丝毫不差，从歌咏比赛到诗歌朗诵比赛，你更是出色。初一的第一次月考，你的成绩更是惊艳了整个学校。

感谢这份美好的相遇。

你一定读了很多书，并且对书中描绘的种种都有自己独特的见地。

在我们共读《红星照耀中国》时，你带来了精彩的分享。“这件事在我们学堂里讨论了许多天，给我留下了深刻的印象，大多数学生都同情‘造反的’，但他们仅仅是从旁观者的立场出发。他们并不懂得这同他们自己的生活有什么关系，他们单纯地把它看作一件耸听的事物而感兴趣。我却始终忘不掉这件事，我觉得‘造反的’人也是些像我自己家里人那样的老百姓，对于他们受到冤屈，我深感不平。”

当时，你站在讲台上，很是感慨地说：“从这段可以看出毛泽东从小就对欺负弱小、剥削农民的事情深恶痛绝，这种思想缘于他童年涉及的阅读，也为他以后的革命奠定了一定的基础，但更重要的原因是他敢想敢做这种精神，同样是我们所需要的。每个人都有理想、有梦想，但想要实现自己的梦想，必须要靠不懈的坚持和努力，只要奋勇拼搏，蝴蝶也可以飞过沧海，乌鸦又何尝不能飞上九天？”

初一的校本课程，你选择的是“走进唐诗宋词”，正好，那时也是我在授这个课。每次，你都听得很认真，不管是苏轼、辛弃疾，还是李清照。有一次，我给你们讲李清照，谈到了对这类诗词解读很好的一本书——梁衡的《把栏杆拍遍》。没想到，在下一次的阅读课上，你就真的带来了一本《把栏杆拍遍》，并且已经读了大半。

感动你的父母对于阅读的支持，感谢你对阅读的执着与热爱，让我在42班很轻松地找到了阅读的领头羊。

作为42班的班长，你更是在各个方面以身作则。每天早早来到学校，维持纪律，督促同学们好好学习，并记录迟到或请假名单。偶尔，同学们不听话，叽叽喳喳，此时，若正巧遇到我心情不好，会批评你咋没管好班。你没有任何辩解，不言不语，课间悄悄找来班干部开会，为我分忧解难。在此，老班向你致歉！感谢亲爱的姗诺为42班付出的一切。感恩遇见！

课堂上，你总是高高把手举起，发表自己独特的见解，开拓42班每一个孩子的思维。

课间，你也总是伏在课桌上，时而自己刷题，时而帮助同学解题。

运动场上，你表现出的更是巾帼不让须眉，一路飞奔，英姿飒爽，每次体育测试，也总是能拿下满分。

这样的你，怎么会不优秀！即使偶尔考试失误，暂时有点郁闷，经过我的三言两语，你瞬间释然，表现出自己独有的宠辱不惊。

你也在随笔中这样描写那次失利："月考成绩一泻千里，我看着那差得可怜的成绩，不知该如何面对您，忐忑与愧疚，使我几乎不敢与您对视，偶尔接触到您温和的目光，也像碰了块火炭似的匆忙避开。

"但您还是在一次自习时走到我身边，温和地帮我开导。'就这一次没考好没什么事，记住了，月考不算，期中再看。'啊，我沉默着点头，您又拍拍我的肩膀，微微笑着。我喉头一哽，差点掉下泪来，那种感觉很温暖，就像一个小孩发脾气后没人理她，这时她的妈妈过来牵着她的手说，知道她不是个坏孩子，带着她回家，小女孩先是惊讶，然后就有点想哭。我还记得那天看着您的背影，想着您的微笑，暗暗确立下次的目标。"

于是，一个月后的期中考试，你再次惊艳整个学校。

孩子啊，让我如何不爱你！

此时此刻，静坐在电脑前，敲打着上面的文字，眼前翻滚着你的点点滴滴，甚好。

忽然想起电影《芳华》里有句我喜欢的歌词："世上有朵美丽的花，那是青春吐芳华。"每个人都有属于自己的芳华，在我看来，老师的芳华不仅有美好的自己，还有美好的教育，更有一届又一届美好的学生……

亲爱的姗诺，在这跨年的时刻，我只想对你说，感谢相遇，感谢你的宠辱不惊，让42班的每一个孩子都明白，成败得失，乃是人生常事。

2020即将来临，祝福可爱的优秀的姗诺。

愿你千帆阅尽，归来仍是翩翩少女！

我想当老板

依然是那个有风微凉的初夏，从闫祎泓的家里驱车出来，直奔广州路你家的方向。

远远看到宽阔的路旁，你美丽的妈妈站在那里，朝车来的方向张望。此刻，天气仿佛更凉了，风吹起她漂亮单薄的衣裙和蓬松优雅被绾起的头发。看到我们到来了，她以最快的速度引领我们停好车，然后带领我们向你家的方向走去。

穿过一个停车场，通过一扇古铜色的爬满盛开的蔷薇的大门，来到你家的后院里，我被震住了。干净整洁的石板路，圆圆的石桌和石凳，发出嫩芽的苹果树，怒放的月季花，小小的碧绿的菜畦……一切清新自然而又井然有序。感觉自己穿越了，这是世外桃源，还是江南小镇？当时，我是惊奇地叫了一声的。你有一位热爱生活的妈妈。

听到我们的到来，你的爸爸打开房门，很友好地同我们一一握手，伴随着一声“老师好”，你也蹦跳着向我们走来。

“马骁，在干什么呢？”

“老师，我正在摘抄。”

“很好啊，最近在读什么书？”

“这段时间我一直在读《平凡的世界》，现在读到第三部了，有时候也再看看《傅雷家书》。”

“一个人惟有敢于正视现实，正视错误，用理智分析，彻底感悟，才不至于被回忆侵蚀……”这是你正在打开的摘抄本上的几句话，我记忆中它出自《傅雷家书》。

我顺手拍下了你的学习桌，一个平板电脑，一本摘抄本，一个练习本，几本练习册，一套《平凡的世界》……干净整洁。抬头，书桌的上方，张贴着五一假期所有的作业内容。

“真好的习惯!”我不禁赞叹。

“我怕他落下什么作业，特意都打印了出来。”你的妈妈补充道。

作业的旁边，还张贴着最近几周的课程表。

真是一位能干的妈妈，我再一次对她表示佩服。

“你的网课资料，我能看看吗?”

“老师，我都整理好了，都在这儿了!”你很开心地向我汇报，并一一拿给我看。

各种考试的试卷，各种听课的讲义，还有每天的练习题，都被你分门别类地整理在不同的作业袋里了。

真是一个有条理的孩子，我在心里为你点赞。

“快坐吧，郑老师!”你的爸爸和李主任已经坐在沙发上开始交谈了。

“听说马骁这次网上测试进步非常大，我们特意来看看这孩子。现在看来，他的状态确实不错，值得表扬!”待我们坐定后，李主任对你竖起了大拇指。

“谢谢主任，我会继续努力的!”瘦瘦的你立马露出羞涩的微笑。

此刻，我的眼前瞬间浮现出你在课堂上的模样，严谨认真，思维活跃，眼睛总会盯着老师看。课下，对自己不懂的每个问题，也总是追着老师打破砂锅问到底。

记忆深处，是我讲《木兰诗》时你精彩表现的场景。当时，成天乐提出了这样的问题:“木兰辞官回乡表现了什么?”全场寂然，你率先举手:“木兰是代父从军，本来就有欺君之罪，她怕做了官被人发现……”又是一阵寂静。我望着有独特见解的你，这样说道:“孩子，你的想象力真的很特别，我为你点赞! 如果木兰不是女的，她辞官回乡又表现了什么呢……”“不慕名利!”你脱口而出。全场喝彩!

直到现在，我还在反思自己课堂的这一环节，当时是否扼杀了你的独特思维?

“马骁现在一般几点起床啊?”李主任的问话把我拉回到了现在。

“六点左右吧！”你回答。

“我一般五点钟起床，多年的习惯了，等马骁起来后我会带他去跑步。”你的爸爸笑着补充说。

“很好的习惯啊！晚上一般几点能休息呢？”我接着问。

“每天九点左右能完成所有作业，然后读读书，复习背诵一下当天的课程，十点左右能睡觉。”你很自豪地说。

“除了《平凡的世界》，你还读什么呢？”

“我也读《悲惨世界》《红楼梦》《水浒传》什么的。”

“太棒了！《红楼梦》你也能看进去啊？”

“有的地方能看懂，还是很好看的！”你又开心地笑了，很可爱地笑。

我真的很佩服能读进去这些名著的孩子。马骁，你真的了不起，再次为你点赞！

“老师，我也读了不少书，为什么作文水平老是提高不了呢？”你又迫不及待地提出了上面的问题，好一个勤学好问的孩子！

“你读的这些东西，已经潜移默化地影响了你，开拓了你的思维，铸成了如今非同一般的你，更会使你终身受益的。至于写作，你可能没有发现，你也一直在进步中。我今天为你带来的丁立梅老师的草木染系列之《春夏》，都是一些精美的小短文，好好读，对你的写作会有帮助的！”

“谢谢老师！”你总是这么有礼貌。

在一旁听我们对话的李主任，一直在夸赞你“前途无量”！

“马骁，你长大了想干什么呢？”近距离地坐在你的旁边，我忽然想知道你的梦想是什么。

“老师，我想当老板！”你脱口而出，而且充满自信。

李主任再一次发出惊叹，并对你刮目相看。

“老板有大有小，为了让自己做一个成功的老板，你打算怎样实现这个梦想呢？”我接着如此问你。

“老师，我想考菏泽一中，然后读浙江大学电子系，最后想让自己成为一个像我爸爸一样有爱心的老板，帮助更多的人摆脱困难，过上幸福的生活。”

在座的我们都为你鼓掌，好一个有爱心的孩子！

由于李主任还有别的家访任务，我们要回去了，你追出老远，还在与我交流读书的话题。

“老师，以后我怎么安排读名著的时间？”你的眼里充满了渴望。

“如果有整时间，比如，周末或者假期，你就读读名著，平时的零碎时间，你可以读读其他的书。”我的内心充满了欢喜。

“读吧，读吧，《读者》《意林》《特别关注》等都挺好的，有朝一日，你一定会成为一个像你爸爸一样有爱心的老板！”李主任补充道。

“谢谢主任，我一定会努力的！”

看着你一脸认真的样子，我真的是满心欢喜。与此同时，在这个有凉风的初夏，我和你一起在心里种下一枚希望，待到他日，可以开成一城芙蓉色，风起时，香飘满城。

第二辑 也做牧羊人

老师，我觉得这个牧羊人在这里待了三十多年，默默无闻，无私奉献，凭着自己的双手把荒漠变成了绿洲，变成了美丽的家园，他就像老师您一样，我们就像那一颗颗种子一个个小苗，您就是那牧羊人，把我们变成参天大树……

也做牧羊人

今天，我带着孩子们一起学习法国作家让·乔诺的《植树的牧羊人》。这篇文章写的是一位牧羊人凭着一己之力把荒原变成绿洲的故事。

在孩子们充分预习的基础上，本节课我设置了两个问题，第一，速读课文，标画出描写牧羊人的语句和高原环境的句子，完成课后练习一；第二，再读课文，找出直接描写牧羊人的语句，以“他是一个____的人，从文中____地方看出”的句式说话。第一个问题，在孩子们快速阅读文本后，很快就解决了。第二个问题，是本节课的重点问题，孩子们各抒己见，并且都在文中找到了论据。值得我欣慰的是，这一环节，除了平时爱举手的李铭瀚、殷宇辰、李姗诺、吴佳明、闫袆泓等同学外，成天乐与刘星硕也高高举起了手发表自己的见解，并且回答完整规范，真是可喜可贺！

最让我感动的是，当成天乐刚刚坐下，这一环节临近结尾时，闫袆泓又规范地高高举起了他的小手，用期盼的眼光看着我，神情严肃认真，像极了有重大问题要说的样子。

“好，闫袆泓还有话要说，请讲！”我也认真地看着这个孩子，并投以鼓励的目光！

“老师，我确实有话要说！”你的样子可爱至极！“老师，我觉得这个牧羊人在这里待了三十多年，默默无闻，无私奉献，凭着自己的双手把荒漠变成了绿洲，变成了美丽的家园，他就像老师您一样，我们就像那一颗颗种子一个个小苗，您就是那牧羊人，把我们变成参天大树……”你一口气说完这些话，已是憋得喘不过气来，还把手高高抬过头顶以表示自己的说法是完全正确的，顿时，教室里爆发出雷鸣般的掌声！

此时此刻，看着你小小的身板却说着气壮山河的话，我的眼睛湿润了，孩子，让我如何不爱你！

我骄傲，我是你的老师！

感谢相遇！

我一定好好做你心中的牧羊人，那个植树的牧羊人！播种好我手中的每一粒种子，然后，浇水，施肥，用心呵护，让他们都长成参天大树！

感谢我们班年龄最小、最会听课、思维也总是走在最前沿的祎泓小朋友，遇见就是美好！

徜徉在“烦恼”与“快乐”间

今天的作文课，收获满满。

本周计划大作文与小练笔题目分别是《我的烦恼》和《我的快乐》，我并没有事先告诉孩子们。

一上课，我就告诉孩子们说，今天，我们不聊语文，聊聊我们最近的生活，聊聊我们的烦恼和快乐！

“老师，你也有烦恼吗？”张祖奥率先问我。

“当然了！”我接受他的挑战，“我的烦恼就是咱们班总有几个小孩不好好完成作业……”

“唉，就是啊，这是哪个熊孩子让老师有了烦恼！”猜猜这是谁为老师打抱不平？

“老师，我也有烦恼！”

“老师，我也有！”

“老师，我也有！”

……

伴随着各种声音，孩子们纷纷举起了手！

“老师，我的烦恼是总也长不高！”邓文宇抢先答道。

“具体是在什么情况下有了这样的烦恼呢？”我如此追问，是想让孩子们明白，“烦恼”后面要有故事。

“老师，就是那次我和吴佳明站在一起的时候，开始有了这样的烦恼！”邓文宇很真诚地回答道。于是，同学们都唰的一下望向吴佳明，然后开始友好地笑起来。

“孩子，别急，你的个头一定会慢慢赶上吴佳明的，别挑食，多运动，自然就长高了哦。那么，你的快乐又是什么呢？”我接着追问邓文宇。

“老师，我的快乐也源自吴佳明，那就是我比他跑得快！”邓文宇可爱地望向吴佳明，满脸笑容，无比自豪！

台下掌声雷动！

我暗自欣喜，邓文宇一定能写好《我的烦恼》和《我的快乐》。

“老师，我的烦恼是自己太瘦……”没等邓文宇坐稳，一直举手的马骁就站了起来。

孩子啊，这让你高高大大的同桌吴佳明情何以堪呢？真是胖瘦都有烦恼啊！

“我的这个烦恼尤其是在我洗澡之后更加明显，看着镜子里瘦骨嶙峋的我，就有点郁闷啊！”马骁继续说，吴佳明就更不好意思了！

“孩子，你也要多吃饭，勤锻炼，慢慢就会长肉肉的。快说说你的快乐是什么啊？”我打断马骁的话。

“只要有张祖奥在我身边，我就不会没有快乐！”马骁的话音刚落，全班又是一阵热烈的掌声！

感谢42班的开心果张祖奥小朋友。

“我的烦恼就是我长得太帅了！”张祖奥慌忙抢话道，并用手做出捋顺头发的姿势。这一下，班级就更活跃了！

真是一群活宝啊！

“我的烦恼就是我长得太黑了！”坐在最后一排的曹宇翔也红着小脸站起来说道，“我黑可能是太阳晒的……”

“孩子，这是阳光的颜色，不用为之烦恼，我和同学们都感觉你很帅啊！快说说你的快乐是什么吧！”

“我的快乐是我有42班这么多可爱的同学！”

又是一阵热烈的掌声！

他们都如此挚爱着自己的班集体！

一节课的时间过去了三分之一，我估计着孩子们此时此刻一定能写好《我的烦恼》和《我的快乐》，于是对同学们说：“最后一个机会，你们想听听谁的分享呢？”

“李姗诺，李姗诺……”

孩子们基本上异口同声发出了这样的呼喊！

原来，他们都想知道学霸有没有烦恼呢！

此时，李姗诺没有拒绝，大大方方地站起来，眼睛望向我：“老师，我的烦恼有两个，一个是我管班时后排总有同学不听话！”好一个聪明而又无所畏惧的丫头，她在等待着我的援助。全场瞬间寂然。此时此刻，我看了看最后一排的孩子，全班同学也都望向他们，他们都羞涩地低下了头，意识到自己犯下的错误。看此情景，我趁机说：“不管以前怎么样，我坚信，从今天起，我们大家一定会让李姗诺消除这种烦恼的！”掌声响起来，最后一排的孩子也鼓掌表示“痛改前非”！

“我们还是再来听听李姗诺的第二个烦恼吧！”

“我的另一个烦恼就是暂时没超过刘天宇！”

“暂时？”不知谁重复了一句！

“对，暂时！”李姗诺又补充道，语气坚定！

同学们都唰的一下望向刘天宇，天宇微笑着露出羞涩的表情，是接受挑战还是不服气？我们都没有看懂。这是一个非常内敛的孩子，默默成长，从不张扬。

“你们两个在我心中都一样优秀！”我说，“快说说你的快乐吧！”

“我的快乐和曹宇翔一样，那就是我有42班这群可爱的同学，我骄傲，我是42班人！”

掌声更加热烈了！

李姗诺满脸自豪，像阳光正好下的葵，安静美好！

这节课之前，我设想了孩子们的种种烦恼，比如，作业太多，考试失利，和父母或者同学吵架……结果都不是，我为孩子们的阳光成长而快乐！对，这就是我今天的“快乐”，也是我今后不变的追求！

当孩子们还在“烦恼”与“快乐”之间徜徉时，我示意他们拿起手中的笔，在事先发好的作文纸上快快写下你的“烦恼”或者“快乐”吧！

顿时，教室里安静极了，只有笔落在纸上的沙沙声！

此时，教室里窗台上的杜鹃花开得正艳，它好像也满心欢喜，感受着42班的可爱。那盆“一帆风顺”也伸长了脖子努力向窗外生长，哦，原来是外面阳光正好。书橱上大盆的绿萝更是安静美好，像一位智慧的长者注视着42班的每一位同学，欣赏着他们的成长。

岁月如斯，甚好！

不必说

摊开手掌，我们的手上又溜走多少时光?

花开花谢，生命继续着生命的旅程。

当路边的枫叶变成红色，当草木染上金黄，当雁阵开始南飞，又是一个深秋到来了。

这几天，阳光正好，微风不燥，倒不像是深秋，很暖。

带着18级的新生，怀着几分好奇，再次“走进”百草园，又是惊喜满满。

下午的课堂，同学们兴致很高，因为这里有美丽的景色，神秘的故事，还有雪地捕鸟的乐趣。

更有很多个想不到。

“不必说碧绿的菜畦，光滑的石井栏……也不必说鸣蝉在树叶里长吟……单是周围的短短的泥墙根一带，就有无限趣味。”你能用这个句式说话吗?

“不必说涨满的潮水，也不必说还未消尽的夜，单是北归的雁阵，就充满了羁旅之情。”高高帅帅的殷宇辰率先举起了手，同学们报以热烈的掌声。

“不必说单刀赴会的关羽，一统蜀国的刘备，只身救孤的赵云，也不必说曹操东临碣石观沧海，勇谋的周瑜赢在赤壁上，单是神机妙算的诸葛亮，就有傲视群雄的才智!”喜欢三国的刘家硕如是说，又是一阵热烈的掌声。

“不必说耳边呼呼的风声，身后对手们吁吁的喘气声和脚步声，也不必说手中紧紧握着的那根接力棒，单是操场边同学们一浪高过一浪的呼声，就让我热血沸腾。”这是学霸李姗诺瞬间说出的话语，掌声的热浪真是一浪高过一浪。

“不必说湛蓝的海水，和煦的微风，也不必说海涛击打岩石的壮观景色，单是光脚走在沙滩上，就有无穷乐趣。”这是最不爱说话的杜恒光给大家带来的句子，同样是掌声不断。

“不必说香气四溢的红烧肉，也不必说甜而不腻的可乐鸡翅，单是色香味俱全的西红柿炒鸡蛋就能体现妈妈厨艺的高超。”班长李铭瀚此话一出，同学们都垂涎欲滴，接着发出了想吃的呼声和雷鸣般的掌声。

“不必说博学的李姗诺，开朗的李铭瀚，也不必说内涵丰富的张祖奥，文采飞扬的刘锦泽，单是一个好学上进的尹一涵就可以表现42班的非同一般。”这是坐在最前排的小小的人儿闫祎泓瞬间想出的句子，此话一出，掌声爆满，经久不息。

……

时间有限，纸张太短，孩子们的智慧太长，我不能一一表述他们在瞬间说出的句子，我只能在心底感叹，这真是一群神奇的孩子！感谢上苍把他们送到我的身边，让我多年后“重游”百草园时，收获无数惊喜！

又见百草园，收获满满！

花开花谢，生命美丽着生命的旅程！

老师，你不能死在学校里

初见《纪念白求恩》，应该是三十年前的事了。

北师版的教材，从2004年到2017年，我们用了十几年，没有这篇文章。学习它，还是自己上中学的时候。如今读来，依然很熟悉，有着小时候的气息，更有了新的理解。

之所以记录今天的文字，最主要的是想留住一个孩子的课堂表现，他再一次让我震撼！

第一课时，为了让孩子们更好地了解白求恩，我给他们读了白求恩在前线救护伤员以及自己伤口感染来不及治疗的部分情节，还读了白求恩写给聂荣臻的遗书的其中一部分。孩子们听得很认真，很是感动，我同样感动其中，声音微变，几乎想落泪。

“就是这样的白求恩，一个外国人，为了帮助中国的抗日战争，不远万里，来到中国，怎能不让人感动，让人好好学习！”由此，《纪念白求恩》第一课时拉开序幕。

“是的老师，我们一定会好好学习！”又是那个小小的人儿闫祎泓，坐在前排的他第一个发话了！

导入了新课，了解了作者和白求恩，接下来的环节是字词的预习检查。当谈到“殉职”一词时，孩子们迅速通过课下注释说出了它的意思，“为公务而牺牲生命”。至此，整个课堂还没有什么，一切正常。

“……什么情况下不能用这个词啊？”

“老师，就是你不能死在学校里！”当教室里一片沉寂时，忽然，闫祎泓发出了这样的声音！清脆，洪亮，还带着奶声奶气！

“哎呀，你怎么能这样说老师呢！”

“就是啊……”

……

孩子们七嘴八舌。

我倒没感觉有什么，反而赞叹那个可爱的“小东西”，你反应真快！

“好的，宝贝，我努力不死在学校里哈！”我也在瞬间如此回答你！

教室里恢复正常，课堂继续。

写到这里，我的眼前一直在晃动着那个可爱的小人儿的身影。大约一米四的身高，很瘦，戴着一副眼镜，课堂上思维最活跃，发言最积极，声音还是童声。每天下午放学后，总是帮助值日生打扫卫生、拉桌凳、擦黑板什么的，让人看到就喜欢！我经常欢喜地叫他“小东西”，他也乐于接受。

至今，仍记得初中开学第一课，我让同学们自我介绍，并说说暑假最大的收获与最大的遗憾和自己的梦想。当时，闫祎泓说：“……老师，我暑假最大的收获是学会了游泳，最大的遗憾是虽然学会了游泳，但依然没有长高，我的梦想是考进清华……”台下掌声雷动。

孩子，我会一直祝福你！

清华在等你！

感谢你我之间这场盛大欢喜的遇见！

期待着你我之间有更欢喜的生活情节出现！

又见大婉

曾经多次戏说不知道什么叫失眠的我，今夜无眠。

时隔近三个月，再次见到大婉，是今天下午五点钟（确切地说是昨天）。

最近一段时间，你的网课作业不太正常，也与你的妈妈多次电话交流，说了你的种种情况，我不太相信。

于是，下午五点钟，在你妈妈的引领下，我来到你家。轻轻敲你卧室的门，没有回音。妈妈说，估计你还在睡觉，因为最近你天天基本上处于睡不醒的状态。轻推房门，开了，你并没有上锁，看到我，你非常吃惊。此刻的你，着一白色衬衫，架一黑框眼镜，目光迷离，正端坐在书桌前，面前摆放的是我们的语文互动，我顿时感到无比欣慰。

“大婉，你是在写语文作业吗？”我试探着问。

你没有吱声，依然端坐在那里。

于是，我上前看你手中的作业，一个字也没写。旁边赫然放着一张纸，上面是你妈妈的字迹，写满了这周末所有的作业内容，末了有一行字：爸爸妈妈都爱你！

我瞬间明白了你妈妈的担心。

“怎么了乖乖？跟老师说说！”

沉默，依然是沉默。

忽然，镜框后两行泪滚落下来。

我心头一颤，同时意识到事情的严重性。赶紧找纸巾为你擦拭泪水，并示意你的妈妈暂时离开房间。

我再次试探着与你交流，你依然不言不语，回应我的也只有泪水。

“是爸爸还是妈妈吵你了？”你摇头。

“是不欢迎老师来你家？”

你依然摇头。

“是哪里不舒服吗?”

又是轻微地摇头。

除此之外，就是沉默，长久的沉默。

曾经那么欢快的大婉，怎么会这样?我千万次地问自己。

此刻，我脑海中像电影镜头一样，一一闪过的是你在学校的种种。

你飞鸟一般驰骋赛场，拿下一个个第一，并多次打破学校纪录。

放学后，该你值日，你抡起扫帚疯妮子一般追逐与你一同值日的组员。

班会课，你站在讲台上，大声告诉同学们你要赶上张译文。

天气已经很冷了，我告诉只穿一条校服裤子的你，记得加衣，你做出鬼脸大声回应我：“不冷啊!”

……

孩子啊，现如今，你究竟是怎么了?

“我们不写作业了，出去走走行不?”

你依然没有反应，呆呆地坐在那里，眼睛朝着一个方向，丝毫没有了往日的光彩。

“好吧，你想写就写会儿作业，不写就坐会儿，我帮你收拾一下房间行吗?”

你不作声，不点头，也没摇头。

我理解成可以帮你收拾房间。

我是想给你一段思考的时间，看看能不能与我谈谈心。

于是，我开始整理你丢在床上和地板上的书，把它们整齐地放在靠窗的另一个书桌上。然后，铺平你的床铺，用鸡毛掸子清扫上面的碎屑。转身看看窗台和书桌，也需要擦洗，向你妈妈要了擦桌布，一一擦洗干净，又找来扫帚，清扫了整个房间。

你默默看着我做这一切，依然不言不语，只是黑色镜框后不再有泪水流下。

我觉得你的内心应该有所触动了。

于是，当这一切收拾完毕，我再次走近你。

“大婉，穿上外衣，换上鞋子，咱俩出去转转行不?”

你不说话，但也没有反对。

此时，我才发现，书桌下，你光着脚丫踩着地板，没穿鞋袜。

“找个袜子穿上吧!”

你不说话，我就开始在你的房间里寻找，最终在一个衣柜的抽屉里发现了很多袜子。找到一个低口的袜子，准备拿给你穿，忽然发现这双袜子特别小。

“这袜子是你弟弟的吧？我再换一双!”我问你，又像是自言自语，因为自始至终，你还没有跟我说一句话，哪怕一个字。

“是我的!”你忽然笑着对我说。

乖乖，谢天谢地，你终于说话了，我可高兴坏了，赶紧帮你穿袜子。

当我从书桌下面拽出你的两只脚丫时，才想起，它们一直在地上呢，不行，得擦洗一下才能穿袜子。

于是，大声呼叫你房门外的妈妈，让她找一条擦脚的毛巾，用热水浸湿，然后拧干。当我拿着这样的擦脚毛巾再次来到你的房间，提起你冰凉的小脚丫帮你擦拭时，你并没有反对，反而像是很享受这一切的样子。

我忽然反问自己，大婉是缺少关爱了？然后瞬间又肯定了我的想法。

当你穿上鞋子，加上一件薄棉衣，我们一起走出你的房门时，迎面看到站在房门口的妈妈。

“今天有点冷，去换个厚一点的衣服吧!”妈妈关切地说道。

你不说话，却乖乖地回去换了一件黑色的厚棉服出来了。

看来，你还是非常渴望妈妈的关爱的。

牵起你冰凉的小手，我俩一起下楼，走出你家小区，来到我的车里。

“我们去哪里呢？”我问。

“不知道！”你回答。

“你是想让我拉你兜一圈吃点‘垃圾’食品再回来？还是跟我回家呢？”

“不知道！”你依然如此回答。

“不准再说‘不知道’三个字！”

我开始挠你的痒痒。

“不知道就是不知道！”你开始更加“放肆”地回应我。

孩子啊，直到此时，我才开始有点放心了，你终于让我再次看到了本真的你！

“咱叫上殷宇辰（你们一个小区）一起去吃‘垃圾’食品吧！”我故意把“垃圾”二字说得很重。

“好吧！”你第一次正面回答了我！

我一直沉重的内心直到此刻才稍稍放松下来。究竟是什么原因让你变得在家人面前如此自闭？我千万次地问自己。是弟弟的出现剥夺了你的一部分爱？是繁重的作业压得你透不过气来？是青春的叛逆让你用这样的方式向家人示威？是特殊的网课让你因为无法和同伴交流而变得如此？……好像都是，又好像都不是。

我一直在思索着，也在寻找着。

当我们三人经过一阵商量来到肯德基坐下就餐时，我才终于看到了我想看到的你。

孩子啊，从下午到现在，我俩已经在一起待了两个多小时。

我把手机交给殷宇辰，让他负责为我们三人点餐。

我俩肩并肩一起去洗手间，并互相等待，俨然一对母女。我愉快地享受着有“女儿”带给我的幸福感，并在心里默默祝福你，能够像正常的孩子一样健康快乐地成长！

我们三人在说笑中愉快地度过了晚餐时光。你高兴地谈到你弟弟的可爱，谈到小家伙听你的话不听妈妈的话。我说，妈妈很辛苦，她本来就身体不好，还要照顾你俩，你要多体谅她，多关爱她，你点头。末了，我再次问你，是跟我回家还是回你们家，你说回自己家，并且表示从明天起，好好上网课，按时完成每项作业。

孩子啊，此刻，我想对你说，成长真的比成绩更重要。我最大的希望是能看到你健康快乐地成长。我更想让你回到从前，让那个“疯妮子”再次站在我的面前。我坚信，你一定会的。

于是，我把你们送回家，又送你上楼，经过你的允许，我拍了你的书桌，并请你的妈妈为我俩拍了合影。然后，我再次祝福你成长快乐。你用三月春风般俊俏的笑脸告诉我，你一定能行！

加油，孩子，你一定能战胜自我，以最美的姿态迎接人间最美的四月天。

你的成长，有蓬勃的力量

那天，风很暖。

我终于实现了去你家家访的心愿。

当我驱车来到你家门前的那条大路时，很远就看到你和你的妈妈站在路边的阳光下，向着我车来的方向张望。近些，再近些，我分明看到你妈妈的双眸里写满美好与期待，永远微笑的表情正如阳光下的葵，绽放在四月的春风里。高出妈妈一头着一米色卫衣的你，立在妈妈旁边，高大威武，如妈妈的庇护神。

下车后，与你们娘俩一起走在你家门前的小路上，远远看到一个人站在你家胡同口，正张望着我们。你妈妈说，那是你爸爸，听说我要来，今天特意在家没有出门。

我忽然想到上学期期中考试后一个寒冷的冬夜里，你在大街上哭着给我打电话，说爸爸因为你这次成绩不理想而对你大打出手，你因此跑了出来。当时的我非常担心，问你在哪里，想立马就去找你，你怎么也不肯告诉我。在你悲伤的哭声和断断续续的叙说中，我听懂了你爸爸对你要求一直很严格，可是因为工作忙，又无暇顾及你的学习和成长。

我明白，这是多少严父的形象写照，又是多少家庭的现状啊！平时没有时间关注孩子的成长，一旦考试，却狠狠地跟孩子要成绩！

当时，天气很冷，我们在电话中聊了半个多小时，各种劝说，你才答应回家，因为你心疼在家着急的妈妈。

后来，多次与你妈妈交流，她也多次谈到你忙碌的爸爸，也很希望我能与你的爸爸聊聊孩子成长的问题。也就是从那时候起，我就想去你家里家访，与你的爸爸聊聊关于孩子成长与家长陪伴的话题。

很快，我们来到你家胡同口，你爸爸很绅士地伸出右手欢迎我的到来。顿时，我觉得你的爸爸与你们的描述和我的想象相比，都有了很大的变化。

我们一起穿过长长的胡同来到你家，院子里有几棵绿植正长得茂盛，圆圆的茶桌上摆放了各种新鲜的水果，还有水珠在上面闪烁，小小的可爱的茶壶里茶水正冒着热气，温暖，美好。

这一切告诉我，你有一位热爱生活的妈妈，也有一位追求精致的爸爸。

穿过宽大的客厅来到你的卧房（即书房），门口电脑桌上立着一个大屏的电脑，还有你的各种网课学习笔记，虽不很整齐却也没有凌乱的感觉。我顺手翻看着你的各科作业，字体虽不美观，但也看得清楚，我知道，你在用心做笔记，努力向前追赶。

“我们把最大的房间给了元元，为了能让他更舒心地听课学习。”你的爸爸对我说道。

“丁麒元最近进步很大啊，透过他的字体和屏幕中的背诵视频，能看出他学习态度端正了许多，这说明他心情放松，学习很愉快啊，这一定有你这个爸爸的功劳！”听到我如此说，爸爸露出开心的微笑。

看完了你的各项作业，重新回到温馨的小院子里，坐到那个圆圆的小茶桌旁，你和你的爸爸坐在一起，我和你的妈妈坐在对面。看着你的爸爸熟练地扬起小巧的茶壶，让茶水缓缓流入可爱的品茗杯，我知道，他应该是精通茶道的。

“我平时工作非常忙，都是他的妈妈打理他的学习和生活。”

“工作再忙，也别忘了与孩子多交流哦！孩子的成长，尤其是男孩子，更需要父亲的关注与关爱！”我打趣道。

“是的，郑老师，以后我会多留些时间给孩子的。不管孩子成绩如何，做人是最重要的。从小我就教育元元做人要有五心，哪五心呢？元元还记得吗？”你的爸爸转身向你问道。

“诚心、信心、爱心、孝心和忠心。”你微笑并随口答出。

我因此明白了，你的家教是很严格的。

但看到你和你的爸爸如此和谐的样子，我也感到很开心。与此同时，对你的成长也多了几分放心。

你的妈妈就一直在我旁边坐着，默默聆听我们的对话。我猜测，她应该是在想象你未来成长的模样，内心一定充满了美好与期望。

聊天中，我得知你的爸爸是一个有超强工作能力的人，为了让你们有更好的生活，他始终在努力工作。

“我们隔一段时间就会召开一次家庭会议，每个人都总结刚刚过去的工作和生活，当然，元元是总结他的学习生活，然后说说下一步的打算。”你的爸爸聊得很开心。

我知道，他把自己高管的工作模式带到了家里。

“很好啊，值得我好好学习，我以后也做主持者，回家给他们开家庭会议。”我如此调侃道，“您在单位可以游刃有余地领导‘千军万马’，回家来也一定要引导好元元的学习和成长，多陪伴，记得多陪伴多交流哦！有您这样一位优秀的父亲，我坚信，丁麒元一定还会在各方面都有更大进步的！”

“会的，会的，郑老师，喝茶，喝茶哈！”你的爸爸再次扬起那个小小的茶壶，让茶水缓缓流入小小的品茗杯。

你和你的妈妈都笑起来。

“丁麒元以后也要与你的爸爸多交流哦，有如此优秀的爸爸也应该是你的骄傲哦！”

“我也一定会的，郑老师！”你又是笑着回答，看向你的爸爸。

与此同时，你的爸爸用宽大的手掌拍了拍你的肩膀。

我知道，这是一种默契，更是一种美好的期待。期待你快乐成长，期待你像男子汉一样与他交流人生的种种。

这是我最希望看到的模样。

我知道，从今天起，你的成长将会有更加蓬勃的力量。

走出你家的胡同，是下午四点，天很蓝，风很暖，路边的樱花开得正艳，四月午后的阳光洒在我的身上，甜甜的。

老师，怎样才能学好呢

课间，你被我叫到办公室，站在我的面前，还没等我说话，你已战战兢兢。

“孩子别怕，关于这几首诗的背诵，已经安排了一个多星期，全班绝大部分同学都已背得滚瓜烂熟了，可直到现在你还没有熟练背诵，老师想知道究竟是咋回事……”我放下手头的工作，陪着你站着。

“老师，我……”

你支支吾吾，说不出话。

“别急孩子，试着背诵一下《次北固山下》吧！”

“客路青山外，行舟绿水前。潮平两岸huo，风正一帆悬……”到这里，你背诵不下去了，停顿了很久。

“潮平两岸阔……跟我一起背。”我加重了“阔”的读音。

“潮平两岸huo……”，五次三番，你依然这样背诵道，眼里开始有泪水溢出。

我忽然明白了，有些字你真的不知道它该读什么。

孩子啊，晨读时间我给你们为每首诗词正音的时候，难道你没有听课，也没有批注吗？

我拿过你的课本，翻开古代诗歌四首那一页，天哪，你的书竟然干干净净，一个符号也没写！

“课堂上，你都干吗去了啊？再说，这也没有生字啊！”我的声音高起来。

你吓得往后退了几步。

“这样吧，你先把这几首诗读一遍给我听听！”我又放低声音对你说。

“东临碣石，以观沧海。水何yanyan，山岛竦si……”你就这样开始读起来。

天哪，我真是一个失败的老师。此时此刻，我的嘴巴张到无限大。

你见我不说话，只用眼睛瞪着你，又开始哭起来：“老师，我也想学好，可我不知道咋学，小学时也没人管我……”你用几近祈求的哀怨的小眼神看着我。

看来，你有想学好的念头，估计是小学拼音没学好，导致语文基础太差。我靠近你，抚摸着你的头：“孩子啊，你此刻的表现让老师很满意，看得出你很想学好每门功课。这样吧，我们先从课堂抓起，今天起，认真听好每节课，做好课堂笔记，不懂的问题标注好，可以当堂问老师，也可以课下去问，我相信每一位老师都喜欢问问题的孩子。”

“嗯！”你使劲点了点头，然后又抬头望向我，眼里充满期待。

“放心吧孩子，你一定能学好的，我们一起加油！”我微笑，目视着你的双眼，又用手拍了拍你的双肩。

“好的老师，谢谢您！”你的脸上终于有了笑意，很羞涩的那种。

“马上上课了，快回教室吧！”我示意道。

你对我鞠躬，再次道谢，然后转身往教室跑去。

你变得如此有礼和欣喜，是因为我的不放弃？还是多年的“差生”忽然被尊重？

孩子啊，你我之间短短的几分钟相处，却让我感慨万千！

每一个孩子都渴望被尊重，每一个孩子也都想学好，只要我们用心发掘，每一个孩子也都有学好的潜质。

此时此刻，我忽然想起罗恩·克拉克的话，“优秀是教出来的”！

此时此刻，我也在反思我刚才对孩子的高声批评。

此时此刻，我更在反思我自己的语文课堂。

抛给孩子背诵的作业时，我只想到了对绝大多数同学来说这是很简单的问题，没有考虑到像这样连句子都读不下来的孩子。当时，我只强调了难写易错字的读音，也只是让个别同学范读了一遍，为什么不走到每个同学的身边看看他们是否记录了呢？为什么不听听他们是否会读了呢？……

改变我们的课堂，从关注每一个孩子开始。

教育，我们一直在路上。

孩子啊，让我如何不爱你

下午放学后，你被我约到办公室，来到我身边，站在我的办公桌前。我赶紧为你拉了一把椅子让你坐下，你不惊慌，更不胆怯，只是面部没有表情，不悲不喜，我不知道你在想什么。

开学两个月了，你在班级的存在感很弱，尤其是课堂上，更是从来没有见你举过手，只是每次未完成作业的名单上都有你的名字，语文作业也不例外。与你谈过几次，收效甚微。渐渐地，我发现，不管遭遇哪位老师的批评，你都无动于衷，没有丝毫起色。曾几度，我觉得，你的心是“硬”的。

后来，我就特别注意到了你，语文课堂上，我让同学们朗读时，你从来不张嘴，哪怕我多次走到你跟前，提醒你大声读，你也不会抬头看我一眼。偶尔，你也跟着做笔记，每当我发现这一点，我就赶紧表扬你。但即使是这样，也没见你脸上哪怕挤出一点点微笑。

于是，每当我看到你又没有完成语文作业时，我就示意你出去，我俩在走廊谈谈心，或者，我直接走到你面前，俯下身子告诉你，孩子，你一定会有所改变的，我等着你带来的惊喜。每次，你也总是面无表情，不悲不喜。

就这样又过去了大约一周的时间，你依然如此。我忽然间明白了，你一定有着特殊的经历。于是，我下定决心走近你，温暖你，改变你。

于是，今天，你就出现在了我的办公室里。

原因很简单，你又没有完成今天的语文作业。

看你坐定后，我把我的椅子往你跟前靠了靠，拍拍你的肩膀，示意你不要害怕。

你真的表现得很轻松。

“孩子，今天，我们不谈作业，不谈学习，聊聊我们的生活吧！”我说道。

你表现出了一点点诧异，翻起眼睛看了我一下。即使是这样，我依然很高兴，因为，你终于有了表情，哪怕一点点。

“平时，谁为你做饭吃呢？”我问道。

“我爷爷奶奶。”

你如此回答，已经让我喜出望外，因为，你终于和我说话了。

“谢谢你，孩子！”我在心里默念道。

“哦，真好，我也想有这样疼我的爷爷奶奶。你的爷爷奶奶多大年纪了啊？”我拉着你的手，向你示好。

“六十多岁吧，我也不太清楚。”此时此刻，我惊喜地发现，你的嘴角终于上扬。

谢谢你，孩子，让我看到你身上依然有光亮。

“爸爸妈妈工作很忙，对吗？”

“嗯，平时他们都在门市，不怎么回家。”

实际上，在你来我办公室之前，我已经了解到，你的父母已经分开好长一段时间了，这也是我想温暖你的原因之一。

你的回答让我明白了，你是一个很爱面子的孩子，不想让老师和同学知道你的家庭情况。

“孩子，我给你讲个真实的故事吧！”

你点点头，表示很愿意听。

“这是一个2012级孩子的真实故事，他的名字叫赵××，与我的儿子高若晨同班，当时，我是他的班主任兼语文老师。那时候，全年级有2700多名孩子，他初一第一次考试时成绩就惨不忍睹。不仅如此，他还经常与别人打架，与老师顶嘴……后来，我们经常谈心……后来，他有所改变……再后来，他有了很大的变化……后来的后来，他考上了菏泽一中……后来的再后来，他去了澳大利亚留学……现在，他已经大学毕业就业了，就在前几天，他还给我发了信息，说是过年时回国来看我呢。”

我一口气给你讲完了这个孩子的故事，并且翻开手机给你看他给我发的信息。你的脸上终于闪出一些我从未见过的神色，是顿悟，是高兴，更像是一份坚毅。

孩子啊，此刻的我，内心有了很大的欣慰。

“当时，我还曾经给他写过一封长信，回头有时间了我找出来给你看看，他回国时，如果有机会，我就让他来给你们作报告，让他给你们讲讲他是怎么逆袭的。”我再次望向你，微笑，期待你更丰富的表情闪现。

蓦地，你微笑了，很羞涩的那种，像一朵默默积蓄很久的花终于害羞绽放。

“孩子啊，我觉得你也可以，因为，现在的你比最初的他要优秀很多。你最大的优点就是稳，也从来不给老师惹事，我还听说，你经常帮助值日生打扫卫生。”我再次拍拍你的双肩，打开你瘦弱的小手，“我们拉钩，做个约定行不?”

“嗯!”你使劲点点头。

“今晚回去，你不用写我们的语文作业，就写一写今天的感悟，把你想说的话都说出来，告诉我以后想怎么做，可否?”

“好的，老师!”你的声音是洪亮的，前所未有的那种。

“快回去吧，别让爷爷奶奶等太久!”

“老师，再见!”

你站起来，朝我挥挥手，蹦蹦跳跳地离开了办公室，像只欢快的小鹿，是我从未见过的样子。

孩子啊，如果你开心，我愿意天天给你讲故事，我这里有很多最真实、最美好的故事。

我坚信，你一定会越来越棒的，终有一天，你会长成我希望的样子——热爱学习，勤奋向上，正直善良，阳光大方，既能仰望苍穹，又能脚踏实地，遇事不悲不喜，遇人不卑不亢。

目送着你远去的背影，窗外，已是繁星闪烁，明天，定会阳光灿烂。

第二天清晨，我刚来到教室准备给你们上晨读，你就拿着一张纸来到了我的面前，密密麻麻，满满一大张。原来，昨晚回到家，你真的写下了自己最美好的愿望。

孩子啊，让我如何不爱你！

把自己教成一个学生

《从教走向学》，当我第一时间拿到这本书翻开看时，说实在的，有点看不下去，尤其是里面举的例子，理科居多，并且都来自高中。感谢这个寒假，又给了我二次翻阅的时间。

读中，脑海中翻滚最多的一句话就是“我一定要把自己教成一个学生”。

这句话最初来源于南京师范大学附中已经退休的吴非老师。他是这样说的：“我把自己教成一个学生，我把自己教回到课堂，我把自己教回了童年……这也许就是为什么在离开课堂之后，我仍然对教育保持着热情，仍然对世界保持着好奇心，仍然在思考着学校里和课堂上发生的所有教育。”

真正对这句话有感悟，是当我读到这本书的第100页，看到高中语文《论语》的一个单元学习目标设计时。这里有三个目标，比如1：“我能从鲍鹏山《孔子传》、李零《丧家狗：我读〈论语〉》、傅佩荣《人能弘道：傅佩荣谈论语》等资源中，选择一本或两本进行阅读，并在此基础上，提炼出自己理解的《论语》的主要思想。”这种学习目标采用了“我能……”的句式，使用动词“选择”“提炼”等，都比较具体，具有可操作性，这样的学习目标，学生一看就知道是什么意思，知道如何做。

由此，我想到了我们平时设计的学习目标，虽然我们心里知道让学生干什么，但却没有考虑到有多少学生能真正理解。因此，我们打算从这个学期开始，让老师们制定详细的切实可行的学习目标，不仅让学生知道学什么，做什么，还要让学生知道学到什么水平是合格的，做到什么程度是更好的。真正把自己放在学生的位置。

说到这里，我又想起了年前青年教师的两次与学生的同考，他们同样感慨万千，也因此改变了很多年轻的老师们。记得当时夏岣主任出了考场就对我说："姐，做学生真的不容易啊，以后学生的每一套习题，每一份练习，我都得先做做，然后再布置给他们，这样才好安排时间啊！"一次师生同考，就能把很多老师变成学生，我们不得不再次感叹李校长的这一英明举措。

把自己教成一个学生，把自己教回到课堂，这还要求老师们学会阅读。

《从教走向学》这本书的第158页这样写道："任何学科的学习都离不开阅读，教会学生阅读绝不仅仅是语文老师的事，更不只是语文老师的责任，任何学科的教师都要帮助学生学会阅读，这是他们学会学习的前提。"

朱永新老师也一直主张"所有的学科都应该有深度的阅读"。苏霍姆林斯基也说过："一些优秀教师的教育技巧的提高，正是由于他们持之以恒地读书，不断地补充他们的知识的大海。"周国平先生认为，这个世界上有两个传承高贵的圣殿，一个是优秀教师的课堂，另一个是摆满大师作品的图书馆。最能安静徜徉在这两个圣殿里的心，我想，应该就是纯真学子的心。把自己教成一个学生，就是让自己在浮躁喧哗中保持清醒和热情。

老师们，即日起，就让我们放下手机，捧起书本吧。

如此，用我们的童心和我们的学习心，对教育永葆热情，对世界永存好奇，让我们的生命和我们的课堂，永远绚烂芬芳。

拿什么奉献给你

2022年6月14日，中考第一天，第一场语文考试结束后，看到菏泽语文交流群，有老师说，今年中考语文作文题目是《拿什么奉献给你》。

拿什么奉献给你，多么美好的字眼。

中考第二天，我电话联系了我们学校初三的军民老师，我们两个交流了一下关于这篇文章应该如何写。除此之外，至中考结束，我也没有看到任何关于这个作文题目的提示和解析，也没有听到老师们关于这篇作文的讨论和交流。但不知怎的，我就是想让我的这群孩子发表一下看法，写一写这篇文章。

于是，今天，孩子们返校后，下午两节语文课，我们核对并解读了假期作业后，我在黑板上板书了这个作文题目，让同学们大声读两遍，然后思考它该怎么写。

“看到这个作文题目，你脑海中第一时间想的是什么?”我如此问。

“老师，我第一时间想到的是我的妈妈，因为我的妈妈为我付出了太多太多。”第一个站起来发言的是王润暄同学，他声音沙哑，但满脸写着真诚，全是对妈妈的爱。

顿时，教室里掌声响起。

“老师，我想到的是我的家乡。因为我现在虽然来到了菏泽，但我小时候在老家过得很快乐，那里有蓝天白云，有鸟语花香，有很多的小伙伴……”第二个站起来发言的是个子小小、平时最搞笑的楚强贺同学，但此时此刻，他的眼睛里全是对故乡的怀恋。

“老师，我第一时间想到的是我们可爱的祖国和为祖国做出奉献的人儿。”这是平时读书比较多语文课最爱发言的张书铭同学。

这么快就上升到了家国情怀，好样的，我从内心赞叹这个小家伙——“你比较懂我”。

接下来，孩子们就七嘴八舌地说开了，他们的表现和我想象得出奇一致。

“题目的中心词是什么呢?”这是这节课我问的第二个问题。

“奉献”，孩子们基本上齐声说道。

“还有一个‘你’”，有人在补充。

“那么‘你’可以指代什么呢?”我顺势抛出了第三个问题。根据孩子们刚才的反应，我觉得现在这就是一个非常简单的问题了。

“父母、老师、同学、亲友、青春、家乡、祖国……”孩子们瞬间说出了一大堆词语。

此时此刻，我很欣慰地笑了，我知道，到这里，孩子们基本上会写了。

“你想表达什么主题呢?”我接着问。

“感恩。”

“奉献。”

……

一个个词语再次从孩子们的口中蹦出来，很是赞。

“那么，在选材和写作中，我们还要注意什么呢?”我接着问。

“选材要积极向上，充满正能量，还要注意不要写得假大空，要从身边的小事写起，要有细节描写，不要空发议论。”这是我们的学霸康书菡同学在谈自己的想法。

孩子们听得很认真，都表示赞叹呢!

“还是请王润暄同学接着你刚才的话题谈谈你如何选材吧!”我再一次把目光移向王润暄。

“我会写出我妈妈对我的种种好，然后表达我的感恩之情。”王润暄如此说道。

“老师，我想写写我的家乡的种种美好的故事和美好的人儿。”楚强贺接着说。

“老师，我觉得最后还得有感悟和升华。”康书菡再次回答道。这是一个最懂我的娃娃了。“也就是说，王润暄所写的妈妈不仅仅是他自己的妈妈，也是全天下千千万万的母亲形象，是我们共同的妈妈，是值得我们每个人永远感恩的人。那么，楚强贺所要写的故乡也是值得我们每个人一生怀恋的地方。张书铭同学所表达的为祖国做出奉献的人都是值得我们好好学习的人，因为，我们每个人心中都装着我们伟大的祖国……”

教室内掌声四起，我在内心为孩子们点赞一万次。

“现在，对这篇文章，孩子们还有什么疑问吗？会写了吗？”

“会了！”

接下来的时间里，教室里就只剩下“唰唰唰”的书写声了。

“拿什么奉献给你？我的可爱的孩子和我挚爱的语文课堂。”我在问自己。

第三辑 愿每个日子都遇见欢喜

生命是如此美好，日子充满欢喜。

感谢生命里所有的相遇，在我人生的底色上，抹上一朵粉红，即便是雨里风里，也微微生香。

愿每个日子都遇见欢喜

写下梅子老师书中的这几个字，浑身洋溢着温暖，此刻，瞬间，又想到了刚刚带领孩子们读过的包利民老师的《碎暖》，它们都能代表我今天的心情。

清晨，五点四十分，被闹钟惊醒，窗外，隐隐约约，又传来了淅淅沥沥的雨声，几天了，真是秋雨绵绵，它如此亲吻大地，也真是情意绵绵。

起床，洗漱，然后简单早餐。拎包，快速跨出家门，按下电梯，直奔负二，滑行到七层时，电梯开了。还是那个读小学的小姑娘，看到我的瞬间，脸上即刻绽开了笑容，似阳光下的葵，温暖美好。“阿姨早上好！”甜甜的声音发给我，笑容更美了。“宝贝早上好，遇见你很开心！”我回以微笑。“阿姨再见！”一问一答中电梯已到达一层，小姑娘走出电梯，我也瞬间到了负二层。于是，驱车驶向学校。

一路上，雨，仍在淅淅沥沥，可我内心却因为有了与小姑娘的遇见而欢喜无比。

六点四十几分，我来到校园，雨还没有停，远远地就看见邓智彤的爸爸挥舞着大扫帚在打扫42班的校园卫生区，几分感动再次涌上心头。开学这些天来，他天天来助学，时而帮助打扫卫生，时而检查孩子们的作业，偶尔也在教室里站在女儿旁边听会儿课，他的出现，成了42班一道美丽的风景线。今天又是如此。

再走近些，耳边就传来了琅琅书声，原来，42班教室内已经来了几位同学，他们在大声背诵昨天学习的道德与法治知识点“学会尊重他人”。于是，怀着几分惊喜，我大步走进教室，手中的包刚往讲台上一放，站在教室最后一排的常畅就高高举起了手：“老师，我要背诵，您检查我吧！”我真是难以抑制自己内心的欢喜，快步走向这个平时话语不多、成绩又不太突出的孩子，接过她手中的道德与法治课本，开始提问。“为什么要尊重他人？如何尊重他人?”这样的两个问题，我一齐向她发问，没想到，常畅竟然非常流利地回答了出来。这又让我对她多了几分喜欢、几分信任、几分期待。是啊，只要你用心学习，不管你的基础有多薄弱，一定能学得会。

加油，常畅，期中，你一定能行！谢谢宝贝，让今天的我又多了一份欢喜。

不多久，同学们陆续到了，助学的家长也都冒雨赶来了，他们与平时一样，把每个孩子的作业分类检查，然后分类整理。今天，与往常不同的是，因为外面下着雨，地面湿滑，他们只能把作业放在教室门前狭窄的走廊上，然后蹲在那里一一检查每个孩子的各项作业，最后记录统计。此情此景，不时映入我的眼帘，虽然，我是在教室巡回指导孩子们朗读背诵，但窗外的一切无时无刻不在感动着我，温暖着我。纵然，此时的秋雨是有很深的凉意的。

当校园上空广播响起，大部分孩子到了的时候，尹一涵、李铭瀚和刘绍耿还没有来到，我忽然想起，他们三个平时是坐公交上学的，今天因为下雨，公交误事了？还是？正当我猜测他们路途中的种种情形时，仨孩子跑进教室，尹一涵走到位子旁，扔下书包，走向讲台就开始板书。此刻，我才忽然想起，今天该他做值日班长。原来，他在板书迟到名单：尹一涵、李铭瀚、刘绍耿。多么铁面无私、正直负责的孩子！他写上自己名字的瞬间，教室内即刻爆发出雷鸣般的掌声。此刻的尹一涵，流露出几分羞涩，他超短的发丝间还有几滴雨水在往下流淌，但即使这样，也丝毫遮掩不了他可爱的模样，自信、善良、阳光、向上。

上午第二节课后，我走出41班的教室，雨还在下着，依然是淅淅沥沥，正当我准备去42班看孩子们做眼保健操时，接到大课间开班主任会的通知。我想，30分钟的大课间，应该足够开会用的，第三节42班是我的课，因此就没给孩子们交代什么，也没布置任务，就匆匆赶往会议室。结果，会议结束时，第三节已经上课十分钟了，从会议室匆忙赶往教室的路上，我想象着42班种种混乱的样子，是在大声喧哗？还是到处窜座位？或者有别的不堪想象的情形？从会议室到教室不过百米的距离，我基本是冒着小雨一路小跑，刚到走廊，就听到了琅琅书声，非常整齐。来到教室门口，就看到尹一涵站在讲台上，手捧语文课本，带领同学们齐读《“飞天”凌空》——第一单元最美的新闻特写。瞬间，温暖、感动与惊喜溢满全身！看到我来了，尹一涵朝我笑笑，憨憨的、羞涩的那种。我下意识地俯在他的耳旁：“谢谢宝贝，你辛苦了！”“没事，老师！”又是憨憨的一笑。此刻，我多想拥抱一下这个可爱的孩子，谢谢你总是给我带来惊喜与感动。

有生如此，何不欢喜！

接下来的语文课，因为孩子们熟读了课文，又提前进入了“飞天”凌空的境界，我们用35分钟完成了一节课45分钟的任务，且效果非常好，孩子们表现非常棒。

幸福与温暖总是来得这么突然，让我更加热爱我的语文、我的课堂、我的孩子们。

午自习，当我来到教室时，尹一涵已经坐在讲台上，看着同学们刷数学题了，整个教室安静极了。猛抬头，黑板上的几个字撞进了我的眼帘：“入室即静。”下面并附有小字：“任何人不准谈论问题及说笑，违者均扣5分。”孩子啊，你小小年纪，却有如此强的领导才能，让我如何不服你，让同学们如何不服你？因为你有满身的正能量。

我何其有幸，遇到这么优秀的班干部！

站在教室门口，望着雨中的紫藤架，很多年了，它们伴随着这所美丽的校园，就这样默默成长，风里，雨里，既能脚踏实地，又不忘仰望苍穹，从不辜负生命的赋予。

孩子们陆续到齐了，看到我进来，尹一涵回到自己的位子上，继续做自己的题，教室里依然安静如初。此刻，我的耳边传来的只有沙沙的写字声和微微雨声，我不禁嘴角上扬。

生命是如此美好，日子充满欢喜。

感谢生命里所有的相遇，在我人生的底色上，抹上一朵粉红，即便是雨里风里，也微微生香。

有一种开学叫作美好

“草在结它的种子，风在摇它的叶子。我们站着，不说话，就十分美好。”

这是顾城诗里的话。

我忽然想到了开学的前一天，42班家委会的大部分成员，带着各种卫生工具，手捧各种盆栽，来到教室。虽然刚刚经历了漫长的暑假，但他们没有过多的交谈，就投入热火朝天的劳动里。李潇爸爸在整理黑板与讲台，连每一个缝隙都没放过；朱朝晖爸爸和张译文妈妈在擦门窗玻璃；李姗诺妈妈和许文博妈妈在清洗课桌，消毒液都用上了；朱天琪妈妈擦干净了孩子们的每一个板凳；张祖奥妈妈在整理书橱，侍弄花草；刘家硕爸爸清理干净了教室里的每一个死角；李姗诺和许文博两个可爱的孩子也加入了大扫除的行列……一切都是那么默契，那么井然有序。他们就这样干着，不说话，留下一屋子的美好。

当天下午，我因为开班主任会与教研组长会，没能全程参与，很是遗憾。会后，我来到教室门前，他们已经收拾完毕，锁好教室的门，离开了。

但我依然能感受到这里扑面而来的美好。

两盆大大的绿萝分别站立在前后书橱上，长长的枝叶如少女的披肩发搭在肩上，又如瀑布倾泻而下。前后的窗台上更是摆满了各种不知名的花草。这一切，这所有，都是他们在开学之际为孩子们种下的美好。

第二天一大早，七点不到，当我走进教室的时候，已有很大一部分同学来到这里，在自己的位子上，站立，手捧课本，大声朗读或背诵。漫长的暑假过去，很久没见的伙伴，本来想象着他们得有一阵子叽叽喳喳，叙说暑假的种种过往。但今天的他们，倒像过了一个平凡的周末，一切都是那般安稳，读起书来，认真有加。是因为下午的开学测试？还是两个月不见，他们都已长大，想给老师一个惊喜？或者二者兼而有之？我不想知道原因是什么，只管享受眼前的一切美好！

七点十分左右，孩子们陆续到齐，读书的声音更加洪亮。我就这样在教室里站着，不说话，静静地环顾着每一个孩子，此情此景，甚好！

与此同时，教室外，走廊上，还有校园紫藤花下的连廊上，自发来助学的家长们，更是组成了42班教室门前一道亮丽的风景线。他们一两个人或者三五成群，组成小组，站着，弯腰，或直接蹲在地上，认真检查着孩子们暑假里的每一项作业，并仔细做着记录，不放过每一个细节。站在教室里，透过玻璃窗和熹微的晨光，看着他们忙碌的身影，无数的感动涌动在我的心中。让我们默默记住默默奉献的他们：

李潇爸爸和妈妈，张祖奥妈妈，李姗诺妈妈，张译文妈妈，陈启月妈妈，朱朝晖爸爸，殷宇辰爸爸，邓智彤爸爸和妈妈，曹宇翔妈妈，陈恩泽妈妈，刘家硕爸爸，田崇乐爸爸，张书婉妈妈，梁艺缤妈妈……

他们有一个共同的名字，叫作美好！

下午，开学测试完毕，当校园上空优美的歌声响起，同学们陆续站队离校，一天的学习生活即将结束。我依然站在教室里，目送同学们离校，看着这一个个可爱的充满朝气的小东西，走出教室，自觉站队，排成直线，摆臂，默行，微笑，向着校外走去，内心依然有种叫作“美好”的东西在翻滚。

忽然，晚走的梁艺缤走到讲台附近，来到我面前，睁大眼睛，望着我，大声说：“郑老师，新的学期开始了，我要更加努力学习，做最好的自己，请您监督我好吗？”虽然，教室广播里一直在回荡着放学的歌声，但我分明很清晰地听见了艺缤同学的话语，我一愣，瞬间回过神来，但还是感动得想哭。宝贝啊，这是我开学第一天收到的最好的礼物，怎能不珍惜？此刻，望着你忽闪忽闪的大眼睛，我下意识地把你紧紧抱在怀里，除了感动，也已无他！“太好了，谢谢宝贝，我愿意监督你！”你听完，更加开心，手足无措，微笑溢满你漂亮的脸蛋。此刻的你，更像一棵小树，头顶蓝天，脚踏大地，在泥土里默默生根，在金秋里放飞梦想，今天的你，在我心中，又有了一个新的名字，那就是“美好”！

草在结它的种子，风在摇它的叶子。斗转星移，又是一个新的学期，开学之际，太多美好留在心底！

把自己开成花，你会永远走在春天里

开学正式上课第一天，42班的孩子精神抖擞，信心百倍！早晨不到七点就有好几个孩子来到教室（请恕我没有记住名字），他们自觉站立，读背《孙权劝学》，声音洪亮，旁若无人！这是新学期我收获的第一份惊喜！谢谢孩子们！

第二节数学课，上课的铃声还没打响，孩子们就翘首企盼，当袁老师站在教室门外的瞬间，教室内就爆发出了热烈的掌声，经久不息。“请孩子们允许我介绍我们的袁老师！”我说，孩子们的掌声才渐渐停息！“袁老师是山东省数学教学能手，学校十佳高级教师，多年中考功勋教师。自1988年来到二十二中，至2018年6月，多年教精英班……”话没说完，又是热烈的掌声，“袁老师2018年10月退休，多家私立学校想高薪聘请她，都被她婉言谢绝……”又是被掌声打断，“出于对二十二中30年的感情，她依然选择了回二十二中工作……”掌声一浪高过一浪！这是一个热情的集体，这是一个有爱的集体，这是一个向阳向善的集体！袁老师同样被这群孩子感染着，这节数学课，创造了最佳的师生状态！感谢袁老师，感谢这群可爱的孩子！

上午第四节语文课，没有实际内容，只是与孩子们聊聊语文，聊聊生活，聊聊现在和未来。我谈到语文无关乎成绩，只关乎成长与素养，而这些素养的获得，要靠长期的阅读与写作的积累。孩子们听得很认真，并且明白了：读，是写的基础，写，是读的升华。此时，我问，今天起，谁愿意与我一起共写随笔？让我没想到的是，高敬雅第一个举起了手，感动孩子的勇气。紧接着，赵子睿、刘锦泽、尹一涵、杨程羽、田崇乐、陈洁、冯斌、曹宇翔、刘天宇、张祖奥、陈启月、成天乐等同学也纷纷举手，愿意每天写随笔。多么强大的集体，多么让人感动的场景！当我问到谁愿意做随笔组的组长时，张祖奥高高举起了手，并且大声道："老师，我愿意！"多么响亮的回答，多么美丽的姿态！

此时此刻，我又想起了我曾经给孩子们说的一段话："人生最美好的生活方式，是与一群志同道合的人一起奔跑在有理想的路上，抬头有清晰的诗与远方，低头有坚定的脚步，回头有一路的故事！"我们此刻，所拥有的就是最美好的生活！

午自习，不到一点半，我悄悄来到教室门口，向内张望，尹一涵、刘绍耿、李铭瀚等同学已经坐在了教室里，开启了学习模式，另外两名女生在弯腰扫地，没看清楚是谁。我在门口待了几分钟，他们都没抬头，如此安静的氛围，我没敢打扰，又悄悄走开，来到办公室批改昨天的试卷。没过多久，袁老师就来到教室，给孩子们辅导数学。

新的学期，正式开学第一天，尽收眼底的都是美好！

是啊，把自己开成花，就会永远走在春天里！

感谢这个早春里所有美好的遇见！

让全世界的花都为你开放！

今天，是新学期第一次语文课前阅读交流。课前五分钟，我就来到教室，等待同学们上课，昨天说好的课前阅读交流，为了抛砖引玉，我先说了我昨天晚上读的内容，其中记忆深刻的一句话是："有事做，有人爱，有所期待，就是最美的生活！"并且分两个层面向同学们解读了我对这句话的理解。对学生来讲，"有事做"就是好好学习，用心听课与作业；"有人爱"就是有父母、老师及同学的关爱；"有所期待"就是心中有梦想，或者考试的进步，或者理想的高中及大学。对作为老师的我来讲，"有事做"就是好好备课上课，处理好班级事务等；"有人爱"就是有学生、同事及家人的关爱；"有所期待"就是希望自己的学生能够天天进步，实现心中的梦想，希望自己的语文水平再上新高。因此，我和孩子们都过着最美的生活！台下掌声响起来，经久不息！

接下来，第一个上台分享的是闫祎泓，他给大家带来的是《哈利·波特》系列，讲述了其中的一两个细节，恕我不能记起内容，但有一句话我记住了，那就是："你所恐惧的并不是恐惧本身！"我们可以这样理解，事情的本身并不恐惧，我们所恐惧的是“恐惧”这个词。希望大家都能战胜恐惧，勇敢面对生活！感谢可爱的“小不点”为大家带来这么富有哲理性的故事！

尹一涵为大家带来的是《不要在吃苦的年纪选择安逸》，多么励志的名字，当他分享了自己感悟最深的一段话后，我能想到的就是“你的坚持终将美好”！感谢阳光的尹一涵为大家带来了满满的正能量！

孩子们个个斗志昂扬，接下来的正课中，开心满怀，一起轻松学完了《孙权劝学》。

这，就是阅读的力量！

希望我们亲爱的家长朋友静下心来与孩子一起读书，爱上阅读，让其成为一种习惯，成为最美的姿态！

你的坚持，终将美好！

你就只管往前走，全世界的花儿一定会为你开放！

陪伴是最好的教育

2020年1月12日上午八点，42班全体家长再次聚在这间神奇的教室，怀揣共同的理想，切磋孩子的成长。

本次家长交流会，我定的题目是“陪伴是最好的教育”。

于是，我与家长们有了下面的交流。

CCTV公益广告，有一句经典台词：“爸爸妈妈，你们再不陪我，我就真的长大了。”

2019年春晚小品《占位子》也谈到了陪伴的重要性。要知道，对于孩子来说，最贵的礼物和最好的起跑线，就是陪伴。

陪伴孩子，到底陪伴什么?

陪伴孩子，相对好做的有亲子旅游、亲子阅读、亲子运动等。《爸爸去哪儿》电视播放后，父亲带孩子外出旅游的多了起来，这是好事。外出旅游，不仅能增长知识，对孩子的能力、情商、习惯、性格诸方面也都会有意想不到的好处。实际上，家长抽空陪孩子在家门口转转，对家庭教育的意义而言，与外出旅游也是相当的。

抽空与孩子一起看看书，则是低成本的陪伴方法。阅读，不只是学知识。家长与孩子一起阅读，既为孩子树立好学的形象，也会与孩子多了些共同语言。引导孩子看报纸，不时了解社会的阳光面与阴暗面，通过母子间对话进行价值观引领。读书看报纸后，母子间就有了更多的讨论话题。这种陪伴，已经变成心灵碰撞、沟通的过程。

爱好运动，不只是锻炼身体，更会促进人的阳光性格形成。运动对孩子而言，基本上属于天性。家长与孩子一起运动，几乎没有孩子不喜欢的。寒暑假，大家可以带领孩子早晨照常起床，散步晨练，还可以在公园里读书、背英语等。

每个孩子都是上天赐予我们的最珍贵的礼物，也是我们生命中最盛大欢喜的遇见。

我的儿子高若晨亦然。

2000年10月7日，一个秋高气爽、阳光刚好的日子，是我们全家与孩子的第一次遇见，温暖，美好！

孩子自幼酷爱诗词，喜欢读书。当孩子两岁多会说完整的句子时，就已经开始了唐诗宋词的背诵。当时，每天背诵一首诗词已经成了习惯，如果哪天忘记了，临睡前，他会提醒我说："妈妈，咱们今天还没有背诵诗词呢！"于是，就又开始了当天的必修课。稍大一点，四五岁时吧，高若晨就开始独立阅读了。仍记得当时，我家书橱上、沙发上、餐桌上……满屋子都是书。高若晨人生读的第一本完整的书是《格林童话》，然后就是《安徒生童话》《神奇校车》《皮皮鲁》《笑猫日记》《中国少年儿童百科全书》《倾听呢喃》《昆虫记》《格列夫游记》《假如给我三天光明》……与此同时，孩子的写作水平也在不断提高，也偶有文章见于报端。

在这期间，每年寒暑假，我们会带孩子出去转转，偶尔也去国外，增长孩子的见识，扩大视野。

很快，高若晨上了中学。他依然还是那个勤奋向上、热爱读书、会做家务、懂得孝道的孩子。初中三年，作为孩子的班主任兼语文老师，不管艳阳高照，还是风雨交加，我们总是一起出门到学校，一起回家。每晚的作业，不管多晚，我也总是陪在孩子身边，我们一起讨论难题，一起分享书中和班级中的故事。我与孩子一起享受着陪伴带来的温馨与温暖。从内心当中，也还是在感谢这场母子之间盛大欢喜的遇见！初中毕业时，高若晨以总分758分的成绩考入菏泽一中宏志班。

高中三年，对高若晨来说，更是一种刻苦的历练。对我们这些做父母的来说，又何尝不是一种修行。孩子每日的挑灯夜战，需要我们的陪伴，考试失利时的内心沮丧，更需要我们做心灵导航。三年，说长不长，说短不短，过去了，才发现，竟是弹指一挥间。

回望陪伴的路程，洒下一路汗水，也收获一路芬芳。

2018年高考，高若晨以697分的成绩，走进清华园，开启了他美丽的大学生活。

这，就是陪伴的力量。

可能大家要问，如何让孩子喜欢家长陪伴呢？

家长有时间陪伴孩子自然是好事，问题是，常有家长并不受孩子喜欢。也有些家长，时时事事控制着孩子，这样的陪伴，还有可能产生消极的影响。

那么，如何让孩子更喜欢家长陪伴？这里有个教育的学问，那就是遵循尊重与要求相结合的基本准则。

每个孩子都有人格的特质，不同时期、不同情境，人的心理也会不一样。教育的基本规律是，尽可能多地尊重孩子，又尽可能恰当地要求孩子。如果缺乏应有的尊重，孩子与家长在情感上就会产生距离。

尊重孩子，就要多让孩子做主。孩子的事应该让他们学会自己做主，这既是基本权利，也是做人的责任。比如家长参与孩子的游戏，听从孩子的指挥是关键，如果希望主导游戏进程，或者呵斥孩子的“不当”指挥，那么孩子就不喜欢与大人玩了。

自主，可以从给予选择权开始。春天适宜带孩子外出游玩，如直接带孩子外出也无妨，而如果家长能问：“天气这么好，许多小朋友都到外边玩，你去不去？”孩子说“去”，就是选择。如果说“不去”，也是选择，家长不宜强制，可以先给孩子讲道理，再让孩子选择：“今天不去，那么是明天去还是后天去？”

尊重孩子，就要多赏识。孩子小时，我常给以赏识、期望。每当下班回家，孩子会向我汇报一天中发生的“大事”，有趣事，有感想，也有犯的错误。我的原则，不管孩子说什么，我几乎都说好。孩子说了自己的错误，我也表扬知错想改就是好孩子。孩子上学后，只要我有空，就会引导孩子讲讲学校里的事，或同伴关系，或学科学习，或校内见闻。我的方法就是不住地点头，并适时提出期望。当我选择以赏识期望为主的沟通方式时，孩子就喜欢对我讲。

多赏识，并不是说纵容孩子的缺点。当孩子犯了错误时，肯定得提出教育的要求。但提出要求，并不意味着狠狠批评。孩子小时，每当犯了错误，我觉得这个错误非改不可时，我的方法是，把孩子叫到房间，关起门来讨论、批评。批评前，我会听听孩子的意见。平等的表达，孩子更能口服心服。至于批评什么，我会保密。当孩子接受批评并决定改正时，我的批评结束，打开门时我就表扬了，“这孩子真不错，这么上进，有点错马上就改”。

如此一来，孩子与我们就更亲近了。现在回想，那段育儿的历程，是非常幸福的美好时光。

美国教育学家莎莉·路易斯在她的作品《唤醒孩子的才华》中写道：“两年前，有人研究哪些因素促使孩子在学习能力倾向测试上得高分。智商、社会条件、经济地位都不及一个更微妙的因素重要，那就是，得高分的所有孩子都有父母高质量的陪伴。”

亲子陪伴的价值超过任何教育培训。对待孩子，仅有物质关怀是不够的。真诚的陪伴、悉心的关怀更加重要。亲子陪伴的关键词包括互动、尊重、对话和理解。

对孩子的成长，父母的任务是陪伴。而最高境界的陪伴，是“活出孩子钦佩的样子”，在灵魂和精神上足以担当对孩子的引领。

教育，是深入灵魂的事，是精神上的扎根和熏染。父母所扮演的角色，不应是审判者，而应该是引领者，父母最好能做孩子的榜样。

有时候，父母不会教育不怕，不懂教育也没关系。对孩子而言，他们需要的不是奢华的物质享受，而是寂寞时有人陪伴，迷惑时有人指引，成功时有人鼓励，失败时有人理解。而能给予他们这些最多的人，恰恰是每一位父母。所以，请忙碌的父母们多抽一点时间，陪孩子一起慢慢长大。一切的爱，都基于陪伴！

以下几句话与大家共勉：

（1）成长不仅是孩子的事情，成长也是家长一辈子才能完成的任务。

（2）父母是孩子的第一任老师，我们希望孩子成为什么样子，就请先把自己变成那个样子。

（3）做一个有光的人，不仅能够照亮自己，还能够照亮遇到的他人。

（4）成为学习者，努力活出属于自己的精彩，与孩子共同成长应该是父母不二的通行证。

（5）高尔基说过，爱孩子，是连老母鸡都会做的事情。但我们对孩子的爱不能仅仅限于本能，而要源于科学。只有爱得科学，才是一个称职的家长。A.关注孩子的成长，而不只是关注成绩。B.做孩子的朋友，而不是警察。C.做孩子的引领者而不是决策者。

（6）努力成为彼此的骄傲！奥巴马曾经说过：自己最骄傲的一件事就是在长达21个月的总统选战中，从来没有缺席过女儿的家长会。从议员到总统，无论居于什么样的位置，有多忙碌，他都会抽时间尽量陪在女儿身边，他经常自己带两个孩子去书店，还挤出睡前阅读的时间，陪玛利亚读完七本《哈利·波特》。“我不会做一辈子的总统，但我一辈子都要做一位好父亲。”

陪伴是最好的教育，教育因陪伴而美丽，因成长而精彩！让行动代替说话，那将更有力量，人常说世界上最远的距离是从知道到做到，但说和做的距离有多远呢？也许是十万八千里，也许是一念之间，敢问路在何方？路在脚下，让我们不负相遇不负爱，不负芳华，无问西东！

2020新年致辞

亲爱的孩子们：

下午好！

2020年的钟声即将敲响，金鼓朗朗，那是新年涌动的旋律。在这辞旧迎新之际，特向你们表示节日的祝贺：元旦快乐，学习进步，心想事成！

回望走过的一年，你们付出着、收获着，累并快乐着！

难忘每一个清晨，你们披着星星，迎着晨曦，迈着整齐的步伐，背着沉甸甸的书包，怀揣着父母的期望和自己的梦想，走向校园。难忘每一个傍晚，你们带着沉甸甸的收获伴随着“老师再见”离开校园！每天，真可谓披星戴月，忍不住想对你们说声：“辛苦了，孩子们！”

课堂上你们一次次的精彩纷呈，是你们语文素养的步步提升。一年来，我们一起依偎在语文的怀里，赞东篱之采菊，望碣石之沧海，叹亡国之悲痛，伤天涯人之断肠……点点滴滴，是那般清晰。每次的语文课堂，都有笑声和掌声，那种目光与目光的接触，声音与声音的融合，超过了一切天籁之美，令人回味！

在2020年到来之际，我特向孩子们提出以下希望：

第一，希望你们都能够稳一点，再稳一点。每次的课堂，你们总能精彩纷呈，给我带来意想不到的惊喜！所有的任课老师都说，42班的孩子异常聪明，每每听到这里，我都开心无比！稳一点吧，孩子们，再稳一点，学习需要稳重，生活需要稳重，生命更需要稳重！2020年，我期待着你们的稳重！

多读书，读好书。这是我的第二个希望。“书读百遍，其义自见”“腹有诗书气自华”“读一本好书就是和许多高尚的人说话”“书是人类进步的阶梯”……太多关于读书的格言，向我们一次又一次证明了读书的作用。盘点2019，你读了几本书？有什么收获？读书吧，孩子们，“书中自有颜如玉，书中自有黄金屋”。

用心练字，这是我的第三个祈愿。从开学初到现在，我们基本上每天一张大田字。我们班的李姗诺、陈启月、张译文、殷宇辰等，字体都非常好，真的希望我们班的每一个孩子都能像他们一样，写出娟秀有力的字体！

学会反思，这是我的第四个祈愿。每天，当你们学完了一天的课程之后，有没有反思啊？今天，我学会了什么？还有什么没有明白的东西？甚至每节课后，都该有反思。一个人，只有认真反思，才能够进步。如果你一味地学习、听课、写作业，而不问为什么，没有反思，那你的进步是不会快的。每天，给自己的大脑留点反思的空闲吧，你会有意外的收获！我期待着……

我还有太多的祈愿，比如，你们要开心地学习，愉快地成长，你们要有优良的品质、良好的习惯，总而言之，是祈愿你们都能有一个快乐的初中生活！学会学习，学会生活，学会感恩，学会做人……

我希望我们班的男生都拥有男子汉的正直之气、宽容大度之气、雍容之气，浑身都散发着一种善良的光辉、一种正直的光辉。遇事不悲不喜，遇人不卑不亢，既能仰望苍穹，又能脚踏实地。

我唯愿我们班的女生们，保持一份自然、一份坦然，安守一份宁静、一份纯净，保留一份执着、一份坚韧，在含苞的日子里，蕴蓄自己的美。我唯愿十年、几十年后的你们，如锦缎一般高贵，如珍珠一般圆润，如纯玉一般美好。

42班的每一个孩子都是一本书，让我百读不厌，一年半来，你们都有不同程度的进步。期末考试在即，你们的初中生活也即将走完二分之一，希望在这学期最后的一周里，你们好好复习，别给自己留下太多的遗憾，期待着你们的惊喜！

最后引用诺贝尔奖获得者吉卜林给儿子的信送给你们：

如果在众人六神无主时，你能镇定自若而不是人云亦云。

如果被众人猜忌怀疑时，你能自信如常而不去妄加辩论。

如果你有梦，又不迷失自我。

如果你有神，而不走火入魔。

如果你在成功之后能不忘形于色，而在灾难之后也能勇于咀嚼苦果。

如果你看到自己追求的美好破灭为一摊零碎的瓦砾，也不说放弃。

如果你辛苦劳作，已是功成名就，为了新目标，你依旧冒险一搏，哪怕功名成为乌有。

如果你跟村夫交谈而不变谦虚之态，和王侯散步而不露谄媚之颜。

如果他人的爱憎左右不了你，如果你与任何人为伍都能卓然独立。

如果所有的骚动动摇不了你的意志，你能等自己心情平静后再去作答。

那么，你的修养就会如天地般博大。

祝福孩子们新年快乐、幸福安康！祝愿我们42班蒸蒸日上，再创辉煌！

又见“小东西”

因为你的父母都要按时上班，为了更好地自律，不知从哪天起，你跟我约定，每天不定时向我汇报自己在家的学习情况。我欣然答应，并在心里为你的良好状态默默点赞。

“老师，今天上午的课我听完了，现在开始写作业!”这是你的第一次汇报。

“真棒，辛苦了!”我回复道。

“老师，目前数学写完了，语文也改完了!”

“老师，现在我要出去锻炼一下，物理写得心乱，随便散散心!”

“老师，我现在准备读英语!”

……

这是你几天来不时向我汇报的记录。

我越发感到你的可爱。正好，此时，也收到你妈妈邀请我家访的信息。于是，五一假期期间，我决定去看看你——老师们心中最可爱的“小东西”，那个曾经在我的语文课堂上把“殉职”解释为“老师，殉职就是你不能死在学校里”的“小东西”。曾几度，在我的语文课堂上，在我的教学随笔中，也是称呼你这三个字，乃至我忘记了你的名字叫祎泓，我和喜欢你的所有老师都知道42班有个“小东西”。

昨天，是这个初夏最有凉意的一天，风很大，不时卷起阵阵尘沙。当我驱车来到你家小区门口时，就看到了你的爸爸穿着短袖站在那里等待，引领我停好车，因为这里凉，先让我去你家里，他继续等待与我一起家访的李主任。

电梯很快到达十一层，敲响你家门的瞬间，伴随着一声“老师好”，你打开门并探出了小脑袋，还是那个永远笑眯眯的你，可爱至极。

客厅很敞亮，收拾得干净整洁，一尘不染。

“豆豆说我们今天的大扫除像过年一样！”妈妈笑着说。

与此同时，你拉着我在沙发上坐定。

“这是老师给你带的小礼物——《徐志摩散文精选》，你应该读过他的作品，比如《再别康桥》。”

“轻轻的我走了/正如我轻轻的来/我轻轻的招手/作别西天的云彩。”你迅速背出这几句。

“老师还喜欢他的另外一首诗《沙扬娜拉》，你会背吗？”

“这个，我还不会！”你依然露出天真的可爱的微笑。

“最是那一低头的温柔/像一朵水莲花不胜凉风的娇羞/道一声珍重/道一声珍重/那一声珍重里有蜜甜的忧愁/沙扬娜拉！”我为你很熟练地背出。

“哇！”你发出惊叹声。

“通过你的练笔我能够看出，现在的你，已经会非常熟练地书写自己的生活了，并且能够捕捉触动心灵的瞬间，进行细致的描绘，以后多读读这些美文，你的语言会得到更好的锤炼，加油哦！”

“老师，我会的！”你使劲点点头，机灵鬼怪的目光再次告诉我你一定会的。

我们交流至此，你爸爸带着李主任上楼来了。于是，在你爸妈的引领下，我们一起转移到餐厅的一张大桌子旁坐下，你拉着我坐在你旁边，于是，正式开始了今天的家访。

“我们本次家访的对象，都是学习成绩优异、进步较大的同学。”李主任看着你说道。

听到这里，你更加开心了，双手放在膝盖上，高兴得有点不知所措了。

李主任与你的爸妈谈到目前的网课，谈到开学的不定期，你的爸妈也向李主任汇报你最近的学习和生活。

“你一般几点起床啊，晨读前都干些什么啊？”

“老师，我一般六点起床，然后朗读或背诵英语单词，有的时候也复习一下前一天的功课。”

我俩离得近，也偷偷开始了我们的对话。

“你有午休的习惯吗？”

“有啊，一般午睡二十分钟左右吧。余下的时间，我会读读书，有时也出去骑骑车。”

说到这里，你用眼睛的余光调皮地瞄了一下李主任，是担心我俩不听他说话而受批评吗？那神情，甚是可爱。

“你最近读了什么书？”我也压低了声音问你。

“我又读了一遍《哈利·波特》，也读一些历史、诗词方面的书，是卡通的那种。”你基本上是趴在我耳边像与我说悄悄话了，小手都快把嘴巴捂住了。

“我们直播课之外的网课视频，一般是二十五分钟左右，你一般多长时间能看完？”此时，那边三个人的声音基本停止，我放大了声音问你。

“我一般是三十五到四十分钟吧，中间我会按下暂停键记录，有时候做题或背诵。”你的声音也放大了一些。

“这个小孩的听课习惯好啊！”这是李主任对你的夸赞，“这样看来，你的课间有十五分钟以上的休息时间。”

“课间我会整理听课资料，有时候会预习下一节课的内容。”

“看吧，学霸就是这样炼成的，他会充分科学地利用点滴的时间！”

我和李主任基本上同时说出了上面的话。

“课下，你与咱们班同学有交流吗，比如，用微信、QQ什么的？”

“老师，我与刘付龙偶尔有交流，都是一些关于跳远或者作业的问题，我看他每天起床都那么早，跳远、跑步什么的。另外，我的互动答案都在我妈妈那里，有时候她下班晚，我会跟刘付龙一起核对答案！”你的表达永远都是这么清晰，你的脸上也永远都挂着天真可爱的笑。

“能与我谈一下你的理想吗？比如，你想读哪所高中或大学，将来准备从事什么职业？”

“我最初的梦想是菏泽一中，现在我又想闯一下一中的宏志班了。然后呢，我想读中国人民大学，将来做一个像我妈妈一样的公务员或者像您一样的老师！”

听到这里，我瞬间想起，我们在学习《植树的牧羊人》时，课堂上，你忽然打断我的话：“老师，我觉得这个牧羊人在这里待了三十多年，默默无闻，无私奉献，凭着自己的双手把荒漠变成了绿洲，变成了美丽的家园，他就像老师您一样，我们就像那一颗颗种子一个个小苗，您就是那牧羊人，把我们变成参天大树……”你一口气说完这些话，已是憋得喘不过气来，还把手高高抬过头顶以表示自己的说法是完全正确的，顿时，教室里爆发出雷鸣般的掌声！

今天，又听到你想做老师的梦想，孩子啊，让我如何不爱你！

你永远是老师心目中那个可爱的“小东西”。

李主任催促着要走了，因为我们还有别的家访任务，我说不行，我得去看看你学习的环境。

于是，你以最快的速度起身，拉着我上楼来到你的书房，你的妈妈也在后面跟了上来。

这里有一张上下铺的小床，床上没有被褥，都是一些生活用品，被你收拾得整整齐齐，旁边有一个白色的衣柜，衣柜门上贴了你小学时的各种奖状。对面墙边放着一张学习桌，上面有你上课用的各种书本和网课资料，还有一台上网课用的笔记本电脑。

“现在的奖状都不让贴了，可能他已经看淡这些了吧！”你的妈妈解释说。

“低调，低调！”你又笑着补充道，两颗门牙也永远以微笑的姿态站立在那里，和你一起注视着周围的一切美好。

在征得你的同意后，拿出手机，对这间书房，我一一拍照留念。

“你成长的环境如此好，想不优秀都难啊！”我打趣道。

“老师，您放心吧，我一定会更加努力的！”你握紧右拳，做出一个加油的动作，目光坚定。

从你家出来，“祎泓”二字一次次在我脑中飘过，美好，澄澈，深邃，原来，这里是藏着一个海的。

谢谢你，亲爱的“小东西”，让我每天面朝大海，等待一树一树的花开。

又见你的笑

今天下午，太阳很大，也很低。风很燥，空气热得缠身。

我跟随着导航，穿过长长的人民南路和220国道，驱车二十多公里来到定陶区邓庄。

这是一个干净、很有特色的村庄，笔直的水泥路旁有各种绿化的矮小树木，它们静静地站在那儿，不说话，却微笑着，怒放着它们的花，是在欢迎我这位前来家访的客人吗？一排排整齐的房屋，一色的白墙墨顶，很有江南古镇的风韵。一色的古铜色大门镶嵌在家家户户不高的院墙里，像一位位老者向路人讲述着这里古老的文化和悠久的历史。

这就是你生活的村庄，一个充满诗意的地方。

一看到我，你就张开双臂欢快地朝我奔来。

“老师好！”

“亲爱的孩子，我来看你了！”

我们基本上同时喊出了上面的话。

我瞬间明白了你的假期生活过得很开心，我也很开心。

走进你家宽大的客厅，环视四周，乳白色的墙壁上悬挂着两幅画，一幅是手工的《花开富贵》，很是精致；另一幅是绘画作品《八骏全图》，栩栩如生。忽然觉得这里有淡淡的文化气息，你的成长让我又放心了一些。

你的爸妈赶忙招呼着让我坐下，又是倒茶，又是洗水果。尤其是你的妈妈，一边削着“砀山梨”，一边与我拉着家常，后背已经被汗水打湿，但脸上却洋溢着幸福的微笑，举手投足间散发着淳朴的味道，让人感到很舒服。

你与我坐在你家相连的两个沙发上，你的爸爸与妈妈坐在你我对面的凳子上。于是，我们开启了今天的交流。

“智彤一般几点起床啊？”

“六点左右吧！”你回答。

“起床后先干什么呢？”

“洗漱完就出去跑步、跳远了！”

“哦，对了，我看你发在钉钉里的运动视频，是在一条玉米地旁的小路上，很美，稍后能带我去看看吗？”我忽然想起钉钉里你跳远、跑步的情景。

“好啊，老师！”你终于发出爽朗的笑声。

“你的假期生活是如何安排的？”

写到这里，我忽然觉得自己像一个记者，一个劲发问。呵呵！

“每天像上学时一样按时作息，早晨晨练后就开始晨读，老师要求背诵的都能及时背下来。”你倒不回避，呵呵地笑着直接回答我的问题。

乐观、开朗、自律、坚持……我在内心为你点赞一万次！

“除了按计划完成作业外，你还做了什么呢？”

“放假后认真读完了《儒林外史》，我们爷俩还交流呢！”你的爸爸抢先回答道，幸福与自豪同样洋溢在他的脸上。

“闺女就是我们的天！”你的爸爸看着你，很认真地再次补充道。

为了孩子，他们可以付出一切，再苦再累，只要孩子快乐健康地成长，自己就是世界上最幸福的人，他们有一个共同的名字，那就是“父母”。

“每天时间上感到紧张吗？”我担心地问。

“一点也不紧张。”你自信地回答我。

“我可以看看你的暑假作业吗？”

“当然可以！”

你蹦跳着带领我来到你的书房兼卧室，好大的一间房子。宽大的玻璃窗被擦得干干净净，咖啡色与白色相间的窗帘挂在窗户的两旁，很是静美。一张床摆在房子中间，书桌在床的一边，上面有你正在读的三本书，《儒林外史》《水浒传》和《艾青诗选》，暑假作业也整整齐齐地躺在桌面上。你的爸妈为你提供的学习环境真的非常好。

“老师，这是语文作业……这是数学……这是英语和物理。”

你把放假这两周的各项作业一一拿给我看，书写干净整洁，红笔订正的痕迹更是彰显你的认真和用心。

好一个勤奋上进的孩子。

“真的太棒了！”我再次为你竖起大拇指。

末了，你和你的爸妈一起带我来到你运动的地方——紧挨着你家后面的那条小路上。

刚走出你家胡同，我们就被大太阳包裹了。我忘记了炎热，忍不住深吸一口气，嗅一嗅草木的味道，倾听一下它们的呼吸。这里有高大的白杨，茂盛的玉米，还有路边的各种野草。抬头仰望，天，很蓝，游走的云，胖胖的。

这里很小，但也很大。此时的我，忍不住把你放在阳光里，拿出手机拍下了此刻的你，你的笑容也更加灿烂，是发自内心的。

想一想放假前夕，你胆怯地找到我，满面愁容，用很低的声音告诉我你的烦恼。当时，看到你低着头拘谨地向我陈述你的苦闷，声音低到恐怕连自己也听不清，你的双手放在胸前也不知所措，我拍拍你的双肩，告诉你调整状态，大大方方地再次向我重复一遍你的话，你照做了，但效果并不理想。

当时，我就想，我一定要改变你，让你变成我想要的样子。那就是，阳光、大气，遇人不卑不亢，遇事不悲不喜，静静读书，用心学习，保持一份自然、一份坦然，保留一份执着、一份坚韧，在含苞的日子里，慢慢蕴蓄自己的美。

如今的你，站在我面前的你，始终微笑的你，真的让我欢喜。

孩子，谢谢你，让我再次看到你的笑，看到教育最本真的模样。

每天都有新的欢喜

今天是2020年12月4日，微冷。

午饭后，孩子们背了一会儿英语单词，累了，以各自不同的姿态在自己位子上午休。教室内很静，我坐在最后排，看着孩子们酣睡的姿态，很是享受这种氛围，每天就这样静静地看着他们，感觉很美。我轻轻整理语文课代表放在最后排桌子上的积累本，开始批改，小心翼翼地翻页，生怕惊醒了哪位同学。

忽然，看到了刘嘉哲同学的语文积累，很是欣喜。一行行字体，干净整洁，像镌刻的一样，而且根据不同的内容，书写时用不同颜色的笔区分开来，真美啊！我能想象到嘉哲同学在做积累时认真美好的样子。此刻的我，忍不住拿出已经静音的手机，拍了下来。感谢嘉哲同学给我带来的惊喜与感动，祝福美好的你！

接下来我又看到了程佳哲同学的语文积累，满满的三大张，怎么这么多？原来，他把周末要完成的任务也超前完成了。此时，他就坐在我的前面，醒着看书呢，并且坐姿端正，很是入迷的样子。

“孩子，你做这么多积累，昨天晚上得熬夜到几点啊？”我悄悄问他。

“老师，我不熬夜，这些都是我课间找时间积累的！”佳哲同学轻声回答，微笑，自信。

欣喜再次掠过我的心间。

最近，程佳哲同学状态非常好，他正走在进步的路上，相信他一定会给我带来更大的惊喜！

下午放学后，孩子们像小鸟般陆续飞出教室，我却看到刘心语迟迟没有离开，在慢慢悠悠地收拾书包呢，还哼着歌，像是很开心的样子。

“心语同学，你太慢了哈，提高效率，赶紧收拾书包回家，外面天都黑了，以后不许这么慢哈，你还考清华不?!”（她曾经告诉我她的梦想是考进清华大学）我假装发怒般训斥她。

“我要考——清——华——!”刘心语提高嗓门大声说，一边抓起书包，一只脚已迈出教室，还不忘回头看我一眼，满脸写满向日葵般的微笑，“老师，再见！老师，我爱您!”随着一声响亮的叫喊，刘心语也飞出了教室。

这孩子情商太高了，我在心里默叹道。

感谢遇见这位勤奋好学阳光般的姑娘!

此刻，刘家硕、殷宇辰和丁麒元三位同学已经开始打扫教室了。不知道从哪天起，三个孩子每天下午放学后，当同学们都走出教室了，他们就开始打扫卫生。扫地，整理桌凳，收拾窗台和花草……一切就绪，才关灯，关门，走出教室，然后，用最响亮的声音对我说：“老师，再见!”我站在教室门口的走廊里，目送着三个高大的背影渐行渐远，孩子们真的长大了，我亦感慨万千，三年很快，弹指一挥间，这样的时光不知还有多久！祝福美好的孩子们!

转身，准备回办公室，却发现不知什么时候站在我身后的李宇妍同学，这个一直很用功，期中却没有考出好成绩的姑娘。

“老师，耽误您一点时间，咱俩聊聊呗!”她低头对我说。

“好啊!”我回答。

“老师，我最近表现不好，我又玩手机了!”李宇妍很惭愧地告诉我说。

“孩子啊，很感动你的坦诚，你能在这个时候告诉我这个事情，我觉得你是下定了决心要好好学习了。老师坚信，从今晚起，宇妍一定会克制自己，真正用功学习的，对吗?”我双手抚摸她的肩膀，并用力拍了拍她。

“老师，我知道自己错了，我一定会好好学习的，您还会相信我吗?”她用企盼的小眼神看着我说。

“加油宝贝，老师相信你一定会找回曾经那个优秀的自己!”我用力捏了捏她的肩膀，双手摸了摸她的小脸蛋！

“嗯！谢谢老师，老师再见！”她露出欢喜而羞涩的微笑，蹦跳着下楼回家了。

“路上注意安全！”我大声叮嘱她，内心充满了欢喜与感动！

此刻的我，站在四楼长长的走廊窗前，对面已是万家灯火，遥望夜空，繁星闪烁，深邃而美好！

捡拾美好

昨天考试结束，封装试卷工作还没完成。我的任务是三个组，完成了两个组的验收装订任务，第三组迟迟不来，我就坐在那里等待。这时，我忽然看见我们的校长也在和雅会堂，她正在一个一个地检查座位后的网兜，看见纸屑等垃圾就捡起来，直接用手拿着，我看见她时，她已经捡拾了两大把。此刻，我也很想过去捡拾垃圾，可又怕第三组监考老师来了，我不在这里，他们没法上交，于是，我就这样看着我们的校长继续捡拾垃圾，坐等第三组老师到来。记不清等了多久，我终于完成了我的任务。此时，我发现，已有老师们加入检查收拾会堂卫生的行列，等我把试卷上交后，正想加入他们，校长看见我，微笑着说："你捞不着了哦，我们捡完喽！"很是开心的那种。

此刻的她，着一米色羽绒服，顶着一头松散的有点弯曲又自然垂到肩头的黑发，在我们偌大宽敞的会堂里的灯光下，似一朵盛开的莲，很美，很暖。我觉得，那时的她是这个世界上最美的校长。

今天早晨检查晨读情况，路过二号楼一楼走廊，一个瘦小的男生挥舞着宽大的拖把正在拖地，看到我来了，他立马停下手头的活，举起右手，向我敬了一个标准的少先队队礼，并伴随着奶声奶气的"老师好！"我赶紧对他说了句"早上好，孩子，你辛苦了！""不辛苦，老师！"他羞涩地笑笑，然后继续干活。一个还没有拖把高的孩子，他的一举一动，很是让人爱怜。我走过他跟前回头看他时，他又在很专注地拖地了。此时，一个胖胖的小男生背着书包走来了，看他把地拖得如此干净，不忍心踩上去，就踮起脚尖，沿着墙根走过。

我继续往前走，上楼，刚到拐角处，忽遇见一女生匆匆跑过，我刚想提醒她慢点走路，别摔着，只见她以最快的速度在一教室门前蹲下又起来，哦，原来她跑那么快，是去捡拾谁不小心丢在地上的垃圾。那是一个纸团，她又匆忙把这个纸团丢在了附近洗手间门口的纸篓里，看见我走来，迅速举起右手，敬礼，并伴随着一声洪亮的“老师好”，还没等我夸赞她，她已闪进附近的教室，加入了晨读的行列。

这是一个怎样的清晨啊，让人如此感动。我有点后悔没有拍下当时的画面，但几个可爱的孩子，在这个美丽的清晨，镌刻在了我的脑海中。

那时，我觉得他们是这个世界上最美的学生。

继续往前走，走到四号楼四楼，与一班主任聊我刚才的遇见。他说：“不知为什么，我也特别喜欢我们班的这群小孩，每天能看着他们我就很开心，天不亮我就早早醒来，赶紧到校，哪怕学校和班级没有一个人，我站在四楼的平台上看我们偌大美丽的校园，无比开心，我想，是我把这个学校叫醒了，今天又将会是美好的一天。”说这话的时候，他满脸微笑，目视远方，如阳光下的葵，温暖，灿烂。

此时，我觉得他是这个世界上最帅的班主任。

至今仍记得初一年级开学后的第一次法治报告会，让我做总结，我的预设都是和法律有关的一些东西。我万万没想到的是，那个法官，他报告的内容都是一些生活中的小事情，都和同学们平常的生活息息相关，教给孩子如何从身边的小事做起，如何做一个诚实善良有德的人，比如，弯腰捡拾垃圾，上学放学路上主动帮助有困难的路人……而且，他完全脱稿，不对，是手中没有任何稿件，口对话筒，一讲就是一个多小时。并且条理清晰，例证鲜明，字正腔圆。因此，台下掌声不断……

那时，胖胖的他，坐在红色幕布背景下的主席台上，一抹晚霞正好掠过他的头顶，温暖无比，我觉得他是这世上最帅的法官。

于是，让我总结时，我完全推翻了我的预设，紧跟着那个法官的报告，最后，向初一年级全体师生，道出了我心中的最美女生和最帅男生的标准。

我同样也博得了热烈的掌声。

此刻，敲下上面的文字，我忽然觉得，世界竟然这般美好。而这种美好又随时被我捡拾着，何其幸运！

你好，新学年语文第一课

满怀期待，迎来九月，也迎来你们——2021级新生。

昨天，站在雨中，看着你们踏着红地毯，跨过“成长之门”，来到美丽的二十二中。近两个小时，我浑身湿透，但内心充满温暖与欢喜。

今天，阳光灿烂，天空湛蓝，万里无云，连绵几天的阴雨终于散去，好像只为你们。因为，在这个美丽的日子里，我们举行了盛大的开学典礼，二十二中张开双臂迎接你们的到来。

今天下午，是我们的第一节语文课，我同样是满怀期待。你们果然不负我望，让我惊喜满满。

上课的铃声一响，我踏进教室，微笑，看着你们，你们好像有点胆怯，又有点拘束，但却都已整齐地坐在自己的位子上开始候课。

我又是一阵欢喜。

“孩子们好啊！今天这节课我们不上课，谈谈我们的语文和生活。”我说出了上面的话，你们好像更加惊讶。

“谁能告诉我，语文是什么?”我接着说。但我深知，对于刚刚升入初中的你们来说，这个问题有点大，有点难。

但接下来的你们真真实实地给我带来了震撼。

“老师，我觉得语文就是阅读。”一个小个子戴着口罩的男生（后来知道他叫安思伟）率先举手说。

“孩子啊，你的回答真是太完美了。”我在心里默叹道，“我何其幸运，开学第一天就遇到了懂我的学生。”

“语文就是阅读，太好了，你能告诉老师和同学们你都读过什么书吗?”

“老师，我读了四大名著。”你看着我的眼睛说道。

“真棒，你读的是原著还是儿童版呢?”我接着问。

“原著！”你很肯定地回答。

“这里应该有掌声啊！”我再次赞叹小小的你，并提示同学们。

掌声响起来。

我还想再问问你更喜欢哪部名著或者书中的哪位人物，但另一个坐在你前方的同学一直在举手，只能请你暂时坐下。你的目光是坚定的。我喜欢。

“老师，我认为语文是唐诗宋词。”安思伟前面的同学（很抱歉，我竟然忘记了问你的名字）如此回答。

“太棒了，孩子！”我忍不住赞叹道，“比如说……”

我提示到这里，他好像没有领会我的意思。

“语文是‘采菊东篱下，悠然见南山’。”我微笑着提醒他。

“语文是‘欲穷千里目，更上一层楼’，语文是‘会当凌绝顶，一览众山小’……”你还没说完，掌声已响起。

这又是一群神奇的孩子！

“老师，我觉得语文是一个人的品格和修养。”一直举手的吕尊廷胆怯地看着我说。

“是啊，一个人读过的书就藏在他的品格和修养里，这就是语文。”针对吕尊廷的回答，我谈到了很多生活事例，但却忘了赞叹他的回答，直到现在我依然在反思今天课堂的这个环节，眼前一直在晃动着那个孩子哀怨的小眼神。是的，我欠吕尊廷一个夸赞，明天乃至以后的课堂，我一定加倍还给他。祝福这个聪明的孩子。

末了，我这样告诉孩子们：

“语文是炫目的先秦繁星，是皎洁的汉宫秋月；

“语文是珠落玉盘的琵琶，是‘推’‘敲’不定的月下门；

“语文是庄子的逍遥云游，是孔子的颠沛流离；

“语文是魏王的老骥之志，是诸葛的锦囊妙计；

“语文是君子好逑的《诗经》，是魂兮归来的《楚辞》，是史家之绝唱的《史记》；

“语文是李太白的杯中酒，是曹雪芹的梦中泪……

“语文是殿堂，巍峨冷峻，是大厦，文明庄严……

“语文是鲜花，悦目而幽香；

“语文是你的后花园，丰润而妩媚，有着一串串诗意的忧伤、温暖与凄凉！语文是爱，是暖，是希望……”

时间太快，不知不觉中这节课已经过去了一半，课堂环节继续进行。

“我们已经有了六年的小学语文学习经历，请你告诉老师如何学好语文呢?”我接着问。

“多读多写，多摘抄。”又是安思伟。

“背诵古诗文，多积累。”又是安思伟前面的那个孩子。(明天，我一定要问清楚你的名字，并把你放在心里。)

大家纷纷发言，课堂开始活跃。

“老师，我觉得学好语文就得多阅读。”最后坐在第二排的一个男生举手说。

“是啊，能告诉老师和同学们你最喜欢读什么书吗?”

“《西游记》。”

“《西游记》中你最喜欢哪个人物呢?”

“孙悟空!”你的眼睛很大，双眼皮很好看。(明天，我一定记住你的名字。)

“为什么呢?”我穷追不舍了。

“因为他本领高强，会七十二变，保护唐僧西天取经，一路上出生入死，制服了无数的妖魔鬼怪。”

“非常好，你喜欢他的惩恶扬善。”我补充道，“同学们，掌声送给这位同学。”

教室里掌声雷动。

我思绪万千。

现在的孩子真的不得了，他们读过很多书，并且有自己独到的见解。他们去过很多地方，并且有自己深刻的体会。要想征服他们，作为老师的我们必须让自己丰盈起来，去读必要的书（教材配套的必读名著和选读名著）和孩子们喜欢的书，这样，我们才有与他们交流的资本。除此之外，我们还要去我们应该去的地方走走，去寻找语文里的中国，比如，三峡、黄鹤楼、滕王阁、天山……正如浙江的红桥老师所说，这是语文老师必须打卡的地方。

这节课上到这里，时间还剩五六分钟，我想看看孩子们的书写，就教给他们语文预习七步法，并让他们写在语文课本的扉页上。

末了，让安思伟同学到我的办公室去拿我的手机，随意拍下孩子们的模样和他们的书写，以纪念新学年我的语文第一课。

今天起，好好读书，好好上课，好好生活。

继续用肖培东老师的话结束今天的小文：

站在讲台，我是学生的阳光；

走出校园，我有自己的幸福；

这，就是教育的美好姿态。

享受语文，享受教育，享受生活，是我们的选择。

第四辑 碎暖

我常常流连于这些让人暖心的美好时刻、让人难忘的只言片语，仿佛时光都走得那么轻缓。那些点点滴滴的暖，汇聚成爱的海洋，包围着我，永远……

碎　暖

早晨六点钟，从睡梦中醒来，确切地说，是从自己“上课”的梦中醒来。赶紧叫醒大高和小高，然后洗漱，开始一起锻炼。从餐厅到客厅到阳台，从阳台到客厅，路过“长长”的过道，到主卧，转身，再从过道到餐厅，然后再重复上面的路线，这就是我们晨练的天地。

“一、二、三，一、二、三、四……”这是大高在喊口号。

“妈妈，甩开胳膊，大步走，锻炼效果更好。”这是小高在指导我。

一圈、两圈……我们就这样“跑”着。暖暖的。

“我的蟹爪兰又盛开了！”忽然，我大声喊道。

记得年前它来的时候，正在盛开，几天后，花儿谢了，为了不影响室内的美观，我把谢掉的花一一剪去。然后，除了隔几天给它点水喝之外，就很少关注它了。没想到，今天的它，又盛开了，与刚刚来的时候一样美好，让人感觉暖暖的。

回头看看客厅里，蝴蝶兰和大花蕙兰也依然在盛开中。曾多少次，我趴在蝴蝶兰的旁边，抚摸它宽大的叶子，嗅它的花香，看它微笑的样子，生怕哪天它变成蝴蝶飞走了。可是，二十多天过去了，你依然在我家客厅飞舞着，芳香着，微笑着，注视着我们一刻也不曾离家的生活。

你是在陪伴我们一起迎接春天吗?

我在心里这样问你，然后继续跟着“部队”晨练。

“郑老师，锻炼不能三心二意！”大高边“跑”边给我提意见了。

“妈，妈妈，您该提醒您的学生起床了哈！”小高同学在提醒我唤醒学生。

哦，原来是早晨七点了，学生们该起床晨读了。

“停课不停学”，今日第四天。

劳累，忙乱，甚至有点不知所措。

昨晚钉钉作业第二天，终于有点头绪了。

过去的三天，虽然忙乱，但却收获很多温暖。

前天一大早，看见班主任群里都在汇报各班晨读情况。我也赶忙计算，看看班级群和小组群里有多少同学微信打卡，我一手拿着笔记本，一手拿着手机翻看。不停地数着，不停地记着，还得不停地听着孩子们的背诵是否符合要求，直到腰酸背痛，直到眼花缭乱，等到我也发送班级晨读情况时，大部分班级已经汇报完毕。“××班今日晨读打卡几人，几人未打卡。”这是大部分班级的汇报记录。忽然，我看见一个圆圆的小图片，是44班李建利老师发的，他没有文字说明，但有具体数字，上面显示打卡几人，又有几人没有打卡，哦，原来使用的是钉钉网课程序啊！

于是，我拿起电话，打给了李老师，问他钉钉晨读打卡是如何操作的。李老师非常耐心地给我讲解，并当场让我打开钉钉，一步一步指导我如何建立晨读打卡任务栏，我一边听电话，一边按照他的指导去操作，不一会儿就创建好了。末了，李老师还告诉我说：“姐，你先试试，待会有哪些地方不明白你再给我打电话！”顿时，温暖溢满全身，我知道，这又将是美好的一天。

也就是从那时起，我与我们的英语闫老师开始在钉钉上摸索。当天的作业，我们就试着在那里发布了。

没想到，家长与孩子们都很配合，他们与我们一样，一路摸索，没有我们的任何指导，绝大部分都按照要求去做了。记得第一天，42班只有一位同学没有上交作业，估计是不会用钉钉吧，上交作业的同学写得都很认真，很是让我感动。感谢42班的全体家长，在没有老师现场指导的情况下，你们陪伴着孩子听网课，写作业，然后再上传钉钉。真是辛苦了，感恩你们一路相伴！愿我们永远不忘初心，不畏将来，砥砺前行。

另一个温暖的感动，来自开始使用钉钉的第一天。午夜了，闫老师还在工作，她认真批改了每一份作业，给每个需要的同学写出了评论，并发了当天的总结。当这份总结发出时，已是十二点零六分。你可知道，闫老师是一个有着两个娃的妈妈，大的上五年级，小的才两岁多。日复一日，年复一年，每时每刻，她的心里装的最多的还是学生。敲打着上面的文字，我的内心是感动的，但也是不平静的。眼前总是浮现闫老师疲惫的身影和她永远微笑的表情。此时，我想说，亲爱的闫老师，注意休息，我们都爱您！

另一份温暖与感动来自我们的数学袁老师。

当我发现钉钉比较好用时，昨天中午，我用李老师教给我的方法，打电话告诉了袁老师。

袁老师高兴极了，对着电话大声告诉我："这么快我就学会了，还是老师教得好啊！"

"不是老师教得好，是老师遇到好学生了啊！"我也调侃道。

电话另一端传来了开心的笑声。

原来，已经五十多岁，一心教书的袁老师也会开玩笑啊！

随即，袁老师就在钉钉上发布了42班当天的数学作业。

从第一个学生上交作业的那一刻起，她可能就没有片刻休息。因为，昨天午夜时分，我依然在班级群看到了袁老师批改作业的总结："数学作业较好的同学有：李姗诺、梁艺缤、陈启月、刘天宇、马丽娜、尹一涵、殷宇辰。有待提高的同学：××同学课本上的题没做；××同学没试卷；××同学缺一页试卷，课本上作业不全；××同学有空题；××同学课本第4题图上没有辅助线；××同学几何证明题缺少图形……"我看看发布的时间，已经是23:15。

亲爱的袁老师，我们想说，您也一定要注意身体，我们同样爱着您！

再想想我们最质朴的物理王老师，同样有两个娃的她，又何尝不是如此！每天在微信群千叮咛万嘱咐，告诉孩子们听课需要注意什么，做题别忘了规范作图。你看，今天下午第一节物理课前，她又如是说："物理老师在线，除课本笔记本外，请大家准备好铅笔、直尺、练习本，本节重难点在作图上，播放中需要练习时可以暂停，多注意细节。有问题可以随时问我。”

亲爱的王老师，我们也想对您说，多注意休息，大家都爱着您！

昨天，当我批改完两个班发来的作业，写完一天的总结后，已是深夜，虽然很累，但我依然带着满满的爱与感动，入梦。

清晨，锻炼过后，当我透过小小的手机屏幕，看着42班一个个小小的人儿在用心大声背诵时，心中更是充溢着各种情愫：温暖、欢喜、感动……

张译文同学一口气背完了长长的英语课文，脸上露出轻松的表情；苏一雄和张书婉同学虽然没有一口气背完，把视频分成了两段，依然很轻松；马骁、刘绍耿、肖雅晴等同学跟读英语录音的样子同样十分可爱……

当今天的第一节数学课正式开始，指引孩子们都走进网络课堂，我终于有了一丝喘息的机会。这才看看有没有需要回复的信息，手机微信的左下方，也永远是红圈圈里三个小白点，从来没有显示过具体数字，同样，今日早晨，微信又是爆满。忽然，有这样一则信息跳入眼帘：“郑老师，这几天，您太累了，注意休息，我们都爱您！”短短的一句话，瞬间消融了我所有的劳累，心中流淌着暖暖的感动。

……

我常常流连于这些让人暖心的美好时刻、让人难忘的只言片语，仿佛时光都走得那么轻缓。那些点点滴滴的暖，汇聚成爱的海洋，包围着我，永远……

写给“特殊日子”里初心不忘的我们。

从今天起，做一个幸福的人

今天是2020年1月28日，农历正月初四。疫情面前，我们既要做好防护工作，又不能过度恐慌。

各班级群在学校领导的关怀下，昨日开始报平安，42班53位同学及其家人一切安好，感谢大家为我带来平安的信息。

凌晨三点，醒来，脑海中反复出现海子的一句诗："从明天起，做一个幸福的人，喂马，劈柴，周游世界。从明天起，关心粮食和蔬菜。我有一所房子，面朝大海，春暖花开。"我们没有马，无须喂，我们没有地锅，也无须劈柴。疫情面前，更不能去周游世界，但我们必须关心粮食和蔬菜。更渴望有一所房子，能面朝大海，春暖花开。

海子的这句诗，在我脑海中反复出现，乃至没有了丝毫困意。耳边是高先生均匀的呼吸声，窗外，不知是楼上还是楼下的邻居，空调外机转动的嗡嗡声，也是很均匀地传来，此时的夜，显得越发寂静。下床，走进小高同学的卧室，只见他像小狗似的蜷卧在床上，帮他盖好已经被完全蹬开的被子，他竟然丝毫不知，睡得真香啊，不知他昨晚又是几点睡觉的。

从年三十到今天，四五天的时间，除了去购买家里的必需品，大部分人很少出门。

小高同学在家里，也是学学英语，编编程序，做做习题，读读自己喜欢的书籍。除此之外，他也刷手机，玩游戏，翻看疫情信息。

在这寂静的夜里，我的大脑越发清晰，由小高同学想到了42班的孩子们。这几天，按照我们年前的作业计划，没有给他们安排具体任务，真的不知道他们都做了什么。只希望他们能保证充足的睡眠，而又不太慵懒；能充分享受爸妈的关爱，而又不只等饭来。

昨天的小组群，大部分依然安静，也有几位家长带领孩子给我们带来了惊喜。

早晨，在A2组里，看到了李铭瀚戴着口罩在楼下锻炼，视频里，很清晰地看到他精神状态良好，很匀速地在小区车库前的小道上慢跑，很是让我欣喜。在做好防护的基础上，能够起床下楼锻炼，而不是赖在床上，这就是一种精神。感谢优秀的铭瀚家长带领优秀的铭瀚为A2组的孩子们做出了很好的榜样。

晚上十点，A1组的陈启月同学发来了当天的作业，足足有九页，其中英语试卷四页，英语课文及单词短语书写四页，练字一页。而且每一页书写都干净整洁，清秀隽永，这个文静内敛的小姑娘，总是这么勤奋，一次次给大家带来感动与惊喜。是啊，学习无假期，感谢美丽的启月妈妈带领可爱的启月为A1组的孩子们做出了榜样。

榜样的力量是无穷的。

今天早晨七点，A2组里传来李姗诺同学背诵英语的声音。从视频里看到，她身穿白色的卫衣，依然戴着那副近视镜，坐在沙发上，面带微笑，目视前方，声音洪亮，吐字清晰，很陶醉地在为妈妈背诵。上午十点，这个小组群里，又传来李姗诺踢毽子的画面。她是在自己家的客厅里，很欢快地踢着，玫瑰色的羽毛毽子，像一只美丽的蝴蝶，在她的脚下与眉头之间舞动，她的目光也随着那只漂亮的羽毛毽子来回游动，很是专注。这个孩子做什么事情都是这么认真，而且永远不卑不亢，宠辱不惊。年前感冒一个多月，高烧40.3℃依然参加期末考试，结果成绩依旧名列前茅，真是令人钦佩。这样的孩子，不仅仅是42班全体同学学习的榜样，也是我们每个人学习的榜样。

感谢优秀的姗诺同学，感谢优秀的姗诺妈妈。

惊喜接连不断。

上午九点五十分，A1组又传来刘锦泽同学背诵和跳远的画面。只见他身穿蓝色的运动T恤，坐在自己的书桌旁，两只小手放在桌面上，坐姿端正，目视前方，可爱至极。“缺月挂疏桐，漏断人初静。谁见幽人独往来，缥缈孤鸿影。惊起却回头，有恨无人省。拣尽寒枝不肯栖，寂寞沙洲冷。”原来，刘锦泽同学背诵的是苏轼的《卜算子·黄州定慧院寓居作》，按照先前的计划，这是明天的背诵任务，他今天已经超前熟练背诵了。本组的下一个画面，依然是刘锦泽同学，他在自家小区里练习跳远，依然是那件蓝色的运动衫，蹲下，起跳，目视前方，一下，一下，他在认真跳着。年前期末考试，刘锦泽因为小小失误，稍微有所退步，他意识到了这一点，寒假更加用心了，这一点，从前几次小组群发送的作业可以看出，每一项书写都认真仔细，因而干净整洁。感谢刘锦泽妈妈为大家带来了这么感人的画面，祝福优秀的锦泽再上一层楼。

榜样的力量真是太强大了。

上午十点四十分，依然是A1组，又传来了邓文宇同学跳远与跑步的画面。他应该是站在自家宽大的院子里跳远和跑步的，画面显示的是邓文宇的侧影，但依然很清晰。只见邓文宇同学身穿黑色棉衣，目视前方，一下又一下，在一蹲一跳中前行。跑步的画面，有背影也有正面，依然是自家宽大的院子，他跑得不紧不慢，很稳，步履很匀。邓文宇小朋友非常聪明，年前也知道用功学习了，期末还进步了很多。感谢文宇的家长为大家带来的画面，祝福聪明的文宇新的一年有更大的进步。

希望42班有更多的孩子投身到锻炼与学习中去。

追了两天剧，昨天起，我已按时作息，读书，写字，锻炼身体。偶尔侍弄一下花草，感觉很美好。

不知不觉，假期已经过去半个多月，余下的日子，也是非常时期，对42班的孩子们提出以下希望：

（一）做好疫情防护，少出门，勤洗手，非不得已出门不忘戴口罩。

（二）疫情面前，放平心态，不夸大事实，不过度恐慌。

（三）不熬夜，不赖床，按时作息，按计划高质量认真完成作业。

（四）生命高于一切，晨练晨读继续。关于锻炼，可以选择在家里，像李姗诺同学一样踢踢毽子，也可以像邓文宇同学一样跳跳远什么的。

（五）热爱劳动，帮助父母做力所能及的家务。

（六）多读书，读好书。

假期必读的两本名著，一定要认真去读。对于《傅雷家书》与《钢铁是怎样炼成的》，我再做几点介绍。

《傅雷家书》是文艺评论家、美术评论家傅雷及其夫人写给儿子傅聪的书信编纂而成的一本家信集，摘编了傅雷先生1954年至1966年5月的186封书信，最长的一封信有七千多字。字里行间，充满了父亲对儿子的挚爱、期望，以及对国家和世界的高尚情感。信中首先强调的是，一个年轻人如何做人、如何对待生活的问题。傅雷用自己的经历现身说法，教导儿子待人要谦虚，做事要严谨，礼仪要得体；遇困境不气馁，获大奖不骄傲；要有国家和民族的荣辱感，要有艺术、人格的尊严，做一个“德艺兼备、人格卓越的艺术家”。同时，对儿子的生活，傅雷也进行了有益的引导，对日常生活中如何劳逸结合、正确理财，以及如何正确处理恋爱婚姻等问题，都像良师益友一样提出意见和建议。拳拳爱子之心，溢于言表。

希望42班的所有家长与孩子共读这本书。

《钢铁是怎样炼成的》是苏联作家尼古拉·奥斯特洛夫斯基在全身瘫痪、双目失明的情况下于病榻之上完成的不朽之作。小说主要讲述了保尔·柯察金从一个不懂事的少年到成为一个忠于革命的布尔什维克战士，再到双目失明却坚强不屈创作小说，成为一名钢铁战士的故事。

小说最大的成功之处就在于塑造了保尔·柯察金这一无产阶级英雄形象。他当过童工，从小就在社会最底层饱受折磨和侮辱。后来在朱赫来的影响下，逐步走上革命道路。其后他经历了一系列的人生挑战，但无论是战场上的搏杀、感情上的波折还是工地上的磨炼，都没能使他倒下，反而使他更加坚强。即使在伤病无情地夺走他的健康，使他不得不卧在病榻上时，他仍然不向命运屈服，而是克服种种困难，拿起笔，以顽强的毅力进行写作，以另一种方式实践着他生命的誓言。可以说，在他的身上凝聚着那个时代最美好的精神品质——为理想而献身的精神、钢铁般的意志和顽强奋斗的高贵品质。

希望42班所有孩子都认真阅读这部著作，学习保尔·柯察金这种难能可贵的让我们终身受益的精神与品质。

另外的两本选读书目，路遥的《平凡的世界》和余华的《活着》，以及一些推荐书目，如汪曾祺的《人间草木》，梁衡的《心中的桃花源》，张晓风的《母亲的羽衣》，林清玄的《生命的化妆》，丁立梅阅读课系列《让梦想拐个弯》《相见欢》《草世界，花菩提》和写作课系列《遇见你的纯真岁月》《捡得一颗欢喜心》《跟着一朵阳光走》等，也希望一些热爱读书的孩子充分利用这个假期好好阅读。

希望42班的孩子们都能牢记郑老师的期望与嘱托。

从今天起，做一个幸福的人，读书，写字，锻炼身体。从今天起，关心粮食和蔬菜。我有一所房子，虽不面朝大海，但心中依然春暖花开。

等　待

疫情面前，非常时期，作为一个非医务工作者，我们所能做的，只能是不给国家添乱。老老实实待在家里，读书，写字，陪伴老人与孩子。

根据语文教材八下名著阅读要求，这个寒假，两个班的孩子都在读《傅雷家书》。遂再次捧读，感慨良多。关于这本书的主要内容，前几天我已在班级微信群和公众号为孩子们做了解说。

“多多休息，吃得好，睡得好，练琴时少发泄感情，（谁也不是铁打的！）生活有规律些，自然身体会强壮，精神会饱满，一切会乐观。”

这让我想起了我的父母。

虽然，我们之间不曾有家书。

无论我走到哪里，他们对我的期望永远只有一个词，“平安”。

这个冬天，春节前，父母亲搬到了我们小区居住，我们前后楼。因此，这个冬天，我没有做过一次午饭，都是去父母那里吃。他们也好像很享受伺候他们唯一的女儿吃饭，每天中午下班回到家，拿出钥匙，打开房门的瞬间，总能看到两位老人坐在客厅的沙发上，餐桌上摆满了我爱吃的饭菜，父亲手里永远是那本厚厚的原版《西游记》，母亲则盯着房门什么时候打开。看到我回来了，父亲永远是那句话：“下班后回家不要慌张，路上注意安全！”母亲则是：“快去洗手，吃饭喽！”

此刻，坐在电脑前，敲打着上面的文字，抬头能看到前面那座楼房里一个个格子似的窗户，猜测着哪个是父母家的。非常时期，不能再出去遛弯，他们此刻又在干什么？脑海中闪现的是父母亲与我的一幕一幕。

记得那是刚放寒假时的一天上午（那时，我们这里还没有疫情），我和我的父亲母亲，一起从电梯下来，没有其他人，母亲面朝外站在电梯的最里头，我和我的父亲则面对面站在电梯的中间，二十三楼到一楼，有一段距离。忽然，父亲看着我对母亲说：“咱们的丫头也老喽！”

瞬间，我差点泪奔。我的老父亲啊，我知道您是心疼我，也是在感慨岁月。因为，站在我对面的您，已经满头白发，胡子和眉毛也几乎全白了。

时间都去哪儿了？它们爬上了您的额头，钻进了您的发丝，趴在了您的背上，躲在了母亲的腰间，藏在了母亲的双腿上，也刻在了您女儿的脸上。

走出电梯，那日，天阴沉沉的，有点冷。我们说好了去超市的，看看还有什么年货需要再置办的，因为，弟弟说好了要回家过年的，父亲与母亲都非常高兴。可是刚走出小区大门不久，父亲看到了小区前面年前的最后一个集市，于是提议去那里看看，母亲也应和着。于是，我们仨，并肩一起向集市走去。这里的人真多啊，不说比肩接踵，也有点水泄不通了。各种叫卖声从四面八方传来，这种场景瞬间让我想起了小时候跟着父母赶大集的情景，向来喜欢安静的我，对这种嘈杂的集市，并没有过多的烦恼，倒还很乐意。跟在他们的后面，慢慢享受着购物的欢乐。

“这个芹菜很新鲜，咱们买点吧！”

“好，他们也都爱吃！”

“这个小香梨也不错，咱也得要点！”

“要吧，要吧！”

……

听着父亲母亲的对话，看着他们很享受地为孩子们购物，我忽然觉得，他们是多么需要孩子们的陪伴啊！

手里大包小包已经提了很多东西，他们不说回去，我就跟着继续往前走。忽然，看到一个卖瓜子花生等各种炒货的，现炒现卖，很是新鲜，于是，我就走近去买了。因为买的人多，我也只能在后面排队，等轮到我时，不知已经过了多久。买完出来时，我已看不到我的父亲母亲。猜测着他们要买很多东西，于是提着东西边寻找边继续往前走，一直走到了集市的尽头，也不见他们的踪影。于是，转身往回走，东张西望地又走了很久，还是没看到他们。忽然，手机响起来，是老父亲打来的。

他很焦急地询问我在哪里。原来，他们还在我买炒货的地方等着我，只是当时我买完东西后没看见他们而已。

看见我提着东西从集市的另一端朝他们走来，两个人都笑了，终于放心了，好像他们刚刚走丢的女儿又回来了一样。

不知从何时起，他们像全天下的父母一样就这样等待着。

等待着集市上“走丢”的儿女，等待着每天放学回家吃饭的儿女，等待着千里之外电话报平安的儿女，等待着远在他乡回家过年的儿女……

他们就这样等待着，等待着。等到皱纹爬上了双颊，等到青丝变成了白发，等到岁月压弯了脊背，等到时光沧桑了双腿……

他们有一个共同的名字，那就是父亲母亲。

第一次读《傅雷家书》，我想到的是，如何做像傅雷夫妇一样的父亲母亲，教育我的儿子好好学习，好好做人。

再读《傅雷家书》，我想到的更多的是，我的父亲母亲。尤其是傅雷在家信中多次提到很久没有收到傅聪的来信，没有孩子的消息，那将是何等担心与焦急。

我的父亲母亲，没有傅聪的父亲母亲那般的学识，但他们用最质朴的语言与行动教会了我什么是爱，什么是善，什么是美，什么是暖。

我爱我的父亲母亲。

钉钉里的守望

这个寒假非同寻常，该开学的时日，却将我们的课堂搬到了钉钉。

每日清晨，六点钟起床，洗漱完，室内晨练，叫醒沉睡的你们，就开始了我一天的守望。

小小的手机屏幕里，每天都充满欢喜、感动与期望。

守望你们晨读的模样，感觉很暖。或站，或坐，或近，或远，或睁眼，或闭目，或正面，或侧面，声音抑或大抑或小……不管哪种姿态，你们都在认真读着，背着，甚是可爱。

在这里，我看到了李姗诺、张译文、尹一涵、梁艺缤等同学微笑自信的表情，听到了他们对美好未来的向往声。

在这里，我看到了殷宇辰、刘锦泽、张书婉、朱天琪等同学严肃认真的表情，听到了他们对更高目标的追寻声。

在这里，我看到了吴佳明、李潇、程佳哲、李宇妍等同学执着坚定的表情，听到了他们努力向前的呼喊声。

在这里，我同样看到了邓智彤、冯斌、汤涵文、常畅等同学微笑自信的表情，听到了他们不甘落后的呐喊声。

……

在这里，隔着小小的屏幕，虽然，我不能同时看到你们，但53种不同的声音，能同时回荡在我的耳畔，我知道，那是你们对未来的美好期盼，对祖国大地春暖花开的一种守望。

守望你们课堂的模样，使我老化的大脑神思飞扬。虽然，我同样看不到你们。但我知道，最认真听课的是谁，最调皮捣蛋的又是谁，因为，你们的心思，我都懂。

那是你吗？刘天宇同学。时而眼观屏幕，时而奋笔疾书，认真仔细而又不知疲倦。我知道，那一定是你，勤奋刻苦、勇往直前的你。

那是你吗？闫祎泓同学。时而双眉紧蹙，时而开怀大笑，追求进步而又不失调皮。我知道，那一定是你，我和老师们心中最可爱的“小东西”。

那是你吗？张祖奥同学。时而歪头凝视屏幕，时而又挠挠头皮，有坚定梦想而又执着追求。我知道，那一定是你，我们最可爱的“小皇帝”。

那是你吗？刘家硕同学。时而暂停屏幕低头沉思，时而又自言自语，礼貌有加而又努力追寻梦想。我知道，那一定是你，42班的一大“珍奇”。

……

纸张太短，守望太长，恕我不能一一列举你们听课的可爱模样。但我知道，你们一定都有美好的愿望，那就是，好好学习，努力充实自己，爱我中华，努力报答她，使她永远远离病痛，永远充满蓬勃生机，处处花开，时时温暖，事事如意。

守望你们的一份份作业，感动于你们的书写，一天比一天干净整洁，一天比一天苍劲有力。每晚七点，小小的手机屏幕里，翻开一份份作业，那简直就是“浩大”的展览。数学与物理题一步一步，步步清晰；英语单词和短文一行一行，行行娟秀；作文练笔，一篇一篇，篇篇感人。

“还记得钟南山爷爷吗？高铁上的他，头微微后仰，双眼紧闭，眉头紧锁……哪怕睡着，他也依旧心系祖国，心系疫情。此刻，不需要镁光灯，不需要华丽的辞藻，更不需要旁人的评述……便可让人真真切切体会到什么是国士无双，什么是最美逆行者……”

这是李姗诺同学在练笔中书写的对钟南山爷爷的景仰之情。

“……那封闭的隔离服后，是一个个被汗水浸透的脊背，长时间处于隔离手套中的双手，被汗水浸泡，手背上起了密密麻麻的小红疹子，手心也掉了几层皮。医护人员们争分夺秒，忍住疼痛，忍住瘙痒，全力投入患者的医治过程中。”

这是陈启月同学在练笔中书写的对医护人员的崇敬之情。

“他是一个出租车司机，本应该好好待在家里与亲人团聚，但他却自发当起了专车司机，奔赴一线，免费接送医护人员上下班……只见他弯下腰，拿起消毒液，身子探进车内，小心翼翼地耐心地喷洒每个死角，连车把手也不放过。尽管已是隆冬，他的脸上却挂满一颗颗晶莹的汗珠……”

这是刘天宇同学在练笔中书写的对出租车司机的由衷赞叹之情。

一篇篇练笔里，书写着你们眼中的大爱，我欣慰，因为，我从中读懂了你们的感恩之心。你们深深懂得，我们能在家平安度日，安心学习，这些所谓的岁月静好，都是有人在为我们负重前行。

亲爱的孩子们，此刻的我，只能在钉钉守望着你们，希望未来的岁月里，你们都能脚踏实地，正直善良，从容大气，进而不负青春，不负家国，顶天立地。

我同样知道，你们与家人一起也在钉钉守望着老师的课堂，聆听老师的话语，体味老师对作业的评语。

我们都想做那个“麦田里的守望者”，就这样静静守望着，守望一份宁静，守望一份美好，守望疫情赶紧结束，守望春天早日来到。

那时，定能山河无恙，人间皆安！

温婉如你

今天是2020年元月17日，至此，期末考试刚好过去一周，天气微冷。

下午三点，我和张校长来到你家小区，电梯到达十层，正当我们寻找你家门牌号的时候，你的妈妈打开了房门，满面笑容。

“欢迎张校长和郑老师！”

“谢谢您！”我也报以微笑，赶紧回复道，“李依桐宝贝呢？”

“老师好！”我的话语还没落下，你和你的姐姐欢快地踏出书房，微笑，像寒冬的蜡梅传来阵阵馨香。

“赶紧让老师们坐下！”你的妈妈又招呼道。

于是，我们在你家沙发上坐下，你和姐姐一起坐在了我的身边，依然面带微笑。我能感觉到，对于我们的到来，你内心充满欢喜，此刻的我，也开心无比。

与此同时，你的妈妈一会儿忙着倒茶，一会儿又拿事先洗好的水果给我们吃。

整个客厅里充满了温暖的气息。

“放假这几天，你的生活是怎么安排的？”我抚摸着你的肩膀，开始了我们的对话。

“写写作业，背诵一下诗词和英语。”你注视着我，微笑依然挂在脸上，很甜，很美。

“每天大约几点起床？”

“八点左右吧！”你有点不好意思，低下头，“老师，明天起，我打算早起！”你又抬起头，望着我，像是等待着我的鼓励。

“我坚信，你一定会的！”我再一次拍打你的肩膀。

“读书的时间一般放在什么时候呢？”我知道，你是一个热爱读书的孩子，于是，与你谈论起了读书的话题。

“一般都是在晚上睡觉前吧！”你的脸上依然绽放着笑容，温婉，美丽。

“你先读的是哪一本书呢？”我期待着你回答《傅雷家书》。

“老师，我先读的是《钢铁是怎样炼成的》。”

“《傅雷家书》也非常好，你可以与你的妈妈一起读。”我望向你的妈妈，“《傅雷家书》是很好的教子篇，凝聚着傅雷对祖国、对儿子深厚的爱。信中首先强调的是一个年轻人如何做人、如何对待生活的问题；告诉我们待人要谦虚，做事要严谨，礼仪要得体；遇困境不气馁，获大奖不骄傲；要有国家和民族的荣辱感，要有艺术、人格的尊严，做一个‘德艺兼备、人格卓越的艺术家’。同时，对儿子的生活，傅雷也进行了有益的引导，对日常生活中如何劳逸结合、正确理财，以及如何正确处理恋爱婚姻等问题，都像良师益友一样提出意见和建议。”

“找时间我一定会读的。”你漂亮的妈妈如此回答。

“本周末的朗读者活动你参加了吗？”张校长终于开口说话了。（先前，是我们俩只顾说话，忽略张校长了吧，呵呵，此处省略一个表情。）

“她是第一个报名的，我也没想到她这次这么积极！”坐在另一个沙发上的妈妈非常开心地回答道。

“报名朗读者还是观众呢？”张校长又关切地问道。

“我没敢报名做朗读者，报的观众。”你怯怯地回答，但却依然不失微笑。

“今天报名还来得及，和你姐姐一起朗读多好啊！”张校长再次鼓励道。（你的姐姐正在一中读高一，今天刚放假。）

“好吧，我们今晚准备一下，然后发到群里。”千万个没想到，你是如此欢快地答应了。

“我也读得不好，但我也报名做朗读者了，贵在参与哦！”张校长又补充道。我想，他是想再次给你鼓劲吧！

孩子啊，你在班级的存在感一直很弱，从来没有大声说过话，除了偶尔迟到外，更是从来没有违过纪。作为道德与法治课代表，你认真负责，每天板书老师布置的任务，工工整整，从不打折扣。检查作业时，更是一丝不苟。在我的课堂上，当我让你站起来回答问题时，你的声音小到甚至连自己都听不见，为此，我也批评过你多次，试图改变你，让你大大方方在课堂上讲话，可是，却一直没有成功。

我千万次地寻找适合你的教育方法，可也总是“众里寻他千百度”，即使千万次回首，也不见它在“灯火阑珊处”。

今天的你，真的给我带来了莫大的欢喜。我真后悔没有早点与你用心交流，没有早点来到你的家里。此刻，我真心应该感谢张校长的引导与鼓励。

端详着与我零距离的你，顶着一头标准的学生齐耳短发，弯弯的笑眼，嘴角也总是轻微上扬，皮肤白皙，温婉可人。黑色轻便羽绒服的里面，套着鲜艳的橙色卫衣，卫衣的帽子翻在羽绒服的外面，搭配自然，一切都是刚刚好。坐在我的旁边，你就是春天里的一树花开，芳香四溢；更像一只温婉的小鹿，乖巧可爱。

“真是太好了，我等着你和姐姐的好消息，接下来的假期，你还有什么打算呢?”我努力调整自己刚刚内心的欢喜，回到原来的话题。

“老师，我想在按计划完成作业的基础上，好好补习一下英语。”

“很好的想法，让你优秀的姐姐帮你做这件事吧!”

“嗯!”你点头。

“另外啊，作业完成了之后，一定要用心订正哦，说不定哪天我又来你家喽!”

你又是使劲地点点头。

此刻的我，仿佛看到了开学后的你，大方、大气、阳光、向上，回答问题声音洪亮，吐字清晰，是全班同学学习的榜样。

“好吧，今天就到这里吧，期待着后天我们朗读者现场再见，加油，你一定是最棒的一个!”张校长再次对你如此说，我同样很期待你的精彩表现。

“校长再见，老师再见！”你目送着我们走出你家，走进电梯。你的微笑定格在那里。

暖风十里，不如你，温婉美丽。

稳稳的你

放假前，接到家访的任务时，我就想到了，一定要到韩伟航的家里看看，看看这个话语不多、稳重如书的男孩在家里是一番什么模样。

于是，今天，2020年元月17日下午，我陪同张校长，开启了寒假家访模式。今天的计划是家访两位同学：李依桐与韩伟航。按照计划，我们先去了李依桐家，从李依桐的家里出来，驱车赶到你家小区时，已近下午四点钟。走下车的瞬间，依然有冷气扑来。但我们没感到寒冷，因为我们知道，你和你的爸妈一定在家中等待。

正如我们所期待的一样，刚到你家门前，还没来得及敲门，你的父亲好像与我们心有灵犀，已经打开房门，热气扑面而来，室内温暖如春。

“韩伟航，你们校长与老师来了！”你的父亲招呼我们坐下后，对着你的书房呼喊你的名字。

瞬间，你走了过来，与此同时，走来的还有你的双胞胎姐姐（先前听你的父亲说起过）。你冲我微微一笑，很憨厚的样子，可爱至极。接着，你坐在了我的左侧，你的姐姐坐在了我的右侧。顿时，幸福溢满全身，如果，我是说如果，如果我也有一双这样的儿女，天天围着我，那将是多么幸福的事情啊！

你的父亲忙着沏茶，看到我们的到来，也是欣喜无比，满脸乐开了花。

“别忙活了，快坐下，我们聊聊吧！”张校长如此对你爸爸说。

“姐姐在几班啊？”张校长又开始问了。（此处省略很多笑声）

“闺女在26班。”你的爸爸回答道。

“哦，我教25班，差一点就教着你了哈！”张校长笑着对姑娘说。

客厅内充满了欢快的气氛。

“你每天几点起床啊?”终于轮到我与你的对话了。

“一般七点吧!”你依然朝我憨憨地笑笑。

“起床后，是先锻炼，还是先晨读呢?”我真想抚摸一下你胖胖的小手。

“一般先去锻炼。”

“哦，都去哪里锻炼呢?”

“有时候去牡丹园，有时候也去东边的赵王河公园。”

“对呀，你家离牡丹园多近啊，那里就是你家的后花园哈!”我拍着你的小腿戏说道，“不过，你如果去东边的赵王河公园晨练，也许能遇到我哦!”

“要不，以后去找你郑老师跑步吧!”你爸爸补充道。

客厅内又是一阵欢笑，你却是始终如一地微笑，真是稳重如你。

“放假了，平时在家里也帮着爸妈干点家务啥的不?比如，洗衣做饭什么的。”我忽然想到了这个问题。

“洗衣服用洗衣机会洗。”你又是笑笑，指向客厅阳台上晾的衣服。看来，这满满一阳台晾晒的衣服，都是你洗的，真棒。

“自己的袜子什么的小件东西，会用手洗吗?”

“会的!”

“当年，我儿子都不会!”我越发对你充满了好感，羡慕地说。

“我还想知道，你还会干什么家务?”哈，看来，我是穷追不舍了。

“刷锅洗碗啥的都干，还会做简单的饭菜。”你的回答再次让我震惊，多么优秀的孩子啊!

“他和他的姐姐分工干这些活，一人一次。”你的爸爸自豪地补充道。

此刻的张校长，更是对你们姐弟俩夸赞有加，连连竖起大拇指。他骄傲啊，他有如此优秀的学生。

“你都会做什么饭呢?”依然是我在问。

“煎鸡蛋，煮面条啥的，一些简单的饭菜。”你和你的爸爸基本上同时说道。

“平时，我妈妈做饭，我就爱在旁边看。”

“多么用心的孩子啊！”张校长基本上与我同时说道。

今天到你家家访，真是让我收获满满。一万个没想到，平时不言不语的你，竟然如此用心。

走进孩子们的生活，原来是如此美好！

这样的家访，我一定会多做几次。

“最近，你有什么打算吗？”我侧身，看着坐在我面前的你，依然稳重如初。

“后天上午，想去我表哥家里玩玩。”

“一定要注意安全，没有外出旅行的打算？”

“暂时没有。”

“他一般不会出门，就是锻炼和学习。”你的爸爸再次补充道。

多么让人省心的孩子啊，让我如何不爱你！

“你未来想做什么职业呢？”

“这个还没想过。”你羞涩地低下头。

“姑娘有没有这方面的打算？”张校长开始了与你姐姐的对话。

“我最近的目标是考上菏泽一中，然后考个好大学。”这是姐姐对张校长的回答。

“你呢？最近的目标与姐姐一样吗？”我再一次望向你。

“我也一定要考菏泽一中。”

“你一定能行的。然后，你想考个什么大学呢？”

“山东大学。”

你不假思索，脱口而出。看来，你对山东大学是有一定了解的。

“山东大学很好啊！”张校长满意地对你说。

你依然是笑而不语，稳稳地坐在那里。

“你的目标也可以再高一点，比如北大、清华，也不是不可以。”我对你提出了更高的期望，“孩子啊，有时候，你把想的事情说出来，你会有更大的动力去做这件事。想和说之间有一定的距离，但说和做之间，会有更长的距离。把我们的梦想说出来，然后努力去做，就有很大的实现的可能性。虽然道阻且长，但行则将至。”

你朝我点点头，目光坚定，稳重如初。

我知道，你在暗下决心。

我更知道，42班一位稳稳的少年，正在积蓄力量，向着美好奔跑。

因为，我对你们的希望，你懂得。

从你家出来，已接近黄昏。

驱车行驶在长长的人民路上，看车来车往，一路绿灯，无限美好。

优秀如你

2020年3月29日，乍暖还寒。

下午六点，我从张书婉的家里出来，拨通了你爸爸的电话，问你是否在家，愿不愿意与我们一起出去吃“垃圾”食品，你欣然同意。

没多久，就看见皮肤白皙高高大大的你戴着口罩走出小区，伴随着一声“老师好”，你坐上我的车。

“宇辰减肥了啊？又帅了！”

听到我如此说，张书婉笑了，你也露出羞涩的微笑。

经过一阵商议，我们一致决定前往中华路银座楼下的肯德基。

很快来到停车场门口，摇下玻璃，听从导车员的安排，测量体温，停好车，我们三人决定从肯德基正门进入。

你大步走在前面，早早打开肯德基的玻璃门，示意我俩进去。俨然一位绅士，我们很幸福地享受着你的服务。

进去后，又是一阵登记，一阵测温。

服务生很热情地为我们服务、导购。

当我们选定一个靠墙的桌子坐定后，我把手机交给了你，并嘱咐你为我们三人点餐。扫码，询问，点餐，确认，看着你熟练的动作和征求我们意见的眼神，我微笑默叹。“优秀”二字再一次闪现在我的脑海，它的内涵再一次被你诠释，它与成绩无关，它是一种涵养，一个细微的举止，一个恰到好处的眼神，甚至一个微笑，都能彰显“优秀”的内涵。正如现在坐在我对面的你。

柔和的灯光打在你的身上，你短短的发丝上，你白净而又稚嫩的脸上，此刻，“美好”二字再次从我眼前划过。

不多久，该我们取餐了，你告诉我和大婉等着就行，你一人搞定，汉堡、薯条、番茄酱、鸡柳、可乐、奶茶……你一一取来，放在我们面前，又折回前台去取吸管。

餐间，我们三人一起交谈，其乐融融。

我跟你俩讲哥哥小时候吃肯德基的故事，大婉谈论最多的是她的弟弟，你也谈你的弟弟，但说的更多的还是你的妈妈。

“平时都是你的妈妈帮助你学习啊？”我问道。

“是啊，她现在休假了，在家专门负责我的学习。”

“爸爸呢？”

“他有时照看弟弟，还要出门办事情。”

“哦，妈妈是怎样辅导你学习的呢？”

“她与我一起听网课，一起写作业，主要是物理和数学这两门，每天还帮我提问各科背诵。”

“你妈妈做得真是太好了！”

“老师，我妈妈还与我一起考试呢！那天考试物理，我俩一人做一份试卷，同时做！”你很自豪地补充道，“平时遇到不会的题，也是妈妈为我讲解，当然，考试例外哦。”

真是一位了不起的妈妈，为孩子付出这么多！

“如果所有的妈妈都能像你的妈妈一样，那该多好啊！”我在心里默念道。

你的妈妈一定是一位知性优雅的女子，我当即决定餐后去你家里看看，想近距离接触一下这位优秀孩子的母亲。

于是，晚饭后，在征得你的同意后，我再次发动车，向你们小区驶去。先把大婉送回家，随后走到你家楼下，与你妈妈通话后，直接上楼。电梯门打开的瞬间，就看见你的妈妈已经站在门口等着我了，年轻美丽，皮肤白皙，俊俏的面庞上挂着灿烂的微笑，一副红色的眼镜架在鼻梁上，漂亮的中长发搭在肩上，一切都是刚刚好。客厅里，你的爸爸在忙活着沏茶，你的弟弟正在沙发上玩耍，墙上有各种字画，一架黑色的钢琴立在沙发的右侧。

瞬间，温暖、幸福、和谐、文化、美好等字眼扑面而来。

我再一次明白了你身上所体现的“优秀”二字。

在沙发上坐定后，与你的妈妈交谈。

“宇辰说平时都是你辅导他听课、作业什么的。”

“是的，为了他我特意休假了，等过了这个特殊时期孩子们返校了我再去上班。”

“我看这里有架钢琴，宇辰除了弹钢琴，还有什么别的爱好吗？平时也帮你做家务不？”

“小学时考到了八级，进入初中就不跟着老师学了，不过也没有中断，学习累了他就坐在这里弹一曲。他还喜欢与同学一起打篮球，在家里也偶尔煎个鸡蛋，做做面条等简单的饭菜。”

“真好，我可以去宇辰的房间看看吗？”

听到我的请求，你妈妈立即带着我来到你的房间。一个上下铺的双人床，收拾得干干净净，我曾经在你发的背诵视频上见过。两个小书橱，也整理得整整齐齐，里面都是你学习用的书籍。靠窗的地方是一个小书桌，上面有你听课用的平板电脑，让我震撼的是，网课七周所有的学习资料，分门别类被你装订得整整齐齐，封面上还写着科目名称，还有上次我们网上测试所有的试卷，也都一一装订成册。

我再一次体会到什么叫优秀。

优秀是一种品质，它真的与成绩无关，它是阳光，是自律，是有条理，是说话做事大方得体。

在征得你和妈妈的同意后，我忍不住拍下了你的书橱和书桌，以及你装订的所有的网课学习资料，我想发给42班的孩子们看看。

再次返回客厅，那架钢琴再次映入我的眼帘。一种强烈的愿望充斥着我，我想听你弹钢琴。当我说出我的想法后，你妈妈赶紧打开琴盖，爸爸快步去开钢琴上方的顶灯，你也以最快的速度坐到钢琴前。

这一系列的动作再次告诉我，优秀是一种速度，是一种美德，更是一种尊重。

只见你面带微笑，细长的手指在黑白琴键上灵巧地跳跃着，优美的琴声行云流水般从指间倾泻而下，时而似千军万马，时而又似流水潺潺……此刻的你，大方大气，自信自然。我只顾着陶醉在这琴声里，一曲终了，竟忘记了鼓掌，深感抱歉。

天色已晚，告别你的家人，我亦感慨万千。

所有优秀孩子的背后，都浸透着父母的血汗。

你成绩优异，习惯良好，又有丰富广泛的爱好。我对42班所有男生的祈愿，在你的身上都有展现。

我坚信，以后的日子里，你一定会做一个真正的男子汉。

我被感动撞了个满怀

几天前，接到你妈妈让我家访的邀请，很是开心，因为正好我也想你了。在我心里，你是一个懂事乖巧的孩子，初二上学期，我曾经为你写下《你奔跑的样子，真美》，你确实也一直在“奔跑”中。

正想知道你的假期过得好不好，因此，我要感谢你的妈妈。

于是，昨日下午，带上我的闺密（我怕自己找不到你家，她比较熟悉你家那个方向），跟随导航，一路沿着长长的251省道，驱车来到你美丽的村庄。

道路弯弯，还不太宽，会车就有点困难，还没到达时，远远看到一辆车急忙靠右停下，以便给我们留出足够的行驶空间，我和闺密一起感叹，这里的人素质真高啊！等到走近时，我赶忙摇下车窗道谢，只见那人正在透过车窗向我们招手，原来，他正是你的爸爸，他来接我们了。

我忽然有点明白你为什么那般懂礼了。

刚进你们的村庄，我就呆住了。平坦笔直的水泥路自南而北被植被分成两部分，而且这里的绿植是分层的，高低不等。高大的几种我只认识白杨，中间层次的我只认识百日红，因为它此时开得正艳，矮小的灌木，我一个也叫不上名字。

我真的被眼前的景色迷住了，我当时是惊奇地叫了一声的。

其实，更美的景色是在你的家里。

刚下车，你的爷爷奶奶和妈妈就已经在门口等待了，微笑里布满淳朴，开心里写满真诚，我的心微微一颤，这里有太多的感动。

此时是下午六点二十几分，你们的英语网测刚刚结束，现在是批改订正时间，准备二次上传。听到我的到来，你欢快地从屋里跑出来，开心而又羞涩地说了声“老师好”！

“宝贝好，老师想你了，来看看你！”我回应道，仰望着高大的你，好像半个暑假你又长高了很多。

听到我如此说，你竟有点不知所措，仿佛又羞涩了许多。

跟随着你来到你宽大的房间，今天网测的几张试卷都在书桌上放着，我随手拍下了它们。拍数学时看到你的错题不少，正好也被我的闺密杜老师看到，她正好是教数学的，于是，不假思索地拿出你的数学试卷，开始给你讲解错题。我戏说："你今天可没白来啊，还真管用!"她笑了，答道："那是喽!"我俩相视一笑，"你好好讲题，我去欣赏风景了哈。"

于是，我走出了你的房间，再次来到院中。此时，我才发现，你的爷爷正蹲在地上收拾刚刨下的花生，你的奶奶正在院子的最南边采摘丝瓜。他们嘴里还不时絮叨着"这是自家种的，没打农药……郑老师大老远跑来了，真是辛苦……"看着他们满脸的微笑，淳朴的微笑，很自如地劳作，我的内心再次被深深感动，这，或许就是世上最真的情吧，除了感动，无法言表。

我站在这样一个院子里，感觉自己很小，但却能听到各种植物的呼吸。你爷爷刨出的花生，整齐地躺在湿润的土地上，散发着独特的清香。一阵微风吹来，好像又嗅到了棉花的香气，不，是淡淡的青青的棉籽的香气。追寻着它继续向前走，在花生地的一旁，院子的西半边，真的有棉花在那里，它们长得高大繁密，已经开始结桃。我记不清我有多久没有见过这样的棉田了，很是欢喜，更有无法言表的感动，忍不住深吸一口气，静心倾听，仿佛听到棉花的私语，这是一个丰收的季节，更是一个让人感动的季节。

正当我陶醉时，你忙活了一阵子的奶奶，要带我去前面你家的另一个院子看看，我很听话地随从。

这里，更是一个大果园。

枣子结得密密麻麻，压弯了枣树枝，我从没见过这么稠密的枣子，禁不住啧啧赞叹。你的奶奶高兴地说："郑老师，回头枣熟了让佳哲给您捎到学校去!""不用，不用了，到时候我再来吃吧!"我慌忙回答道。

我不知道我是想来你家吃枣子呢，还是想来再次感受这里的气息。

葡萄架上的葡萄青红相间，有的已经泛出紫色，似一个个玛瑙晶莹剔透。“这个葡萄架已经很多年了，结的葡萄可甜啦！”你的奶奶如此告诉我，我分明看到她已经剪了很多葡萄，放在了一个大大的方便袋里。

“这是核桃，这是梨子，这是柿子……不过都还没熟呢！”你的奶奶一一向我介绍，“到时候熟了您再来哈！”我很想拥抱一下你这位慈祥善良而又真诚纯朴的奶奶，感谢她让我再一次看到许多美好，许多许多美好！

当我再次返回到你在的院子时，杜老师已经给你讲完了错题，我们开始聊起你的生活与学习。

“佳哲宝贝一般几点起床啊？”

“五点半吧，我奶奶每天都是五点半叫醒我！”高高大大但却瘦瘦的你，在郑老师面前好像永远带着羞涩的笑。

“是啊，每天早上五点半一喊他，就能很快起来！”你的奶奶很开心地补充道，“然后他就去后面那条路上运动了。”老人家很自豪她有一个高大帅气而又听话的孙子。

“这么早啊！”我感叹道，立马又想起钉钉里你每天几乎是第一个运动打卡的人，我不禁在内心为你点赞，多么自律的孩子啊！

“每天他都能按时晨读，当天的内容也都能熟练背诵。”你的妈妈在一旁接着补充道。

“阅读放在什么时间呢？”我接着问。

“他一般是晚上读书，《水浒传》他早就读完了，现在是跟着班级一块读第二遍了。我们这个家里没有网，他也没有手机，先前的几个手机都被我摔碎了，因此，每天晚上他读会儿书早早就睡了。”你的妈妈抢先答道。

“宝贝真棒！”我忍不住又拍了一下你的胳膊，然后仰望着高大的你，又捏了捏你的胳膊。心想，我如果也有一个这样乖巧的孩子，一定也会像你的妈妈一样自豪。

你依然在微笑，然后羞涩地低下头，享受着我们的夸赞。

我知道，你一直在奔跑，我更知道，总有一天，你一定会腾飞的。

天渐渐暗了下来，接近七点了，我们该回去了。此刻，你们全家又带着我来到你晨练的地方。和邓智彤晨练的地方一样，这里同样有高大的白杨，茂盛的玉米，还有绿油油的豆田，一派丰收在望的景象。

你每天在这里，呼吸着自由的空气，享受着最暖的亲情，怀揣着最真的梦想，愉快地学习和成长，这是一件很美的事情，不是吗？

末了，我们要回去了，你的爷爷奶奶准备了一大兜胖胖的花生和晶莹剔透的葡萄，还有刚摘的肥嫩的丝瓜，执意要送给我们，无法拒绝。我知道，这里还有沉甸甸的希望，有最真诚最质朴的情感，更有对教育的尊重，感动早已溢满心间。

发动车的瞬间，再次回头，你们全家人都站在胡同口，目送着我们的车驶出很远，一个劲地挥手，再挥手……

伴着夕阳，拥抱着满怀的感动，我们一路前行，畅谈着你的现在和未来，无限美好！

我把今天爱过了

早晨五点钟，准时醒来。洗漱，做饭，一切就绪，离上班还有很多时间。于是收拾各个房间的垃圾篓，打包，拎着下楼，顺便想帮办公室的同事们在小区西门口买一些好吃的面筋（买回来仔细看才知道，它叫干凉皮）。电梯很快滑行至一楼，走出大厅，抬头仰望，雨后的天空湛蓝湛蓝的，很美，我忍不住使劲地呼吸了一口新鲜的空气，一阵清爽。

走出西门口，卖米面酱醋的阿姨已经出摊，她正在收拾着各种卖货，脸上永远挂着刚刚好的微笑，很甜美的那种。

“姑娘早啊！”看到我走来，她如此招呼道。

对于一个像我这样即将年过半百的人，被一位不太熟悉的老人称作“姑娘”，也是满心欢喜的。

“阿姨早上好！”我立马回应道，“咱家的面筋就剩这两袋了吗？”

“家里多着呢，你要多少呢，我这就回家去拿！”她依然笑着对我说。

“家有多远呢？”我不解地问。

“两步远！”她指着摊位对面的小院子告诉我说。

于是，我就跟随着她来到了她的家里。可能是因为要开发了吧，院子基本上缩没了，都是搭的棚子。穿过带棚的小院子，来到她的房间，两个卧室里，除了两张撑着蚊帐的床，满满的都是卖货，不过摆放得倒是整整齐齐。这里有花椒、茴香等大料的味道，也有酱醋的味道，还飘着浓浓的煮粥的味道，香香的。

我和她一起拿了七大袋面筋，再次返回她的摊位前，我准备付钱，事先特意准备好纸币，生怕她不懂得微信付款。

“姑娘，你是我今天的第一位顾客，这次给你算八元一袋吧，都是卖九元的，说实话，每袋我只挣你两毛钱。”她再次如此诚恳地告诉我，依然笑意满满。

我有种想拥抱她的感觉，连续说了很多个谢谢，付了钱，她把那七大袋面筋逐一放在我的两只手里，我的十个指头基本用完了，勾起一袋又一袋，一瘸一拐地向家的方向走去，也引来路人异样的目光，感觉自己很滑稽，很像一个业务不熟的小商贩，但也很开心，差点笑出声来。

走到楼下，真的是没有办法再从兜里拿出门禁卡开门了，此情此景，正好被在小区内散步的同楼的一位大姐看到了，她赶忙帮我打开门，又按开电梯，并嘱咐我慢点走，又是满满的感动。我艰难地按下电梯内-2的按钮，直奔车库，把这七大袋好吃的面筋一股脑放在车里，算是完成了这个清晨的购物。

于是折回楼上，很从容地用完早餐，打理一下我的花花草草，让它们也感受到天降甘露似的眷顾。

很爱如此从容的早晨，很爱今天一大早遇到的人儿。

六点二十五分，再次乘坐电梯下楼上班时，又遇到27楼在读小学六年级的小姑娘，她背着沉甸甸的书包，手里还拿着一本书在读，好勤奋的姑娘，让人欢喜。

“早上好宝贝！”我依然微笑着向她问好。

“阿姨早上好！”她同样是甜甜的笑。

六点四十五分，我还没有走到教室门口，就听到了有人大声读书的声音，三三两两，但却清清晰晰。哦，原来又是42班的邓智彤、孙培宇、朱朝晖等同学在认真复习昨天的功课。你们总是用这种方式爱着我，不是吗？

初升的阳光从窗外射进来，刚好打在窗台绿萝的发梢上，又与我撞了个满怀，我张开双臂拥抱，开启了一天美丽的校园生活。

课间时，与闫老师在教室门外的树荫下交流，41班的哪位同学进步了，42班的哪位同学最近状态特别好，两个班的男生整体上怎么样，女生整体上怎么样……末了，闫老师与我谈到了一个非常可爱的话题。她说：“你发现了没有，41班同学大部分都很娇小，柔柔弱弱的，爱生病。42班的同学尤其是男生个个都高高大大、白白胖胖的，很健康的样子，尤其是吴佳明，能把他爸爸拍在沙滩上。”经闫老师这么一提醒，我再仔细想想，还真是这样啊！忽然有一种很自豪的感觉，好像被人夸赞了自家的孩子，我真是一位很有用的“妈妈”，能把孩子养得个个都白胖健康，感觉真好！

不是吗？上课的时候，你们个个精力旺盛，回答问题恨不得站起来举手，生怕老师看不到你们，只要一宣布下课，你们个个像苍狼一样“嗖”的一声蹿出教室。这样的你们，我依然很爱。

今日十分钟模拟课堂，我选择了我最爱的《蒹葭》。走进那个赛场，竟然一点也不恐慌，感觉所有的评委都在对我笑，又感觉他们都是我的学生，与我共同来一场蒹葭之旅。

“2500多年前的秦地，在一个长满芦苇的河畔，曾经吟唱着一首优美的歌谣《蒹葭》，这首古老的歌谣在吟唱什么呢？今天就让我们一起穿越时空，来到2500多年前的秦地，会一会这首诗歌的作者，感受诗人美妙的诗情，领略我们民族文化的源远流长。”

这是我的开场白。

“……

“跟随着诗人来到这飘洒着白霜的清晨，我们不仅仅是看到，我们还会听到什么呢？

“……

“这不仅仅在写一个凄美的故事，还描绘一幅朦胧而美丽的图画，真是‘诗中有画，画中有诗’。《蒹葭》之所以成为经典，正因为这既是一首诗，也是一幅精美的图画。在这幅精美的画面中，诗人一路艰辛，却依然执着追寻，而那身影却始终都是可望而不可即，在这个过程中，诗人的内心是怎样的，他的感情又是怎样的呢？有没有变化呢？你感受到了吗？

“……

“宋代朱熹在《诗集传》中如此说：‘所谓彼人者，乃在水之一方，上下求之而皆不可得。然不知其何所指也。’

“因为年代久远，我们无法确切地考证伊人的具体含义。但是一千个读者就有一千个哈姆雷特，同学们，在你的心目中，伊人又是一个怎样的形象呢？小组讨论，请自己的神思再次飞扬起来，大胆地谈谈你的看法。”

“伊人是美好事物的象征。她既可以是我们心目中的一段刻骨铭心的爱情，也可以是我们一直苦苦追求却无法实现的理想，还可以是我们的一种信仰，一份期盼，一个甜蜜的梦。诗人追寻伊人的过程就是追梦的过程。”

以上是我模拟班长李姗诺的回答，当然会掌声不断。

末了，有几句话送给同学们，也送给我自己。

“在追寻的路上，我们热烈地期盼和追寻着美好。也许这种追寻最终不能实现。但路上的风景和希望足以慰藉我们敏感的心灵，内心深处炽热的执著足以温暖我们无悔的青春！”

凡事不问结果，今天的课堂，我深深爱过了。

此时此刻，已是深夜，我忽然想起梅子老师的一句话：“每晚我都会对这个世界说，晚安，亲爱的世界，我把今天爱过了。”

好久没有晨练散步了，赵王河公园里的海棠应该长大了吧，荷叶应该铺满荷塘了吧，杏林旁卖杏的大姐还在那里吧……明天我去看看你们哦！

晚安，亲爱的世界，我把今天爱过了，我依然会一往情深地爱着每一个明天。

你是人间的四月天

我说你是人间的四月天；
笑响点亮了四面风；轻灵
在春的光艳中交舞着变。

你是陈立校长，顶着一头乌黑闪亮的披肩长发，着一黑白点相间的衬衫，没有我们意念中的高跟鞋，始终微笑的表情，似一棵小小的松，挺立在并不宽大的讲台。读你，就是读人间的四月天，似清风拂面。你给我们带来的是《全球视野下的基础教育改革与发展》，你说，我们的课堂应该遵循的原则是“学生主体，学情主导，教师助推”；你说，分组学习应该关注每一个小组，关注每一个学生，不让任何一个学生游离于学习之外；你说，要当一位让学生喜欢的老师，不但靠智商，还要高情商；你还说，真正的教育应该是“人”的教育。这最后一点，深深触动了在座的每一位老师，它真的像四月的春风吹拂了八月的我们。

曾任耶鲁大学校长20年之久的理查德·莱文曾说过：“真正的教育不传授任何知识和技能，却能令人胜任任何学科和职业，这才是真正的教育。”

“教”在《礼记》中解释为“长善而救其失者也”，“育”在《说文解字》中解释为“养子使作善也”，这就是告诉我们教育的目的要非常明确，是使人，特别是孩子，善良的方面不断地增长，使他的过失得以挽救。仅仅把孩子养大，那个不叫育，必须使他有良好的人格，有高尚的品质，起码有做人的标准，这个才叫育。所以做人的教育，品格的教育都是居于教育体系的核心地位，这是我们中国古人对教育的理解。

因此，在陈立校长的引领下，我们更深一层地理解了我们所做的教育应该是真正的“人”的教育。我们首先应该教会孩子善良、谦让、正直、担当、勤奋、阳光、向上等一些优良的品性，然后，我们再为他们传授知识，这样的孩子，长大了才是响当当的“中国人”。

你是四月早天里的云烟，
黄昏吹着风的软，星子在
无意中闪，细雨点洒在花前。

你是庞茂设校长，来自浙江天台一个偏远的山村中学。你给我们带来的是《重构课堂生态以课堂为原点的改革之路》，瘦瘦的你站在讲台上，以一个校长和一个化学老师的身份，向我们讲述着你们学校的故事。厚厚的眼镜遮挡不住你犀利的目光，朴实的话语里流淌着真实的思想。

你说，国际上课堂变革的风景浩浩荡荡，不可阻挡，国内教育变革势在必行；你说，心理健康问题是班级最大的问题，我们一定要关注每一个孩子的健康成长；你说，学典的编制要遵循“三生五学”的原则，“三生”即生命、生活和生存，“五学”即独学、对学、群学、展示和检查；你说，我们育人，要抛开功利，育人第一，或许一时成绩不好，但慢慢一定会好；你说，我们心中要有尊重、信赖、倾听的理念，要有冷暖自知的亲身实践，要有坚定不移的改革意志和立场；你还说，基础教育改革，一切直接以追求成绩为目标的教育教学改革，最终必将失败。

掌声，经久不息的掌声。

我们感叹你睿智的思想，决定从此刻起，沿着你的教育之路坚定地走下去。

那轻，那娉婷，你是，鲜妍
百花的冠冕你戴着，你是

天真，庄严，你是夜夜的月圆。

你是高琼校长，来自杭州笕桥实验中学，你为我们带来的是《内生理念下的学校课程建设》。你矮小微胖的身材，顶着一头稀疏的头发，永远微笑的表情，诙谐幽默的语言，天真而又不失庄严。

你说，我们要有自己喜欢的东西，不只是上课和改作业；你说，我们要记住“三感”，即“知道感动，学会感激，常怀感恩”；你说，把简单的事情重复做，你就是专家，把重复的事情用心做，你就是赢家；你还说，优秀与基础和背景无关，它是一种习惯，一种追求，更是一种品质。

我们都会牢牢记住高校长的话，走下讲台用心做教育，并随时记录身边的感动，每天传播正能量，让优秀成为一种习惯，心中有爱，脚下有根。

雪化后那片鹅黄，你像；新鲜
初放芽的绿，你是；柔嫩喜悦
水光浮动着你梦期待中白莲。

你是傅强教授，八〇后，来自济南大学编辑部。你个子不高，声音却很洪亮，你年龄不大但知识真的很渊博，厚厚的眼镜后一双眼睛能洞察一切，台下的我们很是被你折服。

你说，作为一名专业老师，不仅仅是授课改作业，还要有自己的思想；你说，教师常写作，就是对自己教学生活的思考与探索；你说，教师讲述教育故事，就是反思教育问题，寻找问题背后的根源；你说，教师做教研，就是对教育革新的责任与担当。

你是我们这次“牡丹区名师引领力提升专项培训”的最后一位演讲者，你一边讲课，一边看时间，嘴里不时说着“马上结束，马上结束”。你的认真，你的可爱，处处彰显着一个八〇后博士的心愿，让在座的每一位老师都学会记录自己的教育故事和教育心得，进而有自己独特的教育体验。

每个孩子都是潜在的领袖，每个孩子都蕴藏着影响世界的潜能。把每个孩子的一生变成成功而精彩的故事，是我们的使命。

四天的培训很快结束了，我们难忘每一位讲课者，他们的报告都犹如一盏明灯，为老师们指引了前进的方向，虽然未来的路还需要我们一起去探索实践，但我们相信，只要满怀教育热情，且行且思，一定能在教学的道路上越走越快、越走越远！

因此，我们感恩这份美丽的遇见！

“你是一树一树的花开，

是燕在梁间呢喃，——你是爱，是暖，

是希望，你是人间的四月天！”

第五辑

悠悠时光，欢笑声中地老天荒

初中三年，说长不长，说短不短，愿在挥手告别时，满脑的欢笑能让你我在泪潸潸时，嘴角绽开一缕芬芳。

悠悠时光，欢笑声中地老天荒。

悠悠时光，欢笑声中地老天荒

“哈哈——”一阵笑声划破了黎明的宁静，天边几颗星星被吓得躲了起来。但这颇有些“放肆”的笑，却使人的心在这清冷的清晨，增添了些许温暖。

这是我在早晨起来后，绘声绘色地给妈妈讲我们班那几个班委时情不自禁发出的大笑。要说他们怎么着了，且待我娓娓道来。

班长——李铭瀚

班长这个人吧，我从第一眼见就觉得他不是一个“严肃”的人，没办法，那长相、那神态，完美地融合了“皮”在里面。但人家不只是“皮”，人家还“欢”。

那是节体育课，老师照例让同学们“收拾收拾衣服哈，放放东西哈”，李铭瀚也去脱衣服，本来没什么不正常的，可他里面穿了一件小马甲，还是“紧身”型的。这下后面几个男生嚷开了，“小马甲，小马甲”。尴尬不？尴尬。可我们的班长大人“不以为耻，反以为荣”，又是龇牙又是挑眉的，还摆了个健美员的pose，在同学们面前“招摇”地回去了，笑翻了一帮人。不过，他大概没看到体育老师面对他的背影那种无奈的眼神，还真是“前面老师无语，后面同学笑趴”。

再说说他的近况，就这个星期五，几个同学在校本课后回教室整理，李铭瀚不知从哪里找了一个黄色的小球，在地上滚来滚去，撞得桌子一阵响（因为他在后面踢球），最后球烂了一块，他还不放过它，又从教室前面往后扔，“唰——”球稳稳地落在垃圾桶里，这下他终于消停了。这一消停，就一直到我们收拾完准备走的时候，他妈妈打来电话，他接起电话，叫了声“喂，妈妈……”刘绍耿在教室另一头立马应声："唉！小。"李铭瀚放下电话手表，回头就是一声吼："我弄死你，你信不信！""哈哈……"刹那间，全体爆笑，刘绍耿也颇为尴尬地笑笑，低头继续收拾书包，李铭瀚则一边说着"没事，妈，没事"，一边出门打电话去了。

所谓班长与班长之间的差距，在于人家是"班长大人咳一声，全班就又瞬间安静了"。我们的班长呢，他是"李铭瀚翻个白眼，全班就瞬间沸腾了"。我能怎么办？我也很无奈啊，记得我给他说这事的时候，他冲我翻了个傲娇的白眼，就飞快跑出去玩了，只留我一人"在风中凌乱"。没办法，有个如此欢脱的班长，我们班同学怎能不欢脱呢？

体育委员——张书婉——书婉宝宝——大婉

简单介绍一下，张书婉呢，是个大眼睛、双眼皮、樱桃小嘴的可爱的看上去十分文静的"宝宝"，之所以叫"书婉宝宝"，是因为有次我问她多大了，她不假思索地说："我三岁，我是个宝宝。"呃，我大脑一转："那我就叫你书婉宝宝啦！""不要……去去。"她明显很嫌弃，我就在她边上一个劲儿地叫"书婉宝宝"，最后她懒得理我了，自然而然地接受了这个名字。

至于"大婉"，这是陈恩泽编出来的外号，记得我曾问他为什么，他直接给我来了句："碗（婉），大不大？""大，大。"我无奈地点点头，我不得不惊诧于我这帮同学的脑洞了。

好了，言归正传，来说说张书婉。她呢，用李铭瀚的话来说是个"疯妮子"。也许是因为长跑太好，她的思维常常"脱线"，导致她经常是副微张着嘴，一脸茫然的神情。不过，她脸上，比茫然更多的是笑。第一种：她刚开学的时候齐耳发，但因为上午老师说了句"女生一律削成短发"，所以她下午就"削"了，真的就是"削"，就是跟用个剪子把后脑勺的头发"嚓"地切去差不多。因为"削"去后头发很厚嘛，再加上她喜欢缩头，后面本来是个斜面的头发很快被"缩"平了，我就在她后面吹气，没有头发的遮挡，那一定很“凉爽”，果不其然，她回头给了我个“邪魅”的微笑，再加上一个白眼，真是，啧啧，一言难尽。

第二种，是她和陈恩泽“互怼”时，一边对骂着“你才傻嘞”，一边笑得停不下来，还时不时“气愤”地甩一下头（原谅我不确定她到底为什么甩头），搞得坐在后面的我时常疑惑地望望她，怀疑她是不是有“人格分裂”，怎么做到把这三种情绪有机地结合在一起的。

综上所述，李铭瀚的评价还是不错的——“疯妮子”，不过“疯”得这么“欢乐”，也未尝不是一件好事。

纪律委员——殷宇辰

据班长李铭瀚的评价，殷宇辰是个很“奇葩”的人。

首先，这家伙是个很搞笑的人，他整理头发的时候，那动作——先一甩手，然后往上“呼呼”吹两口气，再一搓，一甩，双手一伸，“胡噜”一下头发，最后冲着扭头无语看他的我摆摆手说句“低调，低调”，不得不说，我们班有两句名言：一是“真好”，二是“低调”，都是殷宇辰发明的。

其次，他的脑洞可不是一般的“大”。记得有一次，数学老师让同学们就5x+10y这个代数式编情景，殷宇辰站起来就说：“打南边来了x个哑巴，打北边来了y个喇嘛，每个哑巴有5个喇叭，每个喇嘛有10个塔嘛，喇叭和塔嘛的数量一共就有（5x+10y）个”。等他说完，全班同学皆已笑瘫在桌上，我强忍笑回头对他说句“真好”，他迅速反应过来了，“低调、低调”，这可是纪律委员，我敢说，这家伙一定是史上最皮的一位纪律委员。

文艺委员——张译文（旺仔）

张译文，一直认为她是个“文静”“听话”的“好”孩子。But！最近我才发现，事实并不是那样的，不必说她和张书婉隔着一个尹一涵依然聊得热火朝天；也不必说她可以和隔了两个人外加一个过道的陈恩泽“怼”得津津有味；单是有次下课后刘锦泽给我说的，“李姗诺，我发现张译文好像有点神经，她的笑声都把我给传染了”，就足以体现出她由“静”转“动”后的“极端”。

至于她“旺仔”这个外号，我还得再推敲推敲，努力弄懂它。

卫生委员——尹一涵

实话实说，在尹一涵“搬来”之前，我一直认为他是“极方正、质朴”的人，可他到之后，我才发现，原来他也这么皮。

不说别的，就说他和张书婉：上着课，老师布置几道题让写写，他俩写完不知又因什么“打”了起来，你掐我一下，我戳你一下，张译文在一边偷笑，我在后面看得直想呵呵（当然这一切都是在无声地进行）。

学习委员——我——李姗诺

我是学习委员（本来不想写自己，后来想想还是写上吧，毕竟“爆”了他们那么多“料”，不写写自己怕被打啊），我觉得，平常我其实还比较“正常”，只不过智商偶尔会“掉线”。

还是这个星期五，本来我板书周一晨读任务，一切正常，可就在我刚放下粉笔后，突然想到一个很严重的问题，于是跑下讲台去问张书婉：“书婉宝宝，你说周日开家长会，晨读任务还用擦不？”正在排桌子的张书婉抬头看一眼，说一句“擦掉”，然后继续拉桌子。本来吧，擦掉就擦掉，没什么大不了，但或许是因为大脑劳累了一个星期，刚好打了一个盹儿，我说出了那句话：“擦了干吗？我费多大劲写的。”她白了我一眼：“一共三行字，说得跟你多不容易一样。”“是就三行，但我字好啊，你能写出来不？”张书婉哼了一声，跑上讲台，抓过黑板擦，“唰唰”几下擦了个干净。

所以啊，做人不能老紧绷着神经，要学会放松，让自己做做“傻事”，不然会累坏的。

学习苦吗？苦啊，所以才需要欢笑充当润滑剂，不然，人会生锈的。

初中三年路，我们一起走过，愿在走至尽头时，回首顾盼，满眼都是欢闹。

三年，说长不长，说短不短，愿在挥手告别时，满脑的欢笑能让你我在泪潸潸时，嘴角绽开一缕芬芳。

悠悠时光，欢笑声中地老天荒。

——李姗诺

感谢那个为我提灯的人

随着窗外琅琅的读书声响起，脑海中又不由浮现出您的身影。想象中，您正站在大捧的阳光下，微风从您干净利落的短发上吹过，吹动了我的心弦。

机缘巧合，刚入初中的我不知怎的就与您邂逅了。第一次与您见面，您正亭亭立在讲台上，微笑着向一个个陌生的同学点头致意。刹那间，您那炽热如初夏阳光般的目光与我对接，我赶忙扭过头，找个边缘的角落坐下，将头深深地低下，低下。

开学没多久，我便感觉到，您，是个“不好对付”的班主任。看似成熟稳重的您有时像个小女孩一样活力四射，学习之余，常常组织全班同学进行各种演讲。每到此时，我仿佛天塌地裂一般，在心中暗暗祈祷。然而，侥幸逃过几劫后，在一次读书交流会上，您轻轻一指，使悬在我头顶的那把利剑直直落下。在恍恍惚惚中，我伴着同学们的掌声，走上讲台。

那次演讲的内容，我早已遗忘。但，一些细节，却如金粒般经过千万次淘洗后，遗留下来。记得在演进过程中，不过多久，我就会紧张地用眼角的余光偷偷打量您。不论多少次，您都是一动不动地立在窗边满溢的阳光中，蓄着温和的笑意，认真地倾听。演讲结束，我迈着紧密的步伐走下讲台，路过您身旁时，您小声却又无比清晰地说了句：“孩子，你太棒了！”微微一瞧，您的嘴角与眉毛都高高地挑起，满脸都是美好与期待。

我怀揣着一颗轻盈温暖的心，在座位上坐下，对着您的背影道了一声：“谢谢。”

自那以后，我与您来往越发频繁，课间，每每遇到我，您总要轻轻扯着我的衣襟，来到阳光下，与我交谈。每到此时，您的眼睛便会如月牙儿般弯起，亲切的话语像被月光照射的淙淙溪水般，柔柔地从您口中流出。末了，您向后退一小步，将我打量一番，惊喜地说："你变得越来越好了！"

这八个字，如八缕灿烂的阳光，从您的眼中、唇间、发梢旁齐齐射入我的心房，使我原本因沉默内向而惝恍迷离的道路变得光芒万丈，我正如您所料的那般，一点点变得阳光大方；我正如您所料的那般，拨开了层层雾霭，怀着美好的希望，面向阳光。

感谢您在我心中埋下一颗种子，使它破土萌发，吐露出芳华；感谢您为我手执灯盏，引领这朵向往光明的花儿面向太阳，面向前方。

——徐黎旭

我毕竟走过

我曾从布满阳光的小径上走过，也曾从阴雨连绵的泥沟里走过，无论怎样，我都毕竟走过。但嘴角总是上扬，盈满笑意。

——题记

享受成功，满心欢喜。

曾记起那次体育考试。伴着秋风，随着裁判员的一声令下，冲出，匀速前进，一半同学在我的前面，不慌，继续中速前进。一圈，两圈……还有最后两圈，加速吧！可腿使不上劲，像是有人在拉着我的裤腿，又像是灌了铅一般，内心感到前所未有的彷徨与无奈。“停下吧，你跑不动了！”这种声音在我内心中无数次响起，击溃了我的心理防线。只剩最后一圈，放弃？霎时，“加油，张译文，快跑！”“加油！”……无数人的鼓励汇成河流，涌上我的心头，轻柔地抚摸着我的心，脑海中浮现出他们往日的笑容，那是对我的期望。“冲！”心中怒吼。双腿似乎没有感觉了，只见同学们一个个从我身边倒退回去，终点近在眼前，那鼓励声与笑容像是马达，把我推向了终点。

“嘀！”满分！同学们涌上来夸赞着我，询问我的情况，无数的问候声像是冬日的暖阳洒入我的心田，那声满分的提示音，更让我享受到成功的欢喜。

我走过载满成功的塑胶跑道。

经历过失败，亦欢天喜地。

看着墙上的计划表和目标书，忆起那个夜，漆黑的夜晚，月光洒在灯前，书桌上映出了台灯的影子。看着月光心里不禁打一寒战，月光怎么那么清寒？我喜欢阳光不喜欢月光！内心大喊，望着窗户上映着的自己的像，出神。不觉，凉凉的东西从脸颊滚下，似断线的珍珠。脑海无法忘记那鲜红的叉号，那差得可怜的成绩，我该怎么办？恐惧、彷徨、失落、无助，就像是一个小女孩与父母走失，在黑夜里，大声地喊着“爸爸妈妈”却无人应答，也找不到回家的路。头埋在两个胳膊里，无法忘记那成绩，看来今夜无眠。

朦朦胧胧中，脑海中又浮现了许多人，老师，爸爸，妈妈，同学，他们面带微笑地看着我，眼神中带着对我的期许，似乎用眼神在告诉我：“不要畏惧，不要退缩，一时的失败决定不了什么，静下心来想想为什么，该怎么做，你会有更大的收获，无论怎样，我们一直都在！”顿时来了精神，抹去脸上的泪痕，拿出纸，开始列自己的目标和计划书。看着他们，心中有了希望，还有了胜利的曙光。

月光静悄悄地爬上窗户，落在书桌上，那么活泼，那么可爱，那么轻柔，不，我不仅爱阳光，亦爱月光。

我走过载满失败与收获的心路历程。

无论道路是平坦还是泥泞，我都不怕，我都无悔，因为，我曾经走过。

——张译文

期　盼

盼望着，盼望着，我踮起脚尖遥望着，却看不到开学的踪迹，开学依然是遥遥无期。

每天下午，我站在室内，遥望窗外，天空是那样湛蓝，阳光是那般明丽，时不时还会有几只小麻雀站在我的窗台上歌唱。这样的好天气，我多想去踏青，然后在春风里放风筝。但现在连家门也无法离开，只能透过窗户，听麻雀们讲述今年的春光了。

如果是在往常，现在的我或许正坐在教室里，听老师讲课，又或许正在被阳光照成金黄的校园里漫步。但现在我却只能对着电脑上课了，这个特殊的课堂，没有同学的讨论，也没有老师的提问。我盼星星盼月亮似的，好不容易等到了我们郑老师的语文课，却只能与我们亲爱的班主任隔屏相望，听到声音却望不见人影。平时最为活跃的古文课堂上，我们小组合作，一人读原文，一人解释重点词语，一人翻译，还有一人提出疑难问题或者有价值的问题。每当那时，我们总是共同讨论各种问题，一起克服困难，课堂上也总是充满了欢声笑语，老师就站在教室的过道里，微笑着看我们讨论，课堂氛围和谐融洽。但现在的网课没有同学们那一个个可爱的回答，只有几张PPT替代了我们的合作。

每次生物网课，我都无比思念我们亲爱的李老师。网课的老师说话不太清楚，甚至讲着讲着，普通话就变成了方言。一节课下来，也只是将课件念了一遍，相比我们的美女生物老师，简直差了好几个档次，当我们还在学校里时，李老师总是认真解答我们的每一个问题，每一个知识点都讲得清清楚楚。记得上学期学习遗传与变异，好多人都觉得难，可我们班却考出了一个很好的成绩。期末考试前，我和同桌遇到一些难题，便经常去找生物老师，生物老师用了很多时间给我们答疑解惑，有时还会给我们各种零食。每每想到这些，我都急切地想要回到学校，见到我们亲爱的老师。

我亲爱的同学们，我是多么迫切地想要与你们相见哪！

放假前，我们坐在教室中，还能面对面地交谈，还能在校园里一起玩耍，我还能和张祖奥一起分享喜欢的动漫。假期里在他的强力推荐下，我看完了《刺客伍六七》，本想开学和他讨论剧情，却被这场疫情锁在了家里，只能通过QQ讨论了。放假前，我和刘天宇经常共同探讨问题，再向老师询问，我们还比赛写作业，这几天在家里，身边没有同学，只有一台孤零零的电脑陪着我，写作业的效率都降低了好多。

我多想回到学校去，再也不会嫌弃上体育课的累，不再因体育老师的严格，而在体育课上偷懒，以后一定会认真上好每一节课。

我多想回到学校去，重返美丽的校园，和同学们一起怀揣梦想，共同学习，共同成长。

我多想回到学校去，和同学们一起仰望蓝天，拥抱朝霞，看春暖花开，听鸟语天籁。

这一日，一定很快就会到来。

我期盼着……

——梁艺缤

你的坚持，终将美好

“曾经多少次跌倒在路上，曾经多少次折断过翅膀，如今我已不再感到彷徨……”每当耳畔响起这首歌，我便不禁回想起那段峥嵘的岁月。

记得刚入初中那会儿，我的体育跳远成绩很差，面对步步逼近的体育测试，我心里焦急万分但又无可奈何。那一次，我体育只考了15分（满分30分）。放学后，我独自一人走在回家的路上，天下着雨，路旁的花草被雨点打得左右攲斜。风呼呼地刮着，迎面而来仿佛刀割一般。路湿漉漉的，我一不小心跌倒在路上，我哭了，不知哪儿是雨水，哪儿是泪水……

从此，跳远成了我的心理阴影，每每看到操场上醒目的标明距离的刻度线，我的心里便一阵寒战。

但我很快从痛苦中解脱出来，因为我知道，哭解决不了问题，而努力，往往是成功的阶梯。于是，我比同学付出更大的努力。跑完操后，我总是在操场上练习跳远；每个课间，我都跑到操场练习；在家里，我写完作业后，也总是练到筋疲力尽才肯休息。

不过，效果总是不太明显，我一腔的热情在生活的刁难下渐渐冷淡下来。这时，我的班主任郑老师找到了我，语重心长地说：“假如生活欺骗了你，不要悲伤，不要心急！相信吧，快乐的日子将会来临。相信自己，你一定能行！你的坚持，终将美好！老师和同学们都相信你！”我听了老师的话，希望的火焰在我心中又重新燃了起来。

成长的过程中少不了同伴的陪伴与帮助，当然，我也不例外。那是一节体育课，老师让我们练习跳远，我费了九牛二虎之力也只是位居中游。连续跳了好多次都是这样。我想，哎，怎么会这样呢？正当我疑惑时，我身边的同学杜恒光走了过来，微笑着对我说：“你知道你为什么跳不远吗？”我摇了摇头。他说：“其实，你的腿没有充分地伸展开，手臂也要使点劲才行。”说着，他便给我做了一个示范。只见他叉开两腿，两臂用力向后摆，然后双腿猛地向后一蹬，身体随手臂向前上方伸展，在半空划过一道美丽的弧线，到达最高点时，双腿用力向前伸，膝盖带动身体向前倾斜，脚跟平稳落地。我在一旁看得目瞪口呆。

“你试一下。”杜恒光拍了拍我的肩膀说。我按着他所说的方法做了一遍，顿时觉得好像远了一些。“谢谢你呀！”我感激地说。“没关系，大家都是同学，互相帮助是应该的。”他也高兴地笑了。小草在风中频频点头，花儿扭动着腰肢，一切都是如此美好。

从此，我更加努力，把跳远当作一种乐趣，也当作我生活中不可缺少的一部分，虚心地听取同学的意见，相互取长补短；与老师交流谈心，认真地上好体育课。课堂上多了一双求知若渴的眼睛，操场上多了一个坚持不懈的身影，办公室里多了一张刨根问底的嘴巴。

转眼间，期末的体育测试如期而至，此时我已经不再感到彷徨，坦然地走向了那个曾经跌倒过的考场。我用力摆动着双臂，此时平常训练的场景浮现在我眼前，我猛地向前一蹬，同学和老师的话语回响在我的耳畔，我奋力向前伸展，终于跳出了满分的成绩，老师向我投来赞许的目光，同学们为我鼓掌。这时，我仰望天空，天边的彩虹显得格外美丽，白桦树在风中招手，小鸟也在枝头欢唱，操场两旁的花儿绽开了灿烂的笑脸，一切都是那么美好！

我终于明白，所有的坚持，终将美好！

——刘天宇

又见柿树花开

徘徊，在那林荫小道上。远望，是柿子树上星星点点的淡黄映在我眼底。花，开了。

小时候，最喜欢奶奶家院子里的一树柿子花。每当柿子花开的时候，我便在柿子树下痴情地张望。可爱又俏皮的小花还未全都绽开。有的还是白嫩的小花骨朵儿，外披一件薄纱，正躲在绿叶间；有的已经绽开了笑脸，手里托着亮晶晶的露珠。柿子树挺直了腰，吐露一束芬芳，展尽半丈风华。奶奶不知不觉间已站到了我的身后，宠爱地抚摸着我的头发，笑眯眯地陪我一起看柿子花。

记忆中是柿子花，填满了我的童年。

同时陪伴着我的，还有朴素的奶奶。

从前是花花绿绿的糖果，斑斓的新衣服；后来是早晨一杯热腾腾的牛奶，晚上一根神奇的绣花针。奶奶总是像变魔术一样逗我开心，她拉着我的手走在田野里，骑着三轮车载着我去“旅行”，抱起我去摘一个又一个熟透的大苹果，然后带着我在喧闹的集市中穿行……几乎每一步，都有奶奶的印记。

一天清早，柔柔的阳光刚洒进院子里的时候，奶奶就带着我动身了。第一站，我们的目的地是鸭子场。奶奶手里拿着一把黄澄澄的稻谷撒向小鸭子们，顿时，奶奶身边便围拢了成群的小鸭子，毛茸茸的，惹人喜爱，我欣喜地大叫，也学着奶奶的样子，使劲儿地向空中抛稻谷，稻谷撒了我一身，奶奶在一旁“咯咯”地笑着，看着我和小鸭子们快乐地相处。夕阳西下，余晖为我和奶奶镀上了一层金色的光圈，奶奶牵起我的小手，脸上绽放出幸福的微笑，就像一朵柿子花，在我心底盛开。

第二站，奶奶带我去田地里掰玉米，玉米地里翡翠的玉米叶像仙女的飘带一般随风飘动，而那果实就藏在肥厚的叶子中，奶奶手把手地教我如何掰玉米，那手法娴熟，不久奶奶便“大丰收”，我也迫不及待地试一试，但由于经验不足，终究败下阵来，奶奶轻刮了一下我的鼻尖，一步一步地耐心教我如何更快更高效地掰玉米。就这样，跟奶奶在一起的日子里，我学到了宝贵的课外知识。

后来我长大了，奶奶也老了，她只能眼睁睁地看着我越走越远。而余下的道路我只能一个人走完。

我走在悠长的小路上，蓦然回首，花又开了。

——陈启月

您微笑的样子，真美

您的微笑是一朵花，在我的心田上绽放，而我轻轻向它走去，感叹：真美！

升入初中的第一天，我便与您的微笑不期而遇。

那日您从后门走进，步履轻快，刚升入初中的我们像受惊的小鹿，齐刷刷扭头看去，您并没有被这“阵势”吓倒，反而微笑着，微微歪着头看着我们，眼中盛满欣喜，我扭过头不敢和您对视，心中却异常激动。柔柔的阳光照进来，拂过我在纸上无意识滑动的笔尖，拂过您的发梢和眉边，落在你的嘴角——微微上扬的嘴角。转过身去的我有种预感，您一定依然微笑着，目光在每个身影上流转。

您的微笑很神奇，能给我战胜困难的勇气和信心。

体育测试，我站在起跑线上，屏息凝神，枪响，冲出，一圈，两圈……我的脚似乎被什么未知的力量向下拉着，双腿像灌了铅一般沉重，眼前也一片迷茫，红色的塑胶跑道好像没有尽头，向远方绵延不尽……忽然地，我听到了您的一声“加油！”蓦然，脑中浮现您的微笑，您对我如此期望，我又怎能让您失望？一咬牙，一抬脚，我开始冲刺，“嘀……”满分！无力地坐在地上，我转向您的方向，看到您笑得灿烂，金色的阳光在您身边流转，温暖而绚烂，我朝您挥手，比了个“耶”的手势，也笑起来，带着满足、喜悦与自豪。

您的微笑很温暖，能冲破黑暗，融化冰霜。

您的微笑，是一树一树的花开，是燕在梁间呢喃，是春风拂过万物，是人间最美的四月天。

我可以错过雪后印着麻雀爪印的湖面，我可以错过闪着金光的太阳雨，我也可以错过雨后初晴时闪着钻石般光亮的露珠，但我唯独不愿、不能错过您的微笑。

因为——您的微笑，真的很美！

——李姗诺

岁月不饶人，我们亦不肯轻饶岁月

光会折射出去，也会反射回来，所以不要在意岁月的流逝，它已在我们心里留下了炽热的痕迹。

奇葩年年有，今年特别多。看看是哪几位“风云”人物进入了这篇日志中。

“年轻人不讲武德！”——张祖奥。关于张祖奥的爆料在过去两年中属于头条新闻、重大事件，所以他也成了当红流量“笑星”。每当这个月份中呀，就会有非常多的苍蝇“空袭”42班，这几个东西可不消停，在课堂上多媒体中总是为我们打开那些引人入胜的页面，以致大部分同学无法自拔。所以，就有了一位“解放者”——“张保国”为我们以浑元形武功驱除苍蝇。只见他上课时，一见到有几只苍蝇，就会以迅雷不及掩耳之势将书飞扑上去，瞬间将几只苍蝇玩弄于股掌之中。真是“年轻人不讲武德”呀！之前上课时，我无意中拍到了一只苍蝇，不知“张保国”怎的望见了，立马向我猥琐地索要道：“刘锦泽，给我呗！”我打眼一看，给了他，不由得想：现在连苍蝇都这么受欢迎呀，不愧是我大42班，人才济济。

“MaraNa”马丽娜。她就是在我们“大笑星”左侧的又一神奇人物。不知是否受到了传染，她的喜剧色彩也异常浓厚。在上数学课时，老师让马丽娜回答问题，只见后面的殷宇辰和右面的张祖奥相互夹击，以极为生动的表情笑着说道：“MaraNa，你会不？”只见马丽娜说时迟，那时快，用手向上扶了一下金丝框眼镜，然后又用王之蔑视死盯着他俩。空气突然安静，该马丽娜说答案了，只见她信誓旦旦地张嘴，然后极为肯定地蹦出了一句“$\sqrt{3}$”。瞬间班里像火药桶炸开了，都纷纷模仿起了“（gen）$\sqrt{3}$”，其中马丽娜周围的几位人士龇牙咧嘴大笑，好不喜庆！再回望，马丽娜一人只身站立，神情呆滞，像是身在其中，不解其中事。

如果，此时你还不相信搞笑的特性会传染，那就再听我给你讲述“MaraNa”和“张保国”身后的那个男人。

“纪律委员”——殷宇辰。说到殷宇辰呀，虽身为“纪律委员”，但还是片面了，他真的称职吗？且听我细细道来。英语课，就成了他活跃的天堂了，与前方的张祖奥谈论着高深的哲学，见他一脸严肃而又露出细思极恐的笑容时，我便会心一笑，察觉到此事不简单，都是“细节”。再看他回头一转，望向了成天乐的试卷，以极其不屑的语气说道：“成天乐奶奶，你行不，这不都错了，你是啥唉你。”此时，场面一度尴尬，只见身为班长的成天乐同学，迅速捍卫立场，反击道：“别说话，再说话扣分！”我也就向后望去，笑笑不说话。殷宇辰上课也经常搞“偷袭”，与“张保国”一起，时不时地喝声叫道：“很快啊，年轻人好自为之！”引得全班同学向中间观望，班内又是一番嬉笑。

要说中间的几位传奇人物带来了浓厚的笑点，那么前边的同学也丝毫不逊色。

“第0.5排”陈恩泽和“第一排”闫祎泓的精彩小插曲。要说上课最活跃的两人，莫过于陈恩泽和闫祎泓了。上课的内容总是丰富多彩，要不唱歌，要不rap，要不笑得像花一样。一次上英语课，因为英语老师讲课带了些山东味的气息，就引得他俩像相声演员，一个捧哏，一个逗哏，配合得不亦乐乎，在他俩的唇枪舌剑中，不时几点唾沫星子蹿过，惹得“中间人”邓雨晨一脸嫌弃，极度不屑。但他俩仍如事外人，笑得仍是前仰后合，人仰马翻。

最后，来叙述一下我吧。人送外号“托马斯”，我至今也很疑惑——你们是如何想出这些外号的呢？好了，话不多说，让我来分享一个“悲伤”的故事。那是在一节体育课上，寒风微微地打过，大家在操场上积极活动身体，准备跑步时，我也许是因为被冻傻了，也许是太兴奋了，当老师叫第三排全体男生上跑道时，我嘴欠地大声说了一句：“谁跑快，谁是小狗。”没想到，我面前的正是体育老师，只见他双眼直勾勾地盯着我，以极其严肃的表情向我看来。果然，还是说错话了，我胆怯地抖着腿，颤着身子，眼睛下垂。最后老师也是狠狠地罚了我一顿——自己一个人跑五圈，第三排全体男生休息（当然，这里不用感谢我）。我独自一个人跑着，面向深沉的远方和尽头，身边只有风打过……

初中三年，我们相聚在一起，为了各自的梦想奔跑。一通笑，一通泪，交错替换。我们也许无法在美好的尽头相遇，但我们也为这段岁月留下了炽热的痕迹。岁月不饶人，我们亦不肯轻饶岁月。

致42班全体同学！致我们的青春！

——刘锦泽

这是我爱的班级

这是我爱的班级，陪我走过青春岁月与风华流年。

——题记

就着点点星光迈入42班的教室，郑老师已经在讲台上弯腰捡纸。好吧，想要在早晨来得比老班早那是不可能的。郑老师很美，很有文人气韵，眼中有山川河流，也有42班的这帮崽崽们。儒雅风趣的一位老师，我却觉得可爱到极致。

每天跑完操后听广播的时间，郑老师就站在我们队列旁边，一边严肃地管着我们不许说话，一边无意识地用脚磋碾操场上的沙石，那可怜的小石子们，被一只秀气的脚扒拉过来，又扒拉过去。郑老师两眼放空低着头，双手插兜，在操场踢踢踏踏。左脚右脚，右脚左脚，伸出去再收回来，活像装了两只电动小马达，一刻不曾停下。队里传来动静，郑老师回过头，一脸严肃，用眼神制止说话的人，过了一会儿，又开始踢踢踏踏，原地蹦了好几下。孩子气的动作在老班身上一点也不违和，平添几分稚气可爱。

上课的时候，老师更是调皮……呃，不对，是可爱。“……所以说，商人是很不容易的。”郑老师结束了刚谈论的关于商人的话题，突然话锋一转，“你说是吧？马骁。”猛然被惊醒的马骁一脸蒙地抬起头，大睁着眼看向使坏的老班，隔半个教室我都能感受到他的茫然。反观郑老师，根本不看马骁，半昂着头，双眼直视后黑板，仿佛在欣赏那掉色掉得十分严重的板报，满脸写着：刚才咋了，看我干啥，不关我事，我啥都没做，一脸正气，好像真的啥都没干，只有那压也压不住的上翘嘴角和头上偷偷冒出的狐狸耳朵彰显了此刻老班计谋得逞的愉悦。什么？你问我狐狸耳朵在哪里？你看，你再仔细看看，等老班提问同学的时候你往她头上看，绝对有！毛茸茸的两只狐狸耳朵偷偷冒出来，狡黠又可爱。

就在昨天下午第二节课间，郑老师风风火火地来到刘绍耿座位附近，我们茫然地抬头，就看到她皱着眉，半噘着嘴，一边挥舞着手中的戒尺，一边含着委屈道："41班欠我一节课，你们闫老师就和我换了早读，我去上41班的早读，这样41班的课是不差了，但咱班不就少了个早读吗？我现在越想越不对劲，还是我亏啊！哎呀，都欺负我。"一边说一边愤愤地晃着戒尺，跺了跺脚，满脸无奈。我们看着郑老师笑开了。

郑老师超级可爱啊，满满的童趣和孩子气毫无保留地展现给学生。当然，生气的时候除外。有可爱的班主任，就会有可爱的班长。超级努力又超级可爱的成天乐！班长实在是太可爱了。几个星期前有次跑操，快开跑了人才只来了一半多点，懒懒散散的各种交头接耳，不愿跑。成天乐就从队中站出来，在队列外围把腿一横，手往腰上一叉严肃道："都不许说话！"同学们被气势震住，安静了几秒钟，又嘈杂起来，成天乐见管不住，不由得气急，小圆脸微微泛红，面颊粉嫩嫩的好似漾着桃花，樱红的小嘴微嘟，鼓着腮帮瞪向正说话的一帮男生，再配上她那大大的眼镜，简直就像一个被偷了过冬的囤粮，正气得不行的小松鼠，可爱得不行。她见我盯着她瞧，转过脸冲我绽放出一个大大的笑容，明眸皓齿，美得像个天使。

我和成天乐是好朋友，也是竞争对手，是成天乐给了我很大的动力。每当想要偷懒时，一想到成天乐也许正在学习，就立马紧张起来，不敢松懈。看着她认真的身影，我也无比认真，生怕一不留神就被成天乐甩得太远。我们说好了，要一起努力，一起进步，勇往直前！什么都不怕，李姗诺和刘天宇能做到的努力认真，我们也能做到；他们能拿到的成绩，我们也不是不行！

其实仔细想来，在这岁月流年间遇到成天乐这样一朋友，实属有幸，相互激励，相互督促。待日后再见，各自立业，相视一笑，不负自己。

现在问题来了，班主任和班长那么可爱，而我那周围的一群都是什么妖魔鬼怪啊？我的组长，乍一看很正经的刘绍耿，其实一点都不正经。那天数学课上老师让写卷子，刘绍耿却一直在座位上晃过来晃过去，好像凳子下面放了个随时可能爆炸的炸弹似的就是坐不住，他凑到任淑雨那边说："任淑雨，我想去厕所，咋办？"任淑雨瞄了他一眼："去呗，又没事。"刘绍耿犹豫了一会摇了摇头："还是等下课吧。"过了一会儿，又凑过去："想去厕所咋办啊，憋不住了。""那你去啊。"刘绍耿沉默许久，然后皱着眉，认真地问任淑雨："有瓶子吗？"真是绝了，有瓶子吗？我们的名媛任淑雨笑得一抽一抽的，快要厥过去了。

我身后的刘家硕和李潇更是一对活宝。上个星期的物理自习，我正对着一道题犯难，后背就被人戳了一下，刘家硕孱弱的声音传来："刘心语，我问你个题。"我好奇地扭身看他，当场惊呆，孱弱是有原因的。刘家硕整个人呈"S"形横向摆放，左脸紧紧贴在桌沿上，露出的右脸被帽子勒着死命往桌子上拽，把刘家硕的脸勒得轻微变形，肉都挤作一团，因为倾着身子，刘家硕的屁股翘得老高，右腿可劲儿往外伸展，但就是找不到可以借力的点，在地上徒劳地蹬来蹬去，这这这，刘家硕是受啥刺激了啊，挑战高难度畸形动作？再仔细一看，这是李潇的手啊，死命拽着刘家硕的帽檐往下拽。李潇一脸坦然，右手无比淡定地写着作业，左手从右手穿过拽着刘家硕的帽檐，末了还对我淡定一笑："别管他，他欠揍！"我默默回忆起刘家硕的欠揍名言：唉妮……唉小……你不行……借用丁麒元说刘家硕的话，他早晚得死在自己嘴上，太欠！我看了看李潇的"暴力手段"，又看了看我旁边乐呵呵的丁麒元，嗯，我对待同桌还是很温柔的。

最后，希望我，也希望大家，永远快乐，任何选择过后都洒脱！

——刘心语

42班午饭花絮

当最后一节课的下课铃打响时，就意味着午餐时间到来了。经昨天吃饭时刘锦泽之蔑视的一瞥，就突然来了灵感，写下了这一篇才华横溢的文章。

一切都准备好了，同学们都坐到了位子上，我们的李潇同志也不例外，只见她用双手优雅地打开了饭盒，瞬间脸上展现出这饭真难吃，我才不想吃的表情，但眼里却冒出了前所未有的光彩，并且以迅雷不及掩耳之势抓起了一只虾，“温柔”地将虾头咬住，把要吃的部分潇洒地扔进餐盒，把虾头放进嘴里嚼了嚼，说了句真好吃，接着又推荐我试一试。

嚼完了那只虾，她又照例问了问王诗雨：“你吃这个不?”一脸渴望的眼神让人不忍拒绝。她还有一个怪癖，吃不完的东西一定要打包，鸡蛋便是她打包袋里的常客，可谓是课下一颗蛋，课上有劲干。

视线转移到我的左边，闫祎泓正跷着二郎腿，穿着今年最新款的“裙子”，像个时尚的老大爷似的坐在“小公主”的对面。这光头二大爷神色老成地吃着饭，还不忘与对面的小公主对视几眼。再看人家“小公主”，正优雅地细嚼慢咽，神色温柔平静，活脱脱一个亭亭玉立的公主形象。

那天，李潇要分享一点零食给“小公主”，没想到惨遭拒绝。他小头一摆，小手一摇，谁也不爱。李潇生气不理他了，却逗得我和王诗雨笑疯了，他极为生气，嘴里嘟囔了一句：“有病啊!”

我和闫祎泓中间还隔着一个数学天才——许文博，我看着他好像是在闭着眼吃饭，那眼睛大得跟刘锦泽有一拼（插句，我看到之前刘天宇、刘锦泽是跟吴佳明体形差不多的人）。

天才在操着一口“流利”的普通话跟我说什么，可惜我没有听清，他就气愤地说了一句：“你耳朵有毛病啊!”我一下子没反应过来，那边李潇就笑喷了。再看许文博，露出了一脸之坏笑。

就昨天，有包子吃的那一天，又发生一起刘家硕、丁麒元作死事件。李潇除了把我和王诗雨的包子都拿去，又偷了点我的菜之外，也没有干什么有损淑女形象的事，不巧被坐在她斜对面的刘家硕、丁麒元看到了，一直在那里一边笑一边嘀嘀咕咕地说什么。待李潇发现，威逼了他们几次，也没有问出话来。

但在刘家硕送饭盒的时候，丁麒元落单了，他将要承受在他这个年纪不该承受的事，终于扛不过去，还是道出了实情，原来他们在议论：李潇是不是“干饭王”，丁麒元最后“很意外”地欣然同意了李潇打他这件事情。

接着就是刘家硕了。“干饭王”同志走到刘家硕的座位边，利索地一伸手，便抽出了刘家硕的书包，霸气地喊我们去洗手。走，我们俩跟在大姐后面默默地走着，因大姐身上散发出黑暗和压抑的恐怖气息，所以都不敢说话。那只书包可怜兮兮地拖在地上，遭到了不好的命运。我们跟着她来到了下面的水池边，好好地清理了一下，又好心地给他拿了上来。这事刘家硕浑然不知。看到他拿到书包后，心满意足地笑了。

同时，我也心满意足地笑了，因为这篇日志就要到此为止了。

感谢42班的这群活宝们，每天都有让人笑到流泪的故事，若干年后回首一望，都是美好！

——张书婉

42班的传奇少年们

42班一直都是一个神奇的集体，班中奇人数不胜数。现在，就来看看其中最为经典的吧！毕竟听经典故事，品百味笑点。

帅气美少年的抬头纹

这个惊奇的发现还要从刚开学说起。刚开学那会儿，刘锦泽带领他的组员在第一星期光荣地拿下了班里量化分最高小组的桂冠。可惜好景不长，他的组员便因种种原因扣了好多分，他们小组也因此离开了第一名的位置。在老班公布倒数名次的时候，好家伙，他组占了一半。原先，我就没注意，等着老班继续公布别的。“你看刘锦泽！”我的好同桌——情报员闫祎泓让我看刘锦泽，我顺势看了一眼。这不看也就错过了，但一看那就不得了了，刘锦泽一手扶桌，一手捂脸，嘴微微张，发出了一声充满无奈的叹息“唉”，这还没完，待他松开了脸之后，浓眉微微上挑，额头上便马上出了一道道皱纹。我惊住了，天啊！这个年纪还有人能拥有这令人瞠目结舌的抬头纹！在这之前，我一直认为只有我爷爷才会拥有。

在我拿到日志之后，刘锦泽就对我说：“记得写我这个美少年！”好的，帅气美少年，你觉得这标题是不是和你的抬头纹以及帅气的气质很搭？

柔弱的大力士

在班里，不知同学们心目中的大力士是谁，但在我心中，她永远是一个柔弱的大力士，她就是我亲爱的孙诺！

先说说她哪里算得上大力士吧。有一次，我和她去计算机教室，因为是课间，时间充裕，我们便一边聊天，一边前进。我们说着说着，她就随意拍了拍我，但，在拍我的瞬间，我承受了我这个年龄，不，这辈子都不应该承受的力量。那一下，我觉得我人快没了。但是念在她无心，我就不和她要医疗费了。

原本这无意间的动作和无意间释放的力量，都在那一天过去了。但上周不久，我又经历了这不该我承受的力量，且在那之后，闫祎泓也拍了我一下，好家伙，那两个人的力量等级很明显，孙诺完胜闫祎泓。

说了强壮，也说下柔弱。中午吃完饭，我都会和孙诺一起送饭盒，但每次走到二楼时，她都会说一句："亲爱的，慢点！不中了，我手快断了！"亲爱的，你可知，我在心里一直狂怒地说："把你拍我时候的劲使出来啊，藏着干啥？"

关于我家亲爱的孙诺事迹当然不少，但我真的不敢说了，毕竟"祸从口出"，希望我人没事。

师父领进门　修行靠个人

要说我上课爱犯困，其实也不是一直都这样，我是有原因的。

初尝甜果——在初二的时候和许文博当过一段同桌。他各种各样的睡觉方法真的惊到了我这个门外汉：侧着睡，正着睡，趴着睡，仰头睡……哦，还有站着睡！从那以后，我便和师父一同探索。

不断升级——后来，我不和师父一起探索睡觉的奥秘了，我开始一个人慢慢钻研，可惜由于我太过走火入魔，竟被袁老师给盯上了，但还好，问题不大，毕竟我的道行距睡神还有些距离。

青出于蓝而胜于蓝——经过我不断"努力"，我终于超过了师父！每次在袁老师的课上，她都在讲题之前看我一眼，在讲题的过程中看我一眼，讲完之后再看我一眼。至于许文博，呵，不过是在袁老师发现我睡着之后顺带的名字。因此，有段时间常可以听到袁老师一句话："邓雨晨扣2分……哦，还有许文博……"

身怀绝技的手艺人

在没拿到日志之前我就一直想写他，如今，可算有了机会，那是一节英语课，闫老师同我们开玩笑说她是我们的女朋友。手艺人听了之后十分感动，当即便要为他的新“女朋友”打造一个宝石项链。你别说，这用订书钉连起来的绳子还真不错！可是宝石呢？哦，别急，手艺人从好友宝石匠人中得到了白色的纸钻石。手艺人拿出珍藏许久的82年红油笔在宝石上尽情上色……

成品当然是美丽无比的，果真应了“高手在民间”！这高手就是陈恩泽。

拥有灵魂的眉毛

说了手艺人，我总是忘不掉宝石匠人的眉毛。他的眉毛浓浓的，一看就知道不是一般的眉毛。

“邓雨晨，快看杨程羽！”手艺人拍了拍正在“修炼”（犯困）的我，像看到了不得了的东西一样，使劲地想让我证实。但奈何我和手艺人的观看视角不同，从我这里只能看到杨程羽的眉毛，那眉毛一上一下，像汪洋大海中的小船，漂泊不定。从那以后我对杨程羽的印象就从“看着不太聪明的样子”变成了“这个人不简单”。

在此之后，他真的将“这个人不简单”给证实了，原来他充满灵魂的眉毛之所以一上一下是因为他在努力让自己睡不着，虽然结果总是睡着了。但好歹他让我知道了在睡觉、犯困这条修炼的路上，有他做伴！

读书人的事怎叫偷呢

也是一次去计算机房，我和亲爱的孙诺和往常一样，我承受着不该承受的力量，就在这时，读书人——刘高艺出现了，只见她的手微微往怀里一掏，好家伙，一张化学卷!

我说："你去化学办公室偷卷子去了?"她摇摇头："读书人的事怎么叫偷呢?"我瞬间反应过来，"哦——是窃……窃……"刘大读书人听后，满意地点了点头。

别忘了写我

这周五放学，我已经将日志放进书包，准备回家。"哎！邓雨晨!"我回头一看是石岩。

"记得写我啊!"

"肯定写你!"

"写我好？还是坏?"

"肯定写好的啊!"

"行，那都中，我先走了啊!"她听到回答后，满意地离开了。

行，都答应你了，那就别怪我不客气了!

你真的很好！胃口很好！记得中午有次吃饭，你把自己的吃完了，可能跑步消耗得有点大，你抬起饭盒朝帅气的刘锦泽美少年走去："哎！刘锦泽！把你的给我点!"帅气的刘锦泽美少年当然回答："你在叫我做甚?"可石岩才不管，直接一勺子，好样的，帅气的刘锦泽失去了刚刚的白米饭。石岩心满意足地吃了起来。但她还剩下了最后一口米饭，你听她说："每天剩一口，减肥能成功!"

42班是个神奇的集体，奇人的事当然说不完，那我便留个悬念。

感谢你们，彼此都留下了美好的故事!

——邓雨晨

我周围的“王者”们

写班级日志的一天，是双十二，而这篇日志又是第三十三篇，多么吉利啊！再说这本班级日志，时隔两年又拿到它了，倍感珍惜。翻开以前的班级日志，篇篇都特别美好，记录着我们的青春岁月。

我观以前的日志笑星百出，我42班真可谓人才济济，再看我周围的几位，更是几位“王者”！

先说说我的同桌周兴吧，就在周五，发生了一起“大案件”！我走进教室，刚翻起试卷，就看见桌洞里有个AD钙奶瓶子，实为可疑！我百思不得其解，就在这时，周兴推开教室的门，大步走到他的座位前，那气场，两个字“霸气”！周兴见我愁眉苦脸，便对我说：“怎么了啊？”

我说：“谁在我位子上放的AD钙奶啊！”周兴道：“这是一起案件啊！”正说间，在旁观看的李狗儿——李森、韩姥姥——韩伟航在一旁偷笑。所以我和周兴确定，他俩其中一个必是“凶手”。我正思考着，对周兴说：“周兴，请你记住你的名字，你的名字叫福尔摩兴！”我一转头，周兴摆出一副诡异的表情，摸摸自己那无形的胡子，好似狄仁杰！我说：“是狄仁杰吗？你是福尔摩兴啊！”他说：“哦！对对对！”他又拿出瓶子，仔细观察起来。

不一会儿，福尔摩兴对我说道：“亲爱的助手，我有重大发现！你看瓶子上面，这分明是握印啊！”我赞不绝口，他指认凶手为韩姥姥，韩姥姥却指认凶手是李狗儿，李狗儿趁机指认韩姥姥，凶手迟迟不见踪影，福尔摩兴陷入了沉思，凶手还在逍遥法外。

下课铃响了，李狗儿跑来对我说：“凶手其实是我俩，这钙奶是我朋友给我的，我和韩姥姥一人喝了一半，还有，你们的办案能力实在太差了，我明明看见韩姥姥用嘴吸的，哈哈！”我和福尔摩兴表情一下子严肃起来，开始质疑自己的实力。结尾还不忘周兴的口头禅：“叫兴哥，哥罩你!”

再说我的右手边，李狗儿——李森，作为“AD钙奶案头号凶手”，他可是一点也不笨，别看他平时一副文静的样子，其实内心很复杂，这里不多做解释，就当作一个未解之谜吧!

可能都会有一个疑问，李森为什么叫李狗儿呢?只因为他睡觉时如狗儿一样，宁静、安详。有一次，他睡觉时，不知何事，他“砰”的一声砸在桌子上，引得陈洁、冯斌大笑，我也笑，至今还未解开这个谜底，正是这个浑身是谜的男人在周五发生了一起战争——与韩姥姥在走廊追逐战。力量型选手韩姥姥登场，哦!他来了，谜一样的李狗儿登场。开始了，开始了!韩姥姥一直处于弱势，不好!韩姥姥见大势已去撒腿就跑，李狗儿发出老虎般的咆哮，他还是李狗儿吗?不，他是李虎儿!李虎儿在拐角处不小心一滑，摔倒了，李虎儿瞬间变成李狗儿，韩姥姥大笑。

既然说到韩姥姥，那就介绍一下韩姥姥——韩伟航，为什么说他是韩姥姥呢?只因为他有姥姥似的神情和爱心吧!关于名称，起源于李狗儿，了解更多，请关注李狗儿!跑题了，跑题了。别看韩姥姥是姥姥，他的力气在班里却无人能比!众所周知，班内吴佳明同学掰手腕名扬整个42班，打遍天下无敌手。话说韩姥姥，众同学请战，韩姥姥便对吴佳明宣战。好家伙，两人的手臂肌肉大得要命，非吾辈凡人能比，韩姥姥使出全力，在四十秒内迅速打败吴佳明，从此以后，韩姥姥威震四方。

说完韩姥姥的力气大如牛，接下来这位，仅次于女武神李潇——巾帼英雄刘星硕，为什么叫她巾帼英雄呢?因为我怕挨打，所以就起了这样一个绝世好名字。她和李潇的暴力成为一片黑暗笼罩着A2组，李潇的管辖范围有刘家硕和王韬哲，刘星硕的管辖范围有我、周兴和王韬哲，当然，王韬哲是最惨的。不必多解释，故事走起。

话说语文翻译合作课，我、王韬哲、周兴三人翻译，刘星硕见势欲加入我们的队列，我道:“仨大老爷们儿，你一个小女子碍什么事，走开走开！”巾帼英雄脸色一变，以惊人的速度夺走了我的语文作业，我对周兴说：“兴哥，帮我夺过来。”兴哥出面，点点刘星硕道：“给个面子，还我小弟作业！别敬酒不吃吃罚酒哈！”刘星硕又一个转身，又以惊人的速度夺走了周兴的作业，周兴此役以失败告终，没办法，只好求助于王韬哲，王韬哲采用智取——“偷”，刚把手伸进桌洞，刘星硕以锐利的眼神瞪着王韬哲，说道：“再动一下试试！”王韬哲放下作业“哼”的一声。就是这位女英雄，和李潇强强联手，征服整个A2组，我们四个男子汉还是斗不过她们，只能认怂。

压轴角色，黄鼠狼——王韬哲，他为啥叫黄鼠狼呢？我也不知，只是道听途说而已，但他的事迹绝对新奇！他处于两位女英雄的交界处，地势十分危急，他更是被历史老师称为“天才学生”的男人。记得那次历史课，张老师让我们复习背诵，王韬哲看着提纲，张老师以严肃的表情和令人胆寒的步伐向我们走来，王韬哲浑然不觉危险已经来临，张老师一把夺过王韬哲的历史书，张老师道：“你干啥呢！书都拿反了，出去出去！找你班主任去！”王韬哲表情十分迷茫，不情愿地出去了，张老师送走他之后，留了一句：“这都是天才学生！”引得全班大笑。

这就是我周围的几位“王者”了，吐槽了这么多，我恐怕小命不保，再见了各位。愿我们42班永远如此美好！

——程佳哲

平凡日子里的我们

透过窗户，看向深邃的黑夜，那儿，有着我们的故事。

依稀记得，不，清晰地记得那次历史课，阳光微甜，温度刚好，阳光将一块块黑板笼罩在圣洁的光辉中。我们那至高无上的朱元——不，张老师便踏着那光耀而来，在阳光的反射下，张老师的脸更加冷峻，如同一把寒冷的刀，闪烁着锐利的锋芒，睥睨天下。皱皱眉头，抬头看看表，猛地敲一下讲台，不咸不淡地道："上课几分钟了?!"由于那股来自远古时期君王的威压，我们都不敢吭声。这时老师冷冰冰道："现在掏出一张纸，找四位同学上台听写。"我们都慌了，班里瞬间一片"阿弥陀佛"的声音。

之后张老师目光一扫，所及之处，无一不低着头，怕和老师对视。接着，老师口中爆出一个名字："刘锦泽。"过了一会儿老师又道："刘金涛、张书婉、马丽娜。"说完，老师放下名单。我在底下暗自松了口气，便幸灾乐祸地抬头看着刘锦泽。他笑而不语，一副胸有成竹的样子，我不禁开始期待了。紧接着，便是最刺激的听写，第一题便是"二战"达到最大规模的事件。我埋头，大笔一挥，便写出了答案。紧接着，我抬头看向刘锦泽，却只见他在台上正广泛地采纳前排的意见，再经过深思熟虑的排查，筛选出最为合适的答案。看他眉头紧皱的样子，我不禁同情地叹了一声，想向他提供答案。可还没开口他就自信地一转身，落下粉笔，以极自信的速度，写下七个大字：美国偷袭芝加哥。我大吃一惊：难道是我错了？再凝视着看一会儿，我才哑然失笑。看着张老师冷酷的表情与刘锦泽自信的笑容，不禁再次哑然失笑。随后下了讲台，他把粉笔以极高的抛物线轨迹扔向讲台，潇洒地转身，飞一般奔向座位。看着他小小的眼睛里迸发着大大的自信，不禁对他篡改历史的胆识感到佩服。

再说说我的同桌徐淼吧。小小的身板，苍白又瘦小的脸颊，极具特色的翘舌，便是徐淼也！而他除了极具rap特色的翘舌，还有一大特点：手艺人。也许是因为手小吧，也许是因为心巧吧，总之他总能将废物回收利用，变成一件工艺品。比如说星期五那天，徐淼在上早读时凑过来，幽幽地说："硕哥，我下了课让你看个东西。"我不由得好奇心大发。等到了下课，徐淼凑了过来，脑袋像拨浪鼓一样看了看四周，低头拿出了一把造型极其巧妙的小型弓箭。我不禁"哇"了一声，拿过来仔细观察着。问他："这个弯弯的箭骨是用啥做的，摸起来质感不孬，应该用的是很好的木头吧。还有这个连接箭骨的黑弦，应该是用很好的绳子绷起来的吧。"徐淼答曰："一次性的筷子和口罩上的绳子做的。"我顿时无语，他见我失望，忙说："这可是我做完作业花了一个晚上加五个班空做的，还能射箭。"我一听，两眼放光，他拿过来说："看好了硕哥，我给你拿纸试试。"我赶快点头，只见他张弓搭纸，用力往后一拉，只听"咔嚓"一声，箭骨从中间裂开，碎成两半。我蒙了，他也蒙了，只是可怜了弓箭，享年一个早读。

写到这儿的时候我突然想到了棒棒糖事件。

那是阴风怒号、浊浪排空、日星隐曜的一天。张祖奥从书包里掏出一大包棒棒糖，并说："谁吃谁拿，别客气。"于是我们仨分别从他那里拿了两个棒棒糖。在去教室的路上没忍住，我们四个便纷纷破开含在嘴里，到了教室，我坐在位子上正享受着白拿带来的快乐，突然后背被人猛拍了一下，吓得一个激灵，这力道，分明是老班啊！我连忙以极快的速度将舌头轻轻地环绕着糖棍，左边的腮帮将糖向内部压去，于是一根棒棒糖便以不到1秒的速度全被我含在嘴里，意识到左边的脸颊起个包太明显，于是我便用手托住脸，遮住了腮帮。这时郑老师的声音幽幽地飘来："殷宇辰，上课吃零食，明天给全班同学一人买一个。"我不禁松了口气，原来看到了我对面的殷宇辰。突然他气急败坏地用颤抖的手指着我说："老师，刘家硕也……"殷宇辰看了我一眼，见我把糖全部含在嘴里，便话锋一转，道："张祖奥也吃了。"此时的张祖奥一脸不解地看向殷宇辰和郑老师，突然意识到了什么，大叫道："啊，殷宇辰你出卖我。"老师扬起头颅，厉声道："殷宇辰和张祖奥上课吃零食，按班规执行。"我得意地向殷宇辰挑了下眉，突然，他嘴大张，我意识到不好时时机已晚，他已先发制人，大声道："老师，刘家硕也吃了。"说完，他还不忘补一句："糖在他嘴里。"看着老师满含笑意的眼睛，我便知道在劫难逃了。

欢快的时光总是那么短暂，初中三年，愿彼此都能心怀理想，奔向诗和远方。

星光不问赶路人，时光不负有心人，愿你我都能带着最微薄的行李和最丰富的自己，在时间中遨游。愿你我都能眉眼带笑，以梦为马，不负韶华。

——刘家硕

时隔一年

时隔一年，终于有一位才华横溢、玉树临风、帅气无比的人开始继续记录42班的故事。

上周五晚，老师接过刘锦泽的小纸条，刹那间，整个教室说话的声音戛然而止。“嗯，好的，”郑老师要发言了，她端起小纸条，全班同学的目光都汇集到了她身上，“这周量化分前二的小组有B1组……倒数的是……量化分前二的组不用写摘抄!”“漂亮啊，干得漂亮!”我们组一边大笑，一边扭过身子，互相击掌。“厉害，厉害了我的刘付龙!”我笑着转过身，和刘付龙击掌，眼角余光却看见了满脸疑惑不解的刘锦泽。什么鬼？接着，老师走向刘锦泽，听了几句后拍了拍手，示意全班安静。我倒吸了一口冷气，不会吧？

老班开口道：“刚才读错了，不是B1组，是C1组。”噢，不，我隐隐担心的事情发生了，我们小组成员一瞬间，好似跌入谷底，脸上挂着难受的表情。旁边的刘绍耿则发出嘲笑，一副“就这”的样子，看起来十分欠打。

好在这周，我们终于一雪前耻，可以减作业了，在老师读排名的时候，我的目光忍不住又转到刘锦泽身上，生怕又有什么差池，他看了我一眼，我俩同时笑了。

在这周的化学课上，老师决定让同学们来做实验，正在决定人选的时候，我跟刘绍耿、刘付龙迅速交换了几个眼神，可以！确认过眼神，我遇上对的人！于是我们迅速开口“刘——金——涛——”，刘金涛本人则疑惑地张开了嘴巴，我扭过头大笑起来，“好，那就你吧!”我继续笑，却发现刘金涛歪了歪嘴角，不对呀，我扭过头，却发现老师正指着我，哦吼，啊这……我只好向讲台走去，被迫实验，公开处刑。当然，最后，我也没有辜负大家对我的希望，在吹蜡烛的同时，也吹走了石蜡蒸气。

一晃两年过去了，我们已经成为初三的学生，虽然学习很紧张，但教室里仍然少不了欢声笑语。

最后引用我们李姗诺同学的名言来结束今天的班级日志：悠悠时光，欢笑声中地老天荒！

——闫祎泓

最美是那年，我遇见了您

金秋时节，我开始了我的初中生活。从家到学校的路上，我一直盯着地上的落叶，心里忐忑不安，往教室门里迈进的第一步，我便与您对视了，下午阳光正好给您的身影镀上了一层金边，微微蓬松着的头发，白白的皮肤，薄薄的嘴唇……最是那双如小鹿的眼睛，大大的，清澈透亮，干净柔和，如有星光在眼底流转。对视过后，您用眼神示意我找个位置坐下，随后冲我笑了笑，一路上的忐忑心情在这瞬间被安抚了下来。

大概还没有从小学时期过渡回来，我还是那么调皮好动，喜欢大喊大叫，下课后在教室里上蹿下跳，挥舞着扫帚攻击我认为的“敌人”小伙伴。有一次我刚冲出教室门便与您撞了个满怀，您见怪不怪地笑了，原以为会得到教训的我立刻立正站好，没想到您却只是很好笑地说：“原来漂亮的女孩也这么疯狂啊！”边说边发出小女孩般清脆的笑声。我立刻愣在了原地，有些不知所措，从那天起我就开始观察您的一举一动，一言一行，您很美丽也很从容，您好像也注意到了我，把我叫到了办公室，笑盈盈地看着我：“我了解你跟我一样特别喜欢看书，对不对？我送你一个礼物。”说着您拿出一本书，是丁立梅老师的一本散文集，扉页上还有您的亲笔签名，我受宠若惊地接过，回到家中我抚摸着扉页，暗暗发誓自己以后一定要有足够的文化底蕴来写一本关于您的书，然后亲手送给您，星光璀璨，照抚着我，我抱着书，仿佛书上仍有您留下的余温。

初二时期正赶上我最叛逆的时期，上课目光涣散，下课无法无天，家庭作业要么不写，要么草草抄完，根本就是无济于事，因为不交作业，您也气愤地把我训了一次又一次，但每次在最后您还是会说：“我还是相信你的，加油吧。”但我始终无动于衷，我行我素。那天下午的一节音乐课，您将我叫了出去，在校园里偌大的操场走了一圈又一圈，给我讲了一个又一个关于您自己的故事，来开导我的困惑，并约定好每天都要说一说话，聊一聊天。就这样上课时我的目光越来越有神。当我的数学考了满分之后，您欣喜得眼角湿润，还给我带了许多的糖果来庆祝我渡过难关，勇做自己。

初三时，因为一些原因我住在了您的家里。早餐、中餐、晚餐，我没有想到您那么忙还亲自下厨，摆盘也如您一般精致，晚上你会监督我写作业，做我的代理家长，像我的母亲一样为我洗衣、做饭。事后您还戏说："要不你就叫我娘吧，妈是妈，娘是娘，不冲突的。"说完自己哈哈大笑起来，周围的空气也变得轻松惬意，跟您相处真的如沐春风，平静清爽。

您不仅是我的老师，更像我的亲人般存在。您燃起了我的一腔热血，将我护送到更高的山峰，沿途的艰难险阻也变得如此风轻云淡。我想有一天我会手捧鲜花，拿着我的录取通知书再来见您，我想这才是对这份恩情最好的报答，是对第一次见到时，用那双清澈温暖的眼睛注视我的人的最酷的回报。

——张书婉

你是夏日的风

你是夏日的风。

不似春风的婉约，不似秋风的凄凉，更不似冬风的凛冽。

你是夏日的风，热情奔放，温暖入人心，被揉进夏日的烦闷，将烦躁一点点瓦解，悉数带走。

第一次和你做同桌，第一印象感觉你容貌清秀，身姿高挑纤瘦，让人一眼可以在人群中认出。乌黑的短发垂挂在耳边，额前的刘海儿留向两边。弯弯的眉毛下，是一双不大不小却散发着灵气的眼睛，刚刚好镶嵌在白皙的脸上，一副文静的模样。

与你外貌不符的，是你热情、开朗的性格，这也是你吸引我的第一点。至于原因，是因为我小学时自是怕生的，你开朗乐观的性格着实吸引到我。上了初中，虽好了些，却也不大擅长和别人打交道，而你恰好冲刷掉我内心的恐惧。从我们做同桌的第一天起，你待我就如熟识多年的朋友，给我的感受像小学时的朋友涵，但不同的是你的慷慨。

慷慨是一个人至高无上的品格，通俗点讲，就是大方、不吝啬。这种优秀的品格会让一个人交到更多的好朋友，也会让一个人享受到助人为乐的幸福。你就是这样，知道我胃不舒服，每天总是给我带来不同种类的零食，而且豪气地一股脑地推进我的桌洞。看着满满当当一桌洞零食，我转过头来，疑惑地问道："你这好吃的全塞我桌洞了，你吃什么?"我还不忘开玩笑地说一句："你是不是低估了你'吃货'的战斗力了。"说完，我们对视了一秒后，都哈哈大笑起来。虽然你推给我那么多好吃的，我的战斗力实在不能把它们全部消灭掉，但是我吃到的每一口，都化为一缕缕温软的夏风，从我的口中温暖到心脏。

豪气和粗心大意，它们可不是必须对应的，热情慷慨的你，确实是一个贴心的小棉袄。有一次，我们午睡，但空调的风正好吹到我们这个方向，我不由地打了一个寒颤，双手不由自主地回缩了一下，装备也不尽如人意——我那天忘记带褂子了。然而浓浓的困意让我抬不起那昏昏沉沉的头来，依稀感觉到旁边一阵窸窸窣窣的声音，紧接着一件外套披在了我的后背，瞬间感觉一股暖风温暖了我的整个身体，还没来得及感谢，这股暖意就带我进入了甜蜜的梦乡。

热情、活泼、开朗的你，怎会都是暖心小公主的作风，那不是你全部的风格……你也会顽皮，会在老师上课让回答问题时，突然喊到我的名字，给我一个猝不及防；也会偷偷地趁老师不注意，放到自己嘴里一块零食，小心翼翼地品尝；也会勤奋到把老师布置的任务完成到滚瓜烂熟；也会用你那幽默的语言逗得我们捧腹大笑。

你慷慨大方、幽默、热情，也会顽皮偷吃零食，就像夏日的风一样，在带来温暖的同时，也会残留少许夏日的闷热。也只有这最真实的你，才犹如这夏日的风，热情奔放又那么善解人意。

——李昺晨

转　变

若无人做你的光，那就自己照亮远方。

——题记

看到作业上写小传的要求，第一时间就想到了一个人。他成绩不算好，甚至可以说挺差的，在课堂上整节课无所事事，似乎浑浑噩噩度过一节课就是他的胜利。他被同学和老师“亲切”地称为“睡神”，仿佛桌椅板凳都是他的床铺；每次老师一脸气愤地请他起立时，他总是揉揉惺忪的睡眼，不情不愿地起身，有时嘴里还会“嘁”“唉”几声来发泄心中不满；他每张作业都干净得完好如初，考试也只是草草几笔带过……面对这样一个孩子，老师和家长都无可奈何。可他依旧不知悔改，我行我素。

直到有一天……

老师说：“你们应该都发现了吧，他这几天没来上学。”我扭头望向他的位置，就孤零零剩一套桌椅，“他不是喜欢睡觉吗？那就回家睡个够好了!”丢下这句话后，老师就愤愤地离开了。“这样的人还能干什么呢?”我从心底否定了他。

两星期后，就在我快要把他淡忘时，他回来了，像一个在外漂泊很久的游子回到了故乡。他站上讲台，诚挚地道了歉，并保证不会再犯。“希望你能说到做到。”老师显然不相信他。

但他真的做到了！

在课堂上，他没有倒头就睡，还认真做起了笔记，字迹端正；考试时也尽可能把会的都写上；下课时，他也融入了同学们，不再像以前那样形单影只。

他变了！

不再像以前那般浑浑噩噩，眼睛也从暗淡变得渐渐有了光亮。他正以一种不可阻挡的力量前进。没人知道他进步的背后付出了多大努力。

“这孩子认真学了！”

“嗯嗯，眼里有光了！”

老师们的评价中带着惊奇。正当我以为那光亮会一直增强且一直延续下去时，那光却淡了，一点，一点……恢复到原先那般暗淡。我眼睁睁地目睹了一个一点点向前进步的人又坠入万丈深渊。

可真的是这样吗？直到打卡未完成的名单上又出现他的名字，在课上又被老师叫起……那座打造了很久的堡垒轰然倒塌。正当我认为他会一直这样下去时，真正令我震惊的还在后面。

作为课代表，我像往常一样收假期作业，收到他那儿时，我问：“你又没写吧？”歪着头看了他一眼，正准备记上他的名字，他同桌突然说：“他写了！真的写了！”他自己也说：“我写了，我写作业了！牛不牛？！”说着还掏出作业在我眼前晃了晃，我震惊了，同时也为自己刚才的不信任感到羞愧。从不写作业到尽心尽力地完成作业，这就是进步的开始。这时，在他的眼中，我看见了那久违的光亮。“嗯，加油，继续努力！”我欣喜地对他说。

我顿悟：不能轻易否定一个人，如果他真的会转变呢？

希望他能带着这份坚持永远地走下去，不惧任何风雨。

在他身上，我清楚地看到了一个人的转变，也明白了，不能轻易否定任何一个人，总有一天他会让你刮目相看。

只要努力就有回报！

哪有什么天赋异禀，再远大的梦想，也抵不过自己傻傻的坚持。

——后记

——安思伟

谢谢您

阳光从窗子的一角倾泻而下，金色的光芒浸润了教室。您身着素裙，拿着一本语文书，出现在了我的生命里。从喜欢上您眉眼间的温柔开始，我的生命便充满了温暖和绚烂。

多次语文测验的败北，让我面对失分很高的记叙文，总是畏而远之。可您的语文课，让我陶醉其中，不知归途。您神采飞扬地给我们讲热情诚恳而又一丝不苟的藤野先生；讲外貌普通但眼神犀利的托尔斯泰……当讲至动容之处，您会为之感动。您那柔美的声音，如春风般拂过我的心田，让埋在我心底的文学种子生根发芽。从喜欢上您的侃侃而谈开始，语文课的上课铃声都变得悦耳动听，让我心情愉悦，发现记叙文也没有想象中那么难。语文于我，不知何时起，成了生活中最动听的诗。

从喜欢上您开始，我爱上了语文。谢谢您!

总爱听您讲生活中的琐碎美好，觉得您把生活过成了诗。课业的紧张、每天两点一线的生活，使我从未注意过身边的点点滴滴，总觉得生活是平淡且无味的。课堂上的您，用如同细雨打芭蕉般轻柔的声音，讲日子中的诗意。我幻想，您坐在小窗前听牛毛细雨浮游于天地间的声音；幻想您坐在公园的长椅上，被花草包围，手捧《苏东坡传》时的场景；幻想您在清朗的夜晚独享那婵娟之美……您言谈举止中流露出的儒雅，如书页散发出的冷香一样，渗入空气中的每一个角落。我喜欢您对于生活的这份热爱。我开始学着您的样子，在满树枯黄中，去寻一丝绿意；在归家途中，倾听风的呢喃；在书页间，细嗅丁香花盏的清香……我开始努力去拥抱生活中的美好。

从喜欢上您开始，我爱上了诗一般的生活，谢谢您!

您一看就是被书宠着的女子，逍遥于濯浊之外，蝉蜕去拖累，只愿飞跃于云海之上，抱明月而长终。在您眼里，名利皆为身外之物，守好本真才是正道。几十年守在这三尺讲台，您从未失去眼底那份纯真。

从喜欢上您的纯净开始，我放平焦躁的心，从容应对学业中的挫折。谢谢您！

您是我心头那缕清冷的白月光，是我心底那颗鲜艳的朱砂痣，感谢与您相遇，让我得以改变，谢谢您！

——冯文倩

冬日美好

当乌云袭来，屏幕后的翩翩少年，会勇于拨开迷雾，用笑容编织属于自己的明朗。

风萧瑟拂过，为万物沾染上了冬日的气息，席卷而来的银色也为世界披上了一层厚厚的侘傺。飞鸟仰望穹顶，展翅而过；蚂蚁也蜷缩起触须，准备迎接那场洁白带来的全新盛宴。

“滴滴”熟悉的旋律萦绕耳畔，我猛塞两口面包，仰头，咕咚咕咚喝下一杯牛奶，一抹嘴，便匆匆坐到书桌前，加入老班发起的会议。校服红领巾穿戴整齐，掏出课本，全身心投入其中。不经意间抬头，却记录下了同学们最美的青春时光。阳光洒下，笼罩在每位同学的身上，柔软了岁月。

地理课上，张老师滔滔不绝地讲解中国农业，“打开声音呗，我们需要互动啊！”“哪位同学帮老师解决一下这个问题？……不要冷场嘛，老师多尴尬啊！”听着这幽默的声音，便知是张老师在为同学们的网课学习出主意，一字一句逗得人心里直痒痒，笑容越发灿烂，虽是冬日，却如春光般明媚，似繁花绽放。“3、2、1，同学们，把答案打在屏幕上，刷起来！”又是这满怀激情的话语，消息栏上不断增加的数字也洋溢着芳香。生活如画，画中有诗，画中有曲，画中亦有浓浓的师生情。

“我去吃个橘子。”一句短短的话扔在屏幕上，一抬眼，就能看见赵智宸同学剥着橘子，一瓣接一瓣往嘴里抛，吧唧吧唧嚼得老香了。郑老师抬眸，对上了赵智宸的吃相，开玩笑道：“赵智宸，你就不用炫耀了吧，我家都没有橘子吃。”闻言，吃得正香的赵同学像个小姑娘似的，羞涩地笑了一笑。这一笑，把同学们都吸入了这场说笑中，课间百态，尽收眼底。虽隔着屏幕，仍能感受到那条涓涓细流，沟通了心与心，让每份温暖都有归处，让每份美好都被时间铭记。那就以我的笔记录下网课的点点滴滴吧，温暖永远不会被遗忘，因为阳光始终都存在于我们的心中。

何其有幸，能遇见你们，遇见这样的老师，遇见这样的同学，遇见知己，也便是遇见希望。听过一首歌，“想和你走过阑珊长街，想和你走过梨花垂檐，想和你走过满城红叶，想和你走过纷扬大雪”。的确，与你们一起，看遍繁华世间，尝遍冷暖四季，日月星辰，是最美的世间，也是我心中最美的岁月。

当阳光洒落，屏幕后的翩翩少年，依然会循光而行，去追寻清风徐来，碧波荡漾。

愿你我，永远都是那潇洒肆意的少年郎。

——康书菡

屏幕后的故事

人会被隔绝，但爱与温暖不会，它们一直在蔓延，直到云蒸霞蔚，编织成美好的故事永存。

——题记

天气似乎一天比一天冷了，看着室内墙上挂的温度计，赫然停在“25℃”，心里便有些不可思议，直到打开窗户后感受到突袭而来的一阵凉意，才发觉，冬已入深了，怎么可以这样快。我叹。

网课，已经断断续续进行了好一阵子。但屏幕背后零零散散的温暖，亦是随着岁月沉淀进心中……

清晨，点击进入腾讯会议后，激情四射的晨读便开始了。“同学们都打开摄像头和麦克风哈，认真读书……”老班每天都是这么千篇一律的提醒，似是一种嘱咐，又似是一种浸着爱的责任。小组长们更是不用老师提醒，开始清点人数：“一组齐。”“二组齐。”……美好的一天便在嘈杂又悦耳的读书声中开始了。

背诵过后，便是坦然面对老师的提问。

英语老师总是带着几分调皮与可爱的声音道：“再来挑最后一个‘幸运儿’吧。”同学们都笑，灿烂笑容透过屏幕如冬阳般洒下温暖，一抖，便渗出来，融在一起，便又是莫大欢喜。

语文课进行中。郑老师突然顿住，低头看表：“孩子们休息一会儿吧，十分钟后我们再继续啊。”同学们闻声便一个个将摄像头都关闭。老师也低头做自己的事情。偏偏赵智宸同学不关，并无意或故意地将麦克风也打开，自己念叨着：“吃个橘子去。”手里且已赫然拿着一个金灿灿的橘子。老师闻声抬头，眼里星河灿烂，漾着笑容，如一个孩童般道：“赵智宸是不是在馋我们啊，我家都没有橘子。”好奇的同学都打开摄像头冒出来，空气流动起来。郑老师看向窗外，又向我们分享道："今天中午的阳光特别好，现在没有了哎。"我们也向外望去，天有些阴，可我却分明看到，屏幕里，好多束阳光似花朵盛开，美丽，硕大，灿灿然，欣欣然，无时无刻不让人感到温暖。

落日弥漫着橘色，天边已经依稀透亮着几颗若隐若现的星星。班级总结结束后，我坐在窗边小憩。回想网课点点滴滴，心头不禁一热。"叮咚。"新消息发来，打开看，各科老师都已布置好家校本作业，同学们积极配合，按时提交。

窗外，几只鸟儿呢喃，风旖旎着。

鸟儿仍在，春天，也迟早会来。好的故事不会被屏幕所隔，仍继续演绎着。

我们，便是最好的主人公。

——王诗泽

感谢那个为我提灯的人

前路不可预测，感谢那个为我提灯的人，以星星灯火指引我，不畏前路险阻，不在未来迷途。

那是我们的初遇。第一节语文课，您身着一袭长裙，缓缓迈上讲台，好似仙女下凡，一见倾心，再见便倾情也。记得您向我们发问："语文是什么?"我们纷纷回应："语文是阅读，是写作，是古诗词，是……"您听后欣喜不已，夸我们是您的知音，殊不知，我们遇到您，才是皆大欢喜。

那天是2021年9月12日，您与我在人生的道路上相逢，随后便照亮了我的漫漫语文之路。

之后的我，可能是到了一个陌生的学习环境，不知怎的，不爱举手回答问题了，每次您提出问题后我总是在心中默念答案，却从不出口。那节课，您提出了一个较难的问题，台下刹那间静得出奇，只听得"哗哗"的翻书声。我同样在书中寻找着答案，目光炯炯，生怕因漏了某个细节而错失良机。指尖在书页上摩擦，使得页间有了些许折痕。可就在那一瞬间，我的大脑似轰鸣的列车，火力全开，答案浮现在我的眼眸之间，清晰而坚定。我欲言又止，止言又欲，举手似乎成了我无法跨越的山峰。举？还是不举？您似乎看懂了我内心的犹豫与挣扎，缓缓向我走来。那一刻，您那明亮的眸中似有星辰大海。我看见了光，便将手举起。不出所料，您叫出了我的名字，我起身，说出答案，全班同学的目光于那一刻似一汪清泉般聚集在我身上，使我倍受鼓舞。从此，课堂上举手的我充满了自信、勇气和力量。

那天是2022年10月13日，您将灯光调亮了些，照亮了前方的崎岖，又似乎在告诉我，不要怕，您就在我身后。

那个阳光明媚的午自习，您将我们几个班干部喊出去谈话。五个人在门外站成一圈，围着您。您看着我们，目光柔得似水，却也亮得出奇。您环视着我们，交代着本学期班干部要承担的责任与未来要实现的目标。您的话语抑扬顿挫，极高昂而又不失底气。我被您目光中的坚定感染了，顿时热血沸腾，似有无穷力量，下定决心一定不辜负您的期望，尽全力管理好班级。

那天是2022年11月2日，您不断更换着灯光，试图找到最适合我的光亮，看着我渐行渐远。

在那幽暗的小道上您步履坚定，用生命的烛火照亮了每一位学生前行的道路。感谢为我提灯的您——郑老师！

——张诗群

第六辑 让日子就这样慢下来

很享受，这慢下来的日子。

慢下来的时光，给自己爱着的人。

慢下来的时光，给自己爱着的事。

让日子就这样慢下来

让日子在年里慢下来。

不知何故，脑海中忽然蹦出这样一句柔软的话语，是因为平时的工作太忙，无暇喘息？还是因为寒假已经过半，内心倍加珍惜？都无从知道。

一天晚饭后，我陪父母去散步，刚出小区大门，右拐到一小学门口，母亲就说，如果你能在这个小学教书多好啊，离家近，连上课的铃声都能听得见，就不用天天起早贪黑那么辛苦了。

听得我差点泪奔。

终于等到放寒假了。

结束了第一阶段的钉钉晨读视频会议，结束了第一阶段的每天作业批改，腊月二十七日，学生家长代表返校上交孩子假期第一次作业，认真批改并反馈完后，我终于有了属于自己的假期。

腊月二十八日，一大早，我带着我的父母驱车向老家的方向奔去，去看望我的姨妈和舅舅们。一路上，他俩像欢快的孩子，看着车窗外的麦田和新修的公路，感慨万千。父亲一直说社会主义好，共产党好。

此时此刻，我关掉车内的音乐，认真地做着司机，更加认真地做着他们的听众。他们很陶醉地诉说着当年，感慨着如今，期待着未来。

我小心翼翼地驾着车，努力让车速慢一点，再慢一点。真想让日子就这样慢下来，慢下来……

除夕那天，我带着爸妈一起去菜市场，他俩像听话的孩子寸步不离地跟在我身后。尤其是父亲，每当我买完了一种蔬菜，他就很自然地从我手里接过来，好好拿着，然后再等着接下一种蔬菜，绝对不用担心他会弄丢什么。当我问他想吃什么菜时，他不发表意见，最多也就是说句

“啥都中”。

我忽然感觉，父亲真的老了。

去年春节前我们一起去赶集，他还很有主见地购买了很多东西，并且特意买了我爱吃的小香梨。

不知从哪天起，父亲变得不爱说话了，想到这里，我的内心又多了几分酸楚。

“买把韭菜吧，包三鲜馅的饺子！”母亲说。

“好好好，孩子们都爱吃！”父亲终于发表意见了。

“他俩都不来，晨晨也爱吃！”母亲又补充道，好像也是在提醒父亲，我的两个弟弟都不能回家过年。

父亲苍老的眼睛里仿佛又闪过几丝失落。

“爸，你看这韭菜多好啊，下午我们就包饺子哈，让晨晨专管贴对联！”我大声对父亲说。

此刻，父亲的脸上显出几分欢喜。

是啊，您的小外孙长大了，可以代替他的舅舅张贴对联了。

于是，除夕一下午的时光，我们在贴对联、包饺子中度过，不乏欢声笑语。

大高和小高负责贴所有房门的对联。

我和父亲母亲负责包饺子。

母亲调完馅，和好面，父亲负责擀皮，速度可快了，我和母亲两个人包，还是跟不上他的速度。

“爸，你的速度真快，不减当年啊！”

“哪里有啊，当年在部队时，我一个人擀皮，他们四人包都跟不上呢！”父亲很自豪地说道。

“你爸又在吹牛了，当时是那几个小战士在学习包饺子，速度当然慢了！”母亲非得揭穿父亲。

“姥姥，我姥爷这已是火箭速度了，您看，您和我妈妈本来都很快了，还是跟不上姥爷的速度！”晨晨也在夸赞姥爷了。

父亲的脸上又飞出自豪的神色。

忽然间觉得，父亲的木讷，是因为缺少了陪伴，也是因为想念他的儿子们了。

于是，除夕之夜，晚饭后，春晚之前，晨晨和大高一起去陪爷爷了。因为我的父母有每天晚饭后散步的习惯，我则和他们一起去散步。

小区门前的大路上，火树银花，流光溢彩，很有节日的氛围，也有三三两两散步的行人。

出门往东，是父母经常散步的路线。来到一个新小区售楼部前面的花园里，他俩可能有点累了，就坐在一个带有造型的圆椅上，很是可爱，我随手拍了下来。母亲则提醒我发给弟弟，我就多拍了几张，一起发在了我们的家人群里。

“‘每逢佳节倍思亲’前面一句是怎么说的?”父亲忽然间问我。

“独在异乡为异客。”我回答。

“哦!”父亲若有所思。

“爸，时间差不多了，我们回家看春晚吧!”

我知道，他又在想念我的弟弟，他的儿子们了。

今天是新年第二天，大高忽然提议去看看在建的菏泽机场，父母欣然同意。

依然是出门向东，穿过宽广的广州路，到达长长的长江路，一路畅达，继续往东，走了十几公里的路程吧，远远地就望见了“牡丹机场”几个大字，很是气派。

“这路修得真好，两旁的路灯更是好看啊!”母亲一直在赞叹。

到达目的地附近后才发现，这里的人真多啊，好不容易停好车，打开车门的瞬间，铺天盖地的叫卖声就传入双耳。

“冰激淋，好吃的冰激淋!”听到路旁如此的叫卖声，我忽然间想起小时候父亲用一毛钱买五根冰棍给我们吃的情景。也是因为有了冰棍的陪伴，每个夏天都多了几分凉爽。那时候，父亲的头发是浓密的，是乌黑发亮的，母亲的腰板是挺直的，也是婀娜的。

“要一个冰激淋!”我忽然想给母亲买一个冰激淋，因为，平日里她最爱吃这个。

如我想象的一样，母亲接过冰激淋，很欢喜地吃起来，正如小时候的我一样。我也拍下了这一瞬间，发给了远方的弟弟。

“甘蔗，甘蔗，又脆又甜的甘蔗!”

循声望去，卖甘蔗的是一对小姐弟，姐姐看起来有十六七岁，在飞快地削着甘蔗，动作很娴熟。弟弟更小，十二三岁的模样，并且只穿了一件露着脖子的卫衣，他负责分装姐姐削好的甘蔗棒。

“你上几年级了?”我好奇地问弟弟。

“初一。”他回答。

“在哪里读书啊?穿这么少，冷不冷啊?”我又接着问。

“在陈集，我们这里。今天不冷，阿姨!”他一边回答我的问题，一边忙碌着。

“姐姐呢?动作这么麻利，不上学了吗?”

“我上高三，阿姨。昨天一天削了四捆，手臂都酸了!”姑娘回答道，眼圈红红的，没有抬头，依然麻利地干着活。

我的内心忽然有一种东西在涌动着。

“给我们来两根吧!”母亲和大高一起说道，竟然和我想的一模一样。

或许，我们都是在用相同的方式默默祝福这对小姐弟。

回来时，大高开车，车速依然很慢，我和母亲嚼着甘蔗，一起追忆着我童年的点滴，很甜，很美。

真想让日子就这样在这个年里慢下来……

明天是新年第三天，也是情人节，我们商定好带着父母一起去看《你好，李焕英》。

很期待这部电影。

很享受，这慢下来的日子。

慢慢走，欣赏啊

时值十月中旬，又逢周末，早晨六点多，下楼晨练，不自觉地又来到熟悉的环城公园。无风，微凉。阳光从树梢探出了头，照在高大的栾树上，很爱，很暖。

三三两两晨练的人，自南而北，大步向前。时而伸展胳膊，做做运动，时而小跑一阵，仿佛去会某个约定的人，又好像去追寻某个时间点到达某个地方。有的手机里还放着音乐，很有节奏感。这个清晨的小树林因为有了他们而更加美好。

此时的我，不做伸展运动，亦没有小跑，只有漫步。

小河边的垂柳，依然碧绿青葱，没有一丝风，亦做袅娜之姿，仿佛在列队欢迎晨练的人儿，娉婷，鲜艳。

公园里的柿树，鲜红的柿子挂满枝头，像一个个红灯笼，照亮行人前行的路。

其中有一段河边的小路上，出现了一种酷似芦苇的植物，是小时候见过的毛毛草吗？我无从知道，但却不自觉地吟诵起“蒹葭苍苍，白露为霜。所谓伊人，在水一方”。又想起了我在讲《蒹葭》时，姗诺同学的解析：

“伊人是美好事物的象征。她既可以是我们心目中的一段刻骨铭心的爱情，也可以是我们一直苦苦追求却无法实现的理想，还可以是我们的一种信仰，一份期盼，一个甜蜜的梦。诗人追寻伊人的过程就是追梦的过程。”

是啊，慢慢走，欣赏啊，追梦，我们一直在路上。

不觉又来到公园最北面的那个大花坛旁，竟然又看到了几朵盛开的花。

“这是什么花？阿姨，您知道吗？”我在虔诚地询问刚好路过的一位看起来很有文化底蕴的老人。

“姑娘，我也不认识这叫什么花。”她认真地扶了扶眼镜，又端详了一下这几株花，“管它叫什么呢，我们只管好好欣赏，能在这个时候依然开放的花，都不简单哪，可能是花期不同吧。姑娘，慢慢走，欣赏吧！”

“可能是花期不同吧！”多么熟悉的话语。

忽然，我想起了点什么。

是丁立梅老师《暗香》中的话吗？

“即使你是草，也要做着花的梦，不舍不弃，默默积蓄，有朝一日，定会疼痛绽放。”

还是一位曾经几度刷屏的佚名班主任的话？

“每个孩子都是一颗特别的种子，每颗种子的花期不同。有的种子起初就灿烂绽放；有的种子需要漫长孕育。请不要看到别人家鲜花满头而自己家的那颗还没动静就着急上火，细心呵护慢慢长大，陪它长途跋涉沐浴阳光风雨，何尝不是一种幸福。相信自己，静等花开。或许你的种子永远不会开花，那肯定是因为它是一棵参天大树。”

不知为什么，在这个周末的清晨里，在路遇了各种美好之后，42班很多孩子开学后的种种浮现在我的眼前，涌上心间。

陈洁，一个学习始终都很被动的孩子。在一个上午的第一节课间，她却来到我的身边，泪水涟涟，低头对我说：“老师，你罚我吧，我最近表现特别不好，作业没好好做，该背诵的也没背会！”听到这里，我非常震惊，原来的陈洁，很少谈到自己的错误。我说：“罚你什么呢孩子，能听到你如此说，我已经看到你那颗追求进步的心，我坚信，从此刻起，你一定会蜕变的！”

她使劲地点了点头，收拾一下自己的情绪，回到座位开始学习。

朱天乐，一个经常玩起手机来就会忘记一切的学生，成绩一直处于下滑状态。那天刚刚公布月考成绩，她再次退步。下午放学后，当同学们大部分陆续走出教室时，她却很虔诚地走到我面前，低头，若有所思，欲言又止。我知道，她有话想对我说，但却不知如何开口。但我依然很感动，于是，我很认真地注视着她充满歉意的小脸蛋，说道："孩子，我知道你有话想对我说，今天，你能在这个时候主动找到我，说明你是真的想努力了！以后，咱杜绝玩手机，全力以赴去学习，认真做好每一道数学题，可否？"

她使劲点了点头，眼圈微红。当她转身走出教室的瞬间，我看到的是她坚定的背影。

从那一刻起，我深深知道，我触动了这个孩子内心最柔软的角落，她一定会进步的。

冯斌，一个高高胖胖的孩子，上课经常睡觉，要么与周围的同学说话。有一天下午放学时，我狠狠批评了他，原因有二：一是因为他上化学课与杨程羽说话，二是因为他背诵不过关。但让我惊喜的是，第二天到校后，检查他的背诵，他却非常熟练。于是，在那个晨读时间，我在班级当众表扬了他。从此之后，他学习的劲头更足了。

类似这样的情况还有很多。

我想说的是，任何一个同学，不管原来基础有多差，只要愿意学习，用心去学，都能学得会。因为每个孩子都有无穷的潜力，只要我们用心发掘，慢慢欣赏，就一定会收获惊喜与感动！

常畅，一个高大微胖的女生，每天上午大课间的跑操对她来说都非常困难。仍然清晰地记得，有一天跑操进行到一半时，她快坚持不住了，想中途退场，我当即给她鼓劲："孩子加油，别放弃，坚持到底一定会胜利！"结果，她咬咬牙，真的坚持了下来，虽然累得满头大汗。随后我问常畅，为何能坚持到最后，她告诉我说："老师，我怕学生会检查的同学因为我掉队扣咱班的分数。"一个多么热爱集体的孩子！

成天乐，我们的现任班长，一个学习刻苦勤奋、工作认真负责的好孩子。记得有一天大课间，那时我嗓子特别不好，几乎失音，她跑到我的面前，很关切地问道："老师，您嗓子好点不？别说恁多话了，有啥事您安排我去做就行！"听到这句话，我差点泪奔，多么可人的小班长。

……

太多，点点滴滴，不用刻意去回忆，所有孩子成长的瞬间，更不用刻意去描绘，每一个细节都是一幅绝美的图画，值得我们好好欣赏，用心品味。

请您放慢脚步，慢慢欣赏，静待花开！

我们的开学第一课

今天是2021年3月1日，是我们新学期开学的日子！

一大早，你们穿着干净的红色校服，背着书包，排着整齐的队伍走进校园。

来到教室，开始了我们新学期的第一次早读。

我们怀揣梦想！

我们意气风发！

我们斗志昂扬！

早读过后，是我们的开学第一课！孩子们坐姿端正，认真聆听！

当我问：你对自己的假期学习生活满意吗？

第一个站起来对自己假期生活做总结的，是我们班高大帅气皮肤白皙的殷宇辰同学。他说："我对我的假期有满意的地方，也有不满的地方。不满意是我早晨起床晚，状态不积极。满意之处是，年后我除了按时完成每天的作业外，还复习了数理化，做了一些课外题，弄懂了以前不懂的地方！接下来我会更加努力，实现我的中考目标！"

掌声响起来，还没完全落下，刘心语同学边举手边站了起来："我对我自己年前的表现非常不满意，慵懒，不愿起床。年后，我努力调整自己，按时起床，认真完成了每天的作业，还努力学习了我的薄弱学科数学，感觉自己现在都懂了，也刷了很多题，下一步，我将更加努力，成为更好的自己！"

"感谢刘心语同学的坦诚，更感谢刘心语同学的引领！"我微笑地望着这个可爱的孩子。

雷鸣般的掌声响起来，经久不息！

"老师，我这个假期光想着玩了，状态很不好！"刘家硕同学站起来很羞涩地说。

“孩子，非常感谢你的诚实，能告诉同学们你都玩了什么吗？”我依然微笑着看他。心想，他一定是疯狂地在玩手机游戏。

“老师，我，我……我玩的是篮球！”刘家硕同学很不好意思地低下头。

“太好了，孩子，你的回答出乎我的意料！篮球是一项多好的运动啊，我支持你！只是，你安排好它与学习的关系就行了！”

“老师，新的学期开始了，我一定会努力的！还有，我以前做作业效率低，速度慢，每天总是很晚才能完成作业，以后，我一定会努力改变自己的！”你的脸上露出坚毅的表情！

孩子，非常感谢你，你把自己的假期生活晾晒在这里，此刻，怎能缺少掌声！

还没等刘家硕同学坐稳，我们的班长成天乐同学又举手站了起来。

“老师，我这个假期就想着吃和玩了，没好好学习！”天乐同学边说边露出遗憾的神情。

“噫……”教室内发出唏嘘声！

显然，同学们不信天乐同学的话。

“真的，真的，真的是这样！虽然，每天的作业我都上传得很早，但除此之外我啥也没干！以后，我一定会努力的，我要赶超刘心语！”可爱的天乐同学露出很真诚的表情，我们信了，掌声响起来！

孩子们听得很认真，这节课的效果，我敢说赛过了以前所有的语文课！

我们的开学第一课继续进行！

“下面，我们来个自我诊断！”我站在教室的中间，继续发问，“你的薄弱环节在哪里？你准备怎样解决？”

“老师，我的薄弱环节是英语和体育！”高高大大的吴佳明同学首先站起来如此说，“新的学期，这最后一百天，我一定苦练英语和体育，战胜自己！”

“非常好，感谢佳明同学对自己的深刻剖析。我看你这个假期也瘦了一些，你打算如何战胜自己呢?”我一直用信任的眼光看着这个高大的男孩。

“老师，在英语上，我打算多听多写多练，利用好每天的零碎时间，当然，首先要上好每节英语课。体育更是这样了，我会早起跑步、跳远，在体育课上听好老师的指令和动作要点，我觉得我一定会进步的!”

“好！孩子们，此刻应该有掌声，祝福佳明早一天变成帅气的瘦子!”

笑声和掌声灌满了教室!

“‘小东西’，你没有话要说吗?”

当我发现原来一直很活跃的“小东西”，这节课还没有动静时，我忍不住发问了!

“老师，我觉得我的薄弱环节是数学，以后我一定好好听课，不懂就问，争取早日攻克它!”过了一个寒假，“小东西”又长高了，好像变得羞涩了!

“我以前数学也不好，我知道是我没好好听课，有时候课堂犯困，还走神。后来，我努力调整自己，好好听课，不懂就问，课下还刷了一部分题，这不，数学就赶上来了!”刘心语同学忍不住如此说，她总是这般乐于助人。

亲爱的孩子们，哪一门功课又何尝不是如此呢?!课堂专注加上课下的苦练，你就一定会成功!

一节课的时间总是过得很快，中考倒计时一百零二天，同学们大声喊出自己的中考目标吧!

“我要考一中!”

“我要考一中宏志班!”

……

教室里震耳欲聋!

我笑了!

末了，我们再次重温我们的誓言吧!

为了明天的辉煌
我将用我的行动培育理想
我将用汗水浇灌希望
我愿踏过书山坎坷
我愿渡过学海茫茫
我发誓：
不负父母的期盼
不负老师的厚望
不负天赐的智慧
不负青春的理想
我承诺：
不做懦弱的退缩
不做无益的彷徨
我将带着从容和微笑
去赢得志在必得的辉煌
我拼搏，我奋斗
让飞翔的梦张开翅膀
让雄心与智慧
在二〇二一年的六月闪光

我在清华等你来

亲爱的心语宝贝：

我也很爱你！

记得，我们学校百日誓师大会的日子，全校师生热血沸腾，激情满怀，你更是这样！知道吗？签字环节，当你拿着记号笔，蹲在那里快速签下你的名字时，我的内心是跟着你一起跳动的。签完后，你站起来，仿佛不甘心，又蹲下，在我们鲜红的条幅上头，你用力写下了“清华”两个字，然后审视片刻，才肯离去。此时此刻，我的内心有一种东西在翻涌着，不知什么时候，它潮湿了我的眼睛。至此，我才明白，这种东西叫作感动，抑或叫作惊喜！

写下上面的话，我忽然觉得，它还可以叫作缘分。

正如你所说的那样，在初三开学的那个美丽的秋天，你降临到了42班。虽然穿着与同学们格格不入的衣服，梳着与他们格格不入的发型，但你眸子里的清澈与美好无法掩饰。顿时，我觉得你就是上天为我派来的天使，弥补姗诺等七人离开42班的不足。

“放学后去理理发，削短发！”我微笑着看你自然下垂的长发，这是我对你说的第一句话。没有欢迎词，亦没有与你约法三章。知道吗？以往新转入学生时，我都让他们写保证书的哦，如果犯错了，我会原路退回的。但对你，我却没有如此做。说不出为什么，总感觉你应该是优秀的那种。

事实证明我的猜测是正确的。

第二天，你就换上了崭新的校服，顶着一头超短发，携着满身阳光走进教室。

自此，42班多了一个阳光自信而又美丽善良的姑娘！

你说，“老师，我想考清华！”

你还说，“老师，努力真的有用!”

是啊，你一直怀揣着清华的梦想，诠释着“努力”这个美好的词语。

每天清晨，你披着晨曦，扬着自信，揣着梦想，踏进教室，以最快的速度交完作业，然后，站在位子旁，以最洪亮的声音朗读当天的背诵任务。于是，42班的教室内，因为你的引领而人声鼎沸！自此，同学们与你一起开启美好的一天!

课堂上，你永远是最活跃最欢快的那个。你的思路会永远跟着老师走，你的目光是最聚焦的那个，你的表情是最丰富的那个，你的质疑是最多的那个，你的眼睛也永远是瞪得最大的那个……因此，你的课堂效率是最高的那个!

记不清多少节自习课上，你站在讲台或者自己位子旁，为同学们讲解难题。

记不清多少个语文课前三分钟，你站在讲台与同学们分享你的读书心得。

记不清多少个课间，你与同学们促膝谈心，排解他们一个个生活或学习中的困惑。

……

但我清晰地记得，那个周一的清晨，晨曦初露，微凉的风透过教室的玻璃窗吹到你翻动的书页上。此刻的你，与同学们一起站读当天的复习任务，看到我走过来，你拉起我急匆匆走出教室，欲语泪先流。

“老师，我担心×××，她说她今天没吃药，很难受!”此刻，你已泣不成声。

“她怎么了宝贝?”

“老师，你赶紧给她妈妈打电话为她送药吧!”

此刻的你，让我感动满怀，多么善良纯真的孩子!

我拿起手机，拨通了电话，你才放心地走进教室，继续朗读。

我在内心为你鼓掌一万次。

感谢相遇!

你不但有一颗善良美好的内心，而且有超强的集体主义感和责任感。

每次课间操，你总是站队最迅速的那个，也总是口号最响亮的那个。

当王主任拿着话筒说出“42班口号响亮，特提出表扬”时，你也是最开心的那个。

一次大课间跑操，最后一圈，同学们已累得气喘吁吁，不知道哪个班级的一位女同学掉队了，掉到了我们班级的队伍，阻碍了我们的正常跑步。

“那个女生是哪个班的？快让开，挡道了！”你的声音大到能让整个操场的人听到！

听到你如此说，整个42班的同学跑得更整齐更带劲了！

我在心里再次赞叹，能做你的班主任，我是何其幸运！

回忆起你的点点滴滴，我不禁嘴角上扬。

我们都很爱你！

来到42班的每个日子里，都曾留下你深情的痕迹，岁月也一定会窖藏起你美丽的情怀。我们的爱一定会被光阴镌刻，我们的情也一定会被岁月温习。

心语加油，中考必胜！

不久的将来，我在清华等你来！

永远爱你的老班郑海玲

2021年3月20日晚

附：刘心语给郑老师的信

亲爱的郑老师：

我爱您！

原谅我的冒昧，思来想去还是用这句话做了信的开头。

您还记得我们的第一次见面吗？我刚转学过来，穿着格格不入的校服，梳着格格不入的发型，被陌生的老师领着走在陌生的校园。每走一步，我心中的弦就绷紧一分，被人用奇怪的目光打量，我惶恐不安，满心凄然。然后我见到了您，您没有上下打量，我只一眼就望进了您的眼底——温柔、干净、令人心安。您有神奇的力量，只一个笑就让我放下心来。您轻柔地将手搭在我肩上，揽着我进入了教室。我偷偷瞧着您可靠坚定的侧颜，整颗心都落到了实处。自此，我的终生难忘的初三生活在这里开始了。

2020年好像是我过得最快的一年，一眨眼马上要中考了。我真的是一个很懒的人，实话讲也并不自律。我常常会偷懒，也有崩溃大哭的时候，有好几次甚至都不想学了，但还是坚持住了。有时候会想，学习为了什么呢？我认为是不甘心吧，我不甘心我这一生就只待在菏泽市，外面的世界好大，我不甘心就只在这个小城市里碌碌一生，所以我学习。

之前我哥和我说过城市是分级的。在菏泽市所看到、所感受到的与北京、上海根本不能比拟。老师，我不想平庸，我想在世界上留下我的痕迹，所以我想考清华。老师，但我又很害怕，这个目标太远了，就好比我抬头看天空，似乎永远够不到。我常常会想，我怎么就有那么大的口气说要考清华，愚蠢又无知。有时候想到我这个厚重的梦想就喘不上气，自己把自己折腾到哭，好几次都觉得，哎呀，别这样了，换个目标吧，你考不上的，可每当老妈说让我别给自己定那么高的目标时，我却摇头。

郑老师，我真的很矛盾，一边明确自己与清华差了十万八千里，一边又千万个不甘心，偏偏我又犯懒。虽然理智上在告诫自己去学习，可身体却躺着玩手机，根本不想动，非得狠逼自己一下才能去认真用功。

老师，我是不是特别可笑？空有一个不切实际的梦，却不努力。老师，我从来没有这样跟人剖析过自己，我真的没有很努力，八分的努力有三分都是浮于表面，我唾弃这样的自己。从现在开始我要发奋了，老师！真的，有很多东西，心里知道根本没用，我写出来了才算真正明了了。我长这么大，可能只有上学期最后那段时间是真的努力了，成绩出来的时候，我哭着给老爸、老妈、哥哥挨个打电话。老师，努力有用！真的！

初三满打满算就这一百天了，老师，我必须努力拼搏了。我十五岁了老师，一辈子就这一次十五岁，我一定会绽放它的。这一百天里啊，我会认真听讲，绝不走神，晚上回家快快地做作业，早早睡觉。周末和妈妈说好了，是数学刷题时间。老师，我会继续蓬勃生长的！

哦……对了，老师，其实我和李姗诺同学见过好几次了，也都有打招呼，称得上认识。她真的很优秀啊！我感受到了，她眼睛温润、清澈，透着稳重，总感到她和您一样有种文雅气质，这就是我们的全校学霸啊！但是老师，我觉得我也不比她差，哈哈哈，是不是有点大言不惭?！此刻在写这些文字的我也有点担心，我这么个自负的家伙会招您讨厌吧？可是我真的觉得，我刘心语，不比任何人差，我和李姗诺，只差了个稳重。我会努力的，努力放平心态，安稳下来，稳重地对人对事。我会努力、努力、再努力的！真希望高中能和李姗诺同学一个班，要是能做好朋友的话那真是再好不过了。嘿嘿，虽然见面不多，但就是很喜欢她。

絮絮叨叨写了一大堆，我是真的想到啥写啥，全是真情实感啊，老师。

郑老师，我跟您说哦！我有一个梦想，我想当外交官，就是华春莹那样的。外交官真的是很神圣的一个职业啊，我将来如果从事这一职业，用我的嘴和行动为我所深爱的祖国争光，真的很棒！“清澈的爱，只给祖国。”

谢谢您，郑老师，给了我一个这样的方式去把心里话写出来。

刘心语

2021年3月2日

愿你多年后归来，仍是少年

亲爱的锦泽宝贝：

晚上好！

今天是2021年3月22日，距离中考还有81天。下午放学时，我在门口与赵子睿的妈妈交谈，你基本上最后一个走出教室，来到我身边，很羞涩地递给我一封信。当时，我大致浏览了一遍，密密麻麻两大张，全是真情实感，很是让我震撼！

然后，你们全都离开了，我匆匆忙忙检查了一遍教室，回到办公室，再次摊开你的长信，认真阅读。

看你一遍遍细数自己初中生活的点点滴滴，有欢笑，也有泪滴。我同样也在被你感动着，感情的潮水也同你一起奔流着。

不知道，入学第一天，你还有走错班级的经历。

不知道，你看到郑老师的瞬间，还有那么多美好的词语在心间。

更不记得，你曾经告诉我你的梦想是一中宏志班和美丽的清华园。在此，向亲爱的锦泽宝贝说声抱歉！你一定会梦想成真的！

但我清晰地记得，你和梁艺缤、李姗诺、李铭瀚一起登台朗诵《中华少年》，并且顺利拿下第一名的好成绩。

那时，你是你们四人当中最矮小的一个，也是练习最卖力的一个。

再次翻看当年的照片，那时的情景依然历历在目。那么一个小小的人儿，穿着黑色的裤子，雪白的衬衫，站在偌大的舞台上，竟没有任何胆怯之意。

也许是那次的《中华少年》朗诵，开启了你的热爱语文之旅。自此，你成了我们语文课堂朗诵的主角，不管是分角色朗读还是个人朗读。你的书写也是一天比一天认真。

从你带着棱角的字体上，我读出了你是在用心书写每一个汉字，也是在以最端正的态度学习语文，学习做人。

你的阳光、你的大气和你的沉稳，是全班同学学习的榜样！

就这样，你昂着头，像雨后的春笋，节节拔高生长，势不可挡。我和老师们也仿佛听到了你拔节的声音，喜上眉梢。

接下来，菏泽书城的朗读者活动，依然是你们四个，以一篇《让世界因你而美丽》打动所有的观众，你的一篇《满江红》更是让所有人动容。

于是，你的学习成绩也是一路攀升。

42班因为你的存在而更加精彩。

可是，初二寒假，我们被迫停课，在家上网课。也正是这将近一个学期的网课，使你的功课落下很多，乃至开学测试你的成绩一落千丈。

从此，你的情绪也跟着极不稳定。乃至到了初三，你经常不按时到校，有时也不来上课，我看在眼里，急在心里。几次找你谈话，也无济于事。

时间的车轮继续向前滚动，不知不觉我们已到了初三的最后一个学期，经过了漫长的寒假，你仿佛长大了许多，也长高了许多，站在我的面前，需仰视你啦。你忽然变得积极了，每天早早到校，与同学们一起大声背诵，很投入的那种。书写也变得像先前那样认真，一笔一画都刻下了你成长的烙印。再次与你谈心，看着站在我面前的挺拔的你，满满的自信写在你青春的脸上，眯起的眼里充满热望，上扬的嘴角挂满希望。我知道，你又找到了曾经的感觉，那个不屈不挠、自信坚毅的锦泽回来了！

感谢上苍，此时，我们距离中考还有一百天。

于是，在我们的百日誓师大会上，你带领同学们发出了豪迈的誓言：不负父母的企盼，不负恩师的厚望，挑战自我，乘风破浪……

中考的号角已经吹响，我深知，我们的锦泽在时刻准备着。

课堂上，再次看到了你高高举起的小手。

课间里，总有你和同学们探讨问题的声音。

校园里的偶遇，也总能听到你“老师您好”的问候。

操场上，也总是听到你“一、二、三、四”响亮的口号声。

……

飞翔吧，孩子！

愿你多年后归来，仍是少年，意气风发，书写着42班的传奇。

永远祝福你的老班郑海玲

2021年3月22日晚

附：刘锦泽给郑老师的信

亲爱的郑老师：

您好！我犹豫、徘徊、酝酿了很久，才拿起笔给您写这封信，想起您，我心中满是您的美好、慈爱和温柔。

初中三年，过得好快啊！这是我唯一感到美好的年华，正是因为有了您，让我在朝气蓬勃之时有了最好的际遇。

初一，那时我还是新生，对二十二中这所学校充满了憧憬和新奇。我推着自行车，听着回荡在耳旁的校歌，心中无限欢喜。但当我看到自己排在42班时，心中有些许苦涩，因为我觉得好的班级应该靠前。于是，我在3号教学楼，找呀找，因为不熟悉，所以找到了当时的45班，我看到一位年轻的老师站在讲台上，心中猛一失落。这就是我的班主任吗？她有没有教学经验？正当我想象新老师时，老师突然说这是45班，我心里一颤，马上跑下楼去。

当我终于找到42班时，透过门窗，我第一次望见了您，我记得很清楚，您当时身着一身淡蓝色裙子，头发整齐地披散下来。一望去，宛如一位知书达理的大家闺秀，但又透露出一份稳重与随和。我敲门而入，您微笑着望向我，让我坐在了第一排。作为新生的我，心中满是紧张与不安，但一望向您，又立刻自信了起来。

记得，您当时让我们说梦想，我清楚地记得，我说："我要考一中宏志班，我要上清华。"虽然很多人都这样说，但您像知道我们一定能考上似的，对我更是充满了希望。

您对我特别照顾，第一次月考，我自认为考得不错，但您当时给我定下的目标更高，我非常害怕，怕您责怪。但是您不但没有责怪，而是送来了鼓励，让我下次继续加油。老班，还有那次国庆期间诗歌朗诵比赛，也是您让我参加的，最终为我们班级斩获了一等奖。特别感激您，因为这场比赛，我发现自己原来也可以朗诵，像开拓了一片新天地。

您总是这样，给予我们新的希望，给予我们生命的热情。

初二，我的成绩开始一落千丈。可您并没有放弃我，看我的眼睛依旧充满光亮。那段时间，你经常找我谈话，为我剖析成绩，分析学习状态，除了家人，就数您疼爱我。但事不如人意，成绩一直没有上去，我总害怕枉费了您的一番苦心，于是在每次要放弃时，一想到您，就有了学习的动力。初二是初中三年我最迷茫无助的时期，我总感觉自己不能做到，缺乏信心，也是您，一直开导我，让我挺过初二，虽然成绩并没有起色，但您依旧相信我会找到初一学习时的状态。

初三，现在进行时，暑假过后，我继初一之后又一次自荐当班长。您说我长高了，快赶上您了，说我有能力当好班长，于是又给了我一次机会。但我很紧张，怕管理不了班级，但您总会告诉我管理班级的方法，给我一次又一次的鼓励。

但是那次，您是真的生气了，那几天，我上课没有准时过，您上语文课时，我也故意和您作对，不认真听课，不大声读书。您当时在课堂上说："有一位同学上课时，让我最为生气，差点把心脏病气出来。"我当时一听心中满是愧疚，这件事是我最对不起您的。"老班，对不起。"请原谅这份歉意来得如此迟，那也成了我现在最大的心结。

距中考没几天了，眼看着时间如流水般，一瞬又一瞬地过去，您依旧像打了鸡血似的，监督着我们的学习，还让我领誓中考宣言，真的，您对我的爱像无穷无尽般。我不想辜负您，我想在这段剩余的日子里让您看到，我还是那个刘锦泽，我还是那个追梦少年。我决心改变，因为我明白岁月不长，我也想要我的青春充满热血，不留遗憾，我也要为我的年少时光留下绚丽的烟火。

老班，您不是让我追赶刘心语吗，放心，我一定会努力追赶的，这三年来，总是您给我期望，我也要让您开心一次。这个约定，我一定要完成，因为我知道如果没有这次证明，我会对您愧疚一辈子，也许初中就是如此的纯粹吧。

您对我的好，我会永远记住，我也一定会考进一中，为了青春，为了自己，为了老班及我的家人。

中考，奋力一搏；我的人生，必须灿烂！

老班，借着这封信，我多么地想喊您一声“郑妈妈”呀！老班，请谅解我的年少轻狂，您给我的爱简直太多，太多……

刘锦泽

2021年3月22日

愿你千帆阅尽，归来仍是翩翩少女

亲爱的李潇宝贝：

你好啊！

此时此刻，你正坐在一模的考场上，奋笔书写着数学试卷。而我呢，坐在另一个考场的后面，阅读着你的来信，思绪万千。

“下个秋天，教室里仍会坐满人，只是不再是我们。有生之年，有幸相遇！”

读到此处，我的内心充满了酸楚，也有东西涌动在眼角，不敢眨眼。

回首走过的三年，感觉真是太短，太短。你们初一时刚刚入学的画面，仿佛就在昨天，怎么眨眼间就是三年？

那时的你，个子很小，皮肤白皙，从来不敢高声言语，乃至到了初二，我依然认为你是42班最文静的女生。对你这一印象的改变，源自初三时刘家硕同学书写的班级日志……原来啊，你在同学们心中，是这样一个女汉子，我震惊！

你学习上最大的优点是，背诵超级快。作为C2组的组长，每天清晨，你当然是你们组背诵最快的一个。当你举起手示意我对你提问时，你的目光是坚定的，眼睛是浅笑的，很美。你也总是一个字不差地背诵过关，然后很负责任地去检查你的组员。如果哪位同学不能过关，你同样会毫不留情地记录下来，并督促他尽快背诵。

每次看到你如此熟练的背诵程度，我就猜想，你的史地生政一定会考出好成绩。可是，每次当成绩出来时，又都不尽如人意。于是，我就帮你分析，告诉你知识需要理解性记忆，不能死记硬背，要活学活用。

“老师，啥叫理解性记忆啊？”你曾经睁大眼睛询问我，甚至连嘴巴都是大张着的。

看到你如此认真的样子，我忽然感觉你是如此可爱，而我又是如此不称职，怎么能让我的学生连“什么叫作理解性记忆”都不知道呢？我忽然自责起来。

依然清晰地记得，当时你问我这个问题时，是刚下完物理课，你们刚刚学习了压强这一章。

“李潇，你告诉我什么叫压强？”我趁机问你，并给予你鼓励的微笑。

“单位面积上所受的压力叫作压强。”你很熟练地背诵出来。

“压强的大小和什么有关？”我接着问。

当时，你有一点点回答不上来。我用手拍拍桌子，告诉你它和受力面积以及此时的压力都有关系，你似懂非懂地点点头。

接下来一段时间的提问背诵中，我都在提醒你理解着去记忆东西。

你开心了一大段时间。

这个寒假开始，你走上了艰难的美术艺考之路。每天要去画室画一整天的画，晚上还要加班完成学校规定的全天的全科作业，有时候熬夜到凌晨两点，很是辛苦。我曾经告诉你爸，作业就别写了，别让孩子熬坏了身体，开学再说吧。你怎么也不答应，每天非得按照要求完成当天的作业。于是，开学时，当别的美术生作业缺这少那时，你的寒假作业一样也不少地交了。我真的很佩服你的那种不达目的誓不罢休的劲头。

孩子，艺考的路很难走，布满荆棘。而你又想让艺考和文化课的学习都不耽误，更是难上加难。辛苦了，亲爱的李潇宝贝！

“教育的目的不是让孩子都成为某种拔尖的技术人才，而是成为快乐的生活者！”记不清这是哪位伟人说过的话，但此时此刻也是我想对你说的话。

亲爱的李潇宝贝，我知道，最近，你的压力又大了。每天都揣着想考好的梦想，努力听课，拼命刷题。这固然是好，但也要为自己的大脑留点反思的空间，为自己的心灵留点放飞的机会。

中考倒计时49天，我坚信，我们都不忘加油努力，但更要牢记开心快乐，阳光大气。

人生啊，是一个多么美好的字眼。

可能，我们都只是彼此生命里的一个过客，但永远也不会遇见第二个你我！

我希望，你走路时，是昂首挺胸信心满满的，而不是低头沉思毫无力气的。

我希望，你的眼睛，是澄澈明亮充满光泽的，而不是目光无神充满忧郁的。

我希望，你的现在是努力的，但也是快乐的。

我希望，你的将来是美好的，但也是努力的。

此刻，我最想对你说的是，愿你千帆阅尽，归来仍是翩翩少女。

祝福一切美好如愿！

永远祝福你的老班郑海玲

2021年4月23日

感谢相遇，共珍惜

亲爱的孩子们：

你们好！

还有8天，你们将走进考场，参加人生这场重要的考试。等待你们的无论是幸福微笑或是辛酸泪水，我们都将一起面对。如果你成功了，那是上天给予你执著勤奋的肯定和奖励。但不要得意，此后会有更广阔的天地等着你去挑战。如果你失败了，可能是上天对你贪玩、懒惰的惩罚，也可能是对你委以重任前一次刻骨痛心的磨炼。请不要失望，老天爷给你关闭了一扇门，会给你打开另一扇窗户，只要你用心、执著地寻找和追求，总会找到放飞理想的蓝天。

离别的钟声隐约传来。三年了，回首过往，有别样的滋味。

曾经，我们训斥你们不思进取；我们嘲笑你们糊涂呆笨；我们恼火你们屡教不改；我们憎恨你们碌碌无为；我们对你们爱之深，恨之切，忍不住训你们，却常换来你们的隔膜和叛逆，我们抱怨你们狼心狗肺……

如今，我们只剩下留恋……

如今，我们只剩下感谢……

面对中考，大家心里的感受各有不同。我们的心愿是，希望你们有更多的人继续走进校园去学习。无论将来你们做什么工作，知识总会让你们的情感更丰富，精神更充盈。而且读书的过程中可以结识许多新同学，找到更多的好朋友，这是人生难得的阅历。所以，如果你学习好，志向高，那你就争取跑在最前面，去创造学业的辉煌；如果你爱学习，但成绩不尽如人意，那就坚持尽力走得远些；如果你文化课学习基础差，那就学一门技术，将来自信地去社会闯荡。初中毕业后，要上中专或中职学校不是很难的，因为这类学校对文化课成绩要求不太高。选择一个合适的专业，得有主见，也需要父母的理解和支持。更重要的是，进入职校以后，一定要努力学习技术本领，才能在毕业后找到好工作，拿到更高的工资，自己更早地独立；如果整日吃喝玩乐，碌碌无为，对不起父母，浪费了光阴，多么可惜呀！无论你毕业后如何选择，也不论你的目标大小，在中考冲刺阶段，都应该加油努力，用心为自己初中三年的学习画上一个句号！留给同学和老师一个美丽的背影！

中考前8天，你们又该如何度过呢？放纵当然不行，可要用心去做，又觉得有太多的东西要复习，难有头绪，让人迷惘。下面几种情况，可能是你们正在困惑的，提供些建议，供你们参考。

如果有“偏科”现象，该怎么办？

建议：(1) 先把你“偏科”科目的考试卷整理装订好带上去寻求老师帮助，让老师看试卷，帮你分析，找找原因，再按老师的要求去复习。老师经验丰富，能对你因材施教，找出办法的。(2) 汇集自己平时做错的试题，弄明白自己错在哪儿，主动请教老师是上上策。(3) 静下心来，看看书，其他各科背一背知识点是很有必要的。

如果觉得手头试卷、资料太多，该怎么办？

建议：(1) 各科资料复习一要分主次，平时考得好且基础扎实的科目少花时间看资料，偏科的（薄弱科目）多花时间看资料；二要分难易，资料上简单明了的知识不用再浪费时间复习，资料上的重点难点知识，多花时间去突破。(2) 做过的试卷分科按序整理装订好，有计划地翻看，错题要看细点，不要心急，看不懂的就问，问了也不懂的就放弃。每天下发的要做的试卷要认真去做，不会做的空着，上课时用心听讲，弄懂为好。(3) 如果自己复习仍乱成一团，也不会列计划，快去找老师帮忙，主动求助总比干着急好呀。

如果觉得这段时间特别累，身体累，心更累。怎么办？

建议：身体累，是因为你学习太辛苦了。冲刺阶段拼命熬夜是下下策，晚上学习不能超过十点。越近中考，作息时间越要接近平常，保持充足的睡眠才能有效率，否则事倍功半。另外，这段时间注意营养，要吃好早餐，有条件的可以喝杯牛奶、吃个鸡蛋或吃几片牛肉。学习之余，做些适量的运动，像《健康歌》里唱的扭脖子扭屁股都行，能舒活筋骨，清醒头脑就好！切记：千万别“拼命”，把身体累垮了，什么也做不成。

心太累，是因为你思想压力太大了。有的是老师、父母逼的，有的是自己自加的。大考之前有压力是正常的，关键是要调理好心态。从这段时间的模拟考试来看，许多同学已适应了压力，能“胜不骄，败不馁”，以微笑面对，让人佩服。如果你仍做不到，没关系，有许多办法可以调节。

方法一：常对自己说：“我尽力了，考不好拉倒，上不了一中会饿死人吗？”（这是许多老师当年考场上自我安慰的经验之语。）

方法二：找机会发泄。在半路上、操场上、空旷的田野里大声喊叫，仿佛把胸中的压抑、烦恼呼出体外，是有效果的。（提醒：别吓着别人）在运动中发泄，打沙袋、踢足球、打篮球、听音乐、唱唱歌、跳跳舞等。

方法三：找最信任的人（老师、亲人、朋友）谈心，找他们倒一倒“苦水”，聊聊天，吹吹牛，是最好的休闲和放松。

老师总结六句话：

一是每天学习安排有序巧立计划。

二是试卷归类翻阅复习琢磨难处。

三是薄弱科目基础知识用力强记。

四是疑点难处留心收集及时求问。

五是学玩适度劳逸结合心情舒畅。

六是用心尽力乐观自信无怨无悔。

我们常佩服他人能够勇往直前，而不知他们一路而来的跌撞受伤；我们常自卑于自己的懦弱退缩，而不知他人的孤独忍耐；我们常羡慕他人轻而易举获得了成功，而不知他们背后艰辛的付出。

出众从来没有捷径，我们都只能走上同一条路，那就是努力！

我们每个人都幻想过未来的自己，你希望自己功成名就，生活平稳，被岁月塑造成温柔而强大的样子。可也许你正遭遇挫折，正迷惘踌躇，正想要退缩，尽管如此，也请不要忘记你理想中的那个更好的自己。

要记住，只有咬牙挺过现在的苦难，才会在尘埃落定后，遇见那个理想中的更好的自己！

感谢相遇，共珍惜！

孩子们加油，郑老师永远爱你们！

毕业致辞

亲爱的孩子们：

今天是我们离开班级的日子，一千多个日日夜夜，太多的细节难以忘怀。

2018年8月31日，注定是一个难忘的日子。因为那天，是你们怀揣梦想踏进二十二中的第一天，更是我们的第一次遇见。当时的你们，个个精神饱满，充满自信，美丽的初中生活从此快乐起航！

接下来的一千多个日子，记载了我们人生中最美好最难忘的三年。

怎能忘记，你们课间的调皮嬉戏。

怎能忘记，第一次运动会你们成功斩获第一。

怎能忘记，第一次歌咏比赛你们同样顺利拿下第一。

怎能忘记，操场上你们挥洒的汗滴。

怎能忘记，实验室里你们考前奋斗的印迹。

怎能忘记，你们语文课堂上高高举起的小手，一次次给我带来的惊喜。

怎能忘记……

如今，我们只剩下留恋——留恋教室里你们的琅琅书声，留恋你们得失成败时的欢笑和泪水，留恋你们成长过程中的朴实善良和刻苦坚韧，留恋你们一切意外惊喜的好，留恋你们所有顽皮狡黠小小的坏，我们彼此之间一切温馨的、快乐的、遗憾的、伤感的细节都将成为永久的回忆......

我还要对同学们说声感谢——感谢你们与我们相伴三年，彼此留下人生难忘的回忆；感谢你们每天清晨把校园打扫得干干净净；感谢你们在楼道间一声声亲切的“老师好”；感谢你们在特别的日子里用心折叠的贺卡；感谢你们身上的纯洁善良、激情快乐给我们以熏陶；感谢你们用智慧、汗水换来大家自豪的荣耀；感谢你们的点滴进步让我体验到职业的光荣和生命的美好……

亲爱的孩子们，再看一眼吧，看一眼同桌的笑脸，老师的欢颜，以及校园里的梧桐树，还有教室里的每一个角落，我们的笑声与泪水，洒满这里的每一寸土地。

可爱的校园，记载了我们人生中最美好的三年，我们一起耕耘，一起播撒，撒一把汗水于三尺讲台，倾满腔热血给莘莘学子。

三年，人生旅途上虽短犹长，你我师生战胜了多少困难，才取得今天的成绩，如今，你们就要踏上新的征程，开始人生新的远航。孩子们，请你们相信，老师将永远面带微笑坚定地站在你的身旁。

能够成为你们的老师，是我们之间的缘分，我们相处的一千多个日日夜夜，悄悄走远。它是那样的匆匆哦，太短，太短。但纯洁的师生情谊却日渐浓厚。分别在即，纵有千言万语也诉不尽心中的悲与喜，此时此刻，老师没有珍贵的礼物馈赠，送几句诚挚的话语，伴你们一路风雨兼程。

做一个爱读书的人。读书可以启迪智慧，陶冶情操，增益心智，净化灵魂。

多读书吧，你的生活将被营造成诗意的充满书香的温馨空间。

做一个快乐的人。人生匆匆，从呱呱坠地，到白发苍苍，短暂的旅途上切莫丢了寻找快乐的习惯，学会欣赏自己，学会坚强，学会感激，相信风雨过后彩虹更美丽。

做一个负责的人。不管你们从事何种职业，都要兢兢业业，恪尽职守，有一分光，发一分热，把所从事的职业当作一项事业来对待，这样才无愧于自己的人生和这辉煌灿烂的时代。

做一个珍惜时间的人。陶潜写过这样的诗句来勉励自己：“盛年不重来，一日难再晨，及时当勉励，岁月不待人。”也请你们把它作为座右铭，时刻提醒自己，珍惜春光，让自己的人生熠熠生辉。

让我们再次重温，什么样的女生最美。

自然的女生最美，静静读书的女生最美，自信坦然的女生最美，执着追求、永不服输的女生最美……我唯愿我们班的女生们，保持一份自然、一份坦然，安守一份宁静、一份纯净，保留一份执着、一份坚韧，在含苞的日子里，蕴蓄自己的美。我唯愿十年、几十年后的你们，如锦缎一般高贵，如珍珠一般圆润，如纯玉一般美好。

让我们再次重温，什么样的男生最帅。

有责任，有担当，懂得谦让。有正直之气、宽容大度之气、雍容之气和阳刚之美。身上永远散发着一种善良的光辉，一种正直的光辉。有远大目标，脚踏实地，遇人不卑不亢，遇事不悲不喜。

亲爱的孩子们，希望你们能记得，也许人生无法永远一帆风顺，但是，当你们遇到困难与挫折的时候，母校和郑老师依然是你们坚强的后盾。

青霄有路终须到，人生能有几回搏！当你们取得成绩的时候，老师会默默地为你们祝福，为你们加油！

亲爱的孩子，在你即将踏上新的征程之际，请你忘记郑老师批评你时过激的话语，记住郑老师关爱你的诚心；请你忘记好多次郑老师催促你时的焦急，记住郑老师不想放弃你的无奈；请你忘记你犯错时郑老师打电话告诉你父母的良苦用心，记住郑老师急于扶正你日渐弯曲的身躯与不安的灵魂的忧虑。

亲爱的孩子，不管你是成功还是失败，请记住：决定命运的不是中考，而是自己内心永恒的信念！

亲爱的孩子们，三年很短，车已经到站，感动、感谢你们一次次给我带来的惊喜！前方的路途还有很长，恕我不能继续陪伴，既然选择了远方，便只顾风雨兼程！孩子们，加油！把自己开成花，你会永远走在春天里！

亲爱的孩子们，不管你走多远，请你记住，2018级42班是你永恒的家园！郑老师永远关注着你，牵挂着你，祝福着你，爱着你！

再次祝福亲爱的孩子们：

金榜题名！

梦圆六月！

前程似锦！

永远幸福快乐！

永远爱你们的老班郑海玲

2021年6月12日

年里慢下来的时光

“南边楼上冰箱里还有饺子，你们吃完了再去拿，顺便浇浇那几盆花……”

“好嘞！”

挂掉了与父母亲的视频电话，坐在有阳光的书桌前，开始敲打这个假期的慢生活。

寒假是什么？

寒假就是美好，就是纯净，就是自我。

它让我们合理放纵，让我们在慢下来的时光之潮里跌宕起伏，让我们恣意游走，身体的，灵魂的。

寒假是与年的约会，寒假让我们拥有一段慢下来的时光。

年里慢下来的时光，给自己找把椅子，坐成一种长久的姿势。然后，好好休息，用心阅读。

读王春易等老师的《从教走向学》，让我真正领会了吴非老师的一段话：“我把自己教成了一个学生，我把自己教回到课堂，我把自己教回了童年……”这个世界，最珍贵的是什么？不是苦心经营中拥有的金银财宝，不是几番周折后获取的功名利禄，而是历经沧桑、饱尝人世风雨后，依然不变甚至更为灿烂的那颗纯真的童心。像个孩子一样，永远没有歹意，从来不会算计，心，洁净得如同水晶。

再读肖培东老师的《教育的美好姿态》，还是最喜欢那句话：“站在讲台，我是学生的阳光；走出校园，我有自己的幸福；这，就是教育的美好姿态。享受语文，享受教育，享受生活，是我们的选择。”因为，这年里慢下来的时光，让我真正体会到了走出校园的幸福。

再读丁立梅老师的《恰好》，尤喜欢《所谓活着》里的话语。“所谓活着，是窗外的树，在四季里静静生长；所谓活着，是孩子欢快的笑声，跌落在草地上；所谓活着，是村庄的炊烟，袅袅升起……”

我说，所谓活着，是坐在有阳光的窗前，敲打这年里的慢时光；所谓活着，是和自己所爱的人做自己所爱的事。

感谢这年里的时光，让我可以静心阅读，不断成长。

年里慢下来的时光，是拨通手机里微信视频电话，和父母及弟弟他们拉呱儿。

父亲说：“不忙时，你记得去南边楼上看看冰箱有没有断电，给几盆花浇浇水。”

“爸，您都说了好几遍了，冰箱里的灯亮着呢，还有，那几盆花，我如果天天浇水，会淹死的。”我调侃道。

母亲说：“从年前来到这里基本天天下雪或者下雨，不如家里的天气好啊，还有，这里的东西太贵了，尤其是水果，今天，你爸花了25元钱买了4个苹果。”

“妈，你儿子挣钱那么多，就是用来花的，否则，会长毛的哈！”我再一次调侃道。

弟弟在视频中探出了头，大笑道：“是啊，是啊，人民币就是为人民服务的，你说是不是，姐？”

于是，视频那头传来了父母的笑声。

感谢这年里的时光，给了弟弟陪伴父母的机会。

年里慢下来的时光，和小高一起散步，很惬意。

记不清从哪天开始，小高说：“妈妈，今天起，每天晚饭后我陪你一起散步吧。”最初，我以为他是说说而已，没想到的是，他竟然做到了，并且是每天。

“晨晨，我的腰疼又犯了，医生说倒走可以减缓疼痛。”

“妈，你儿子就是你的拐棍，大胆倒走吧！”说着，他用右手抓起我的右手，一路沿长城路西去。

一路流光溢彩，长城桥上更是风光无限。年的味道还是很浓的。

路上，小高与我聊他最近读的好书，聊他的室友们，聊他的专业，聊他以后的打算……

“晨晨，松开手等一下，妈妈的鞋带开了，得系上。”

“这点事还是我来吧，小心再闪着您的老腰哈。”他开始调侃他的老妈了。于是，我很乖巧地伸出脚，在路灯下，他弯下腰。用自己肥嘟嘟的笨拙的手给妈妈系鞋带，引来路人的驻足赞叹。

感谢这年里的时光，让我和小高有了这样难得的画面。

年里慢下来的时光，和往届的娃娃们聚餐。听他们述说着当年的种种，感觉自己还是那个年轻的班主任。“每天进步一点点，在最美的年华做最好的自己。”这是我当年的班主任寄语，他们都能一字不落地背出来。

听他们描述着未来的种种，感觉自己是世界上最幸福的“老师妈妈”。

“老师，将来如果有人欺负您了，我和良毅小朋友会第一时间为您出气!”来自中国人民警察大学的孟通开始发话了。

“说什么呢，怎么会有人欺负咱老师呢!”小班长认为不妥了，开始反击了。

“老师，您寂寞了我会为您唱歌哦!”山东大学音乐系的雪儿又开始调皮地做鬼脸了。

“老师，我为您画最美的画哈！”学绘画的“张翔姐姐”（当年他们都这样称呼这个不爱说话的男生）满脸绯红地说。

“老师，还有为您写诗的呢!”小班长指着最近诗兴大发的三克（当年他们都这样称呼兢克）戏说道。

“老师，老师……”

感谢这年里的时光，让我们重回当年，畅想未来，意气风发，继续书写着42班的传奇。

年里慢下来的时光，是和三五好友肆意逛街，淘自己喜欢的衣服，吃共同喜爱的“垃圾”食品。

年里慢下来的时光，是和大高一起看电影，重温恋爱时期的故事，畅想老年时期生活的样子。

年里慢下来的时光，是和邻居、同事每天一起晨练，欣赏赵王河畔的美景，畅谈各自的家长里短。

年里慢下来的时光，是在音乐中侍弄家里的花花草草，可以俯身去看一朵花开出一瓣微笑，听它们诉说着日子的欢喜。

生活，原来可以这般美好，你是你自由流淌的一月，你是你的人间二月天。

“我出走，是为了更纯净地归来。”这一刻，我想起奥地利诗人里尔克的诗句。

这年里慢下来的时光，很美，我们可以更好地归来。

2022年2月7日

碗中日月

梅子姐说："日月是什么？是日子叠着日子，一路逶迤而来。碗里装日月，其实装的是人间烟火哪。"

自拿到梅子姐的这本《碗中日月》，我一直在细细品读，咀嚼其中的每一句话，真的很接地气。是啊，碗里盛着我们的欢喜岁月，盛着我们每一个日子里的小感动、小幸福、小悲欢。

那一年，儿子高三。

我早晨的闹铃永远是四点五十分，蒸米、炒菜、煎牛排，再准备一些稀饭或者牛奶。然后叫醒晨晨，他起床，洗漱，坐在餐桌前，很陶醉地吃着早餐。"妈妈辛苦了，今天的早餐真好吃，妈妈，我爱您！"他也永远是这般有精气神。

最后一个学期，他给自己制订了无缝学习计划，早晨早起，就连中午放学后，当同学们都去吃午饭时，他还要在教室里再学习一会儿。然后回家吃饭，也就不到十分钟吧，匆匆吃完午饭，还要再背一会儿英语单词，才肯小憩十分钟，就又匆匆去上下午的课。

我非常担心他的身体吃不消，他倒反过来安慰我说："妈，您儿子身体好着呢，我是打不死的小强。"与此同时，还常常朝我做鬼脸。

每天晚上放学后回到家，大部分是十点半左右，好像是为了放松自己，更像是为了不让我担心，他总是会与我聊聊学校的事情。"妈，今天程老师找我谈心了……""妈，俺盛哥今天找我聊天了……""妈，妈妈，今天我们班的某某同学因为谈恋爱被批了……"他每天总有不同的话题，让我开心好一阵子，然后就又说，"妈妈，你可以去睡觉了哈，我再背几个英语单词，或者再刷几道题哈……"于是，他常常是这样把我推进房间，让我安心睡觉，就又去挑灯夜战了！

于是，儿子的高三，我从没有像别的家长那样紧张！

日子总是过得很快，说高考高考就来了，他的心态总是那么好。即使高考期间，也没看出他有丝毫的压力，总是蹦跳着大步走向考场，怕我担心，每次进考场前，也总是对我说："妈，放心去上你的班吧，你儿子心理素质强大着呢!"就这样，他考他的试，我上我的班，我依然按部就班地带我那届几天就要毕业的初三。

这段陪读的日子是平淡的，但却也是无法忘却的。

谢谢你，宝贝，没有让妈妈给自己的学生留下遗憾!

那一年，儿子大二。

我的爸妈搬进了我们的小区，从此之后，这碗中的日月更多了几分幸福和欢喜。

想想这几年，每一个上班的日子，我都是早上六点多出门，中午在校陪学生吃饭，晚上常常七点多才能到家。因此，每天的晚饭，成了父母最大的期盼。每天晚上七点左右，当我驱车到地下停车场，然后乘坐电梯来到父母的家里，你看吧，那个房门一定是虚掩着的，永远无须我用钥匙打开。餐桌上，也总是摆放着我爱吃的饭菜。如果哪天学生有个突发事件，我回家晚了，父亲一定会打几个电话询问，当知道我没有什么事后，他们才放心。

"工作很重要，要好好干，对得起你的学生。身体也很重要，要学会劳逸结合。"这是父亲常常对我说的话。

我牢记在心，并努力去做。

"日子总是过得很快，不知不觉间，姑娘也要奔五了。"这是母亲经常说的话。

每每听到，总有几分酸楚在心头。

是啊，我都这么大了，每天还得让七十多岁的父母侍候着，牵挂着。但是，当我看到他们看我狼吞虎咽吃饭时高兴的样子，幸福同样会溢满心间。

肖培东老师说，那么多忙碌的日子，我们一直都在奔跑，也一直被逼着奔跑。仿佛永远不能慢，一慢就是懈怠，就会看到有更多人超越自己。我们就这样跑啊跑啊，跑出优秀，跑出骄傲，跑出完美。这样，父亲佝偻的背影仿佛有了挺拔，母亲褶皱的面颊仿佛真的多了欣慰。

是啊，我们的父母永远希望自己的孩子是跑得最快的那一个，他们同样也希望自己的孩子永远是最健康的那一个。

感谢我的父母，让我忙碌的日子也有温暖的依靠。

这一年，儿子大四。

他顺利通过了清华的直博考核，虽然学习任务相对轻松了一些，但他依然是那个勤奋好学、阳光向上的孩子。唯一不同的是，他有了更多的时间与爸妈聊天，与爷爷和姥爷姥姥聊天。他会聊他今天吃了什么，聊什么时候完成了今天的游泳任务，聊最美的荷塘月色。聊他们校园的树叶什么时候开始发芽，什么时候枝繁叶茂，什么时候校园的小路变成了金光大道。这时候，他会很惊讶地告诉你："呀，妈妈，又一个秋天来了，天气变凉了，你们要注意身体啊！"

我知道，我家娃娃已长大。

这一年，我接了新的初一。

两个班的语文课，要有浓重的读书气息，是我不变的心愿。

于是，从开学第一课起，我就问同学们，语文是什么。是想从孩子们的回答中，找到我的夙愿。结果是，真的找到了，欣喜万分！

"谁能告诉我，语文是什么？"新学年语文第一课，我这样问同学们。

"老师，我觉得语文就是阅读。"一个小个子戴着口罩的男生（后来知道他叫安思伟）率先举手说。

"孩子啊，你的回答真是太完美了。"我在心里默叹道，"我何其幸运，开学第一天就遇到了懂我的学生。"

也就是从那天起，我知道了，这三年，又将是一段美好的岁月。

每个周四的阅读课，每节语文课前五分钟的阅读分享，是孩子们最开心的时候。

尹诺同学的《你不努力，谁也给不了你想要的生活》，程昕怡同学带来的《你有蔓草，我有桃花》，周宇菲同学带来的《寂静的春天》，魏士淇同学分享的《等你在北大》……太多的优秀作品，充满孩子们的大脑，激励着他们的斗志，充实着他们美好的初中生活。

有这样的日子，有这样的孩子陪伴，真好！

这一天，周六。

天气很好，早晨起床后，拉开窗帘，阳光透射进来，很暖。大高说："我们出去走走吧，顺便去小区东门附近的绿膳坊吃早饭。"我欣然答应，记不清有多久没有好好过一个周末了。

洗漱完毕，走出房门，按下电梯，巧遇楼上的阿姨带着小孙子外出。

"今天天气很好啊，你们也出去转转？"阿姨看到我后，很是开心地问道。

"是啊，阿姨早上好！这小家伙起得真早啊！"我正想伸手抚摸一下那个可爱的娃娃，电梯开了，他刺溜一下跑开了，阿姨去追赶，留下幸福的背影给我俩。

这是我们今天早上遇到的第一个欢喜。

此刻，我坐在卧室的八角阳台上，敲下上面的文字。阳光肆意地倾泻而来，泼洒在我敲击键盘的手背上。

"又写啥呢？别忘了写我啊！"大高进来了，送来了一大盘水果。

此时此刻，我的脑海里漫过几个字，碗里盛着日月，更盛着美好。

假如我有六条命

今天是个好日子，农历八月八日。

上午，陪父母去看望了我的叔叔、姑妈和姨妈。再次看到自己的亲人，不管是很久没相见，还是经常有联系，他们都很开心。记不清有多久没有这样载着我的父亲母亲，听他们反复讲述过去的事情，细看他们苍老的容颜，数他们满头的白发……忽然间发现，他们是多么需要我的陪伴！

下午，正在拖地收拾卫生时，接到公公的电话，让我带他去大高的姨妈那里看看。地还没有拖完，我赶紧答应。半小时后我就出现在老人居住的小区，载着老人驶向目的地，老人家依然是一路开心地问东问西。回来后，又去了赵堂小胡同那里一个亲戚家，然后一起去喜家德吃晚餐。吃水饺，拉家常，谈工作和生活……都是老人家开心的事情。

此时此刻，想起余光中先生的《假如我有九条命》，我不敢奢望这么多。假如我有六条命，足可。这第一条命就用来陪伴老人，让他们能有幸福的晚年生活。

一条命，用来做好妻子和母亲。记不清有多久没有好好做一顿饭了，为大高和小高。好像从小高高三的时候开始，大高就基本包揽了家里每天的午餐，每天都不重样，并且在用餐时他总是会问："今天的饭菜味道如何？一定要说实话哦，我再改进！"几年过去了，他的厨艺大长，我和小高就这么理所当然地享用着大高每天用心做的午餐。如果再给我一条命，我一定会变着花样做他们爱吃的饭菜，把大高爱吃的排骨和小高爱吃的可乐鸡翅做到极致。我一定会每天都把家里收拾得窗明几净，让他们每天都穿着最得体最整洁的衣服走出家门。然后，用心工作，好好学习，天天向上，幸福生活。

一条命，用来专心读书。记不清有多久没有好好地完整地静心读一本书了，工作忙吗？腰椎不好吗？还是自己太懒惰？好像兼而有之，但归根结底是自己太懒惰。曾经随意地读自己喜欢的书籍，散文、小说、诗歌等，好像都是为了寻找书中的自己；曾经买来许多专业书籍来读，是想找一个支撑或校正自己做法的理论；曾经读王崧舟、李镇西、肖培东、王君等老师的书籍，是想找一条优化课堂教学的捷径；曾经也读卢梭、苏霍姆林斯基、杜威等教育家的书籍，是想在大教育的视角下来看看今天的语文教学。但都是间断性地读的，如今半生已过，也没有形成自己的语文教学特色。假如有一条命专供读书，我定当全力以赴，享受阅读的快乐，并实践在自己的教育教学和生活中。

一条命，用来潜心教书和写作。余光中先生说：“书要教得好，也要全力以赴，不能随便。老师考学生，毕竟范围有限，题目有形。学生考老师，往往无限又无形。”这使我又想起雷夫的话：“学生面临的真正考试，不是学年末的那张试卷，而是他们离开你10年后的表现和结果。”二者结合，使我又想起如今的新课改，想起“核心素养”这个词语。假如有一条命，用来潜心教书和写作，我会更加认真备好每一节课，以最美的姿态站在我的课堂，以最大的爱心和耐心与每一位同学交流，让他们快乐地学习与成长。我同样会抓住课堂内外以及生活中的每一个触及灵魂的细节，写出最动人的篇章。

一条命，专门用来旅行，寻找语文里的中国。曾经在语文课堂上，讲到《三峡》时，我对孩子们说：“有机会，我们一定到三峡去看看。”“老师，你还没带我们去草原呢！”“老师，你还没带我们去滕王阁呢！”“老师，我们也还没去过黄鹤楼呢！”……孩子们七嘴八舌，我无言以对。是啊，美丽富饶的祖国，太多地方我们都还没顾得上欣赏，时间都去哪儿了？假如有一条命，专门用来旅行，我会和我的学生们一起寻找语文里的中国。领略祖国的大好河山，感受中华文化的博大精深，更加厚植孩子们的爱国主义情怀。

最后一条命，用来交朋友，从从容容过生活。写到此处，忽然想起贾平凹先生的《愿人生从容》一书，里面有一句话这样写道："人生的真正意义，在于淡定从容地过这一生。"是啊，交三两个知己，时而喝茶读书，时而骑车郊游，时而驱车远行，一起看花开花谢，人来人往，不刻意追求什么，也不被什么"截止日期"所追迫。就这样平静从容地过日子，是否是人生的最美境界？

第七辑 携手的光华

我们要感恩所有的老师，是你们大把的青春年华，在三尺讲台恣意挥洒，才换来孩子一点一滴的进步，让他学到了知识，懂得了做人的道理。

陈启月成长足迹

时光飞逝如白驹过隙，为我们留下了太多的记忆，从孩子呱呱坠地到现在的孜孜求学，十四载如弹指一挥间，许多的往事犹如在眼前……

现在还能清楚地记得两个孩子牙牙学语蹒跚学步时的情景，还能清楚地记得两个孩子得病时全家出动在医院的情景，还能清楚地记得因为要去上班偷偷藏起来，两个孩子抱着我的衣服到处喊“妈妈”的情景，还能清楚地记得两个孩子因树上的枣子第一次“大打出手”的情景，还能清楚地记得带着两个两岁半的孩子第一次乘火车的情景……

每每感叹着孩子什么时候才能长大时，孩子却在不知不觉间成长起来。

小时候的启月天真快乐，记得上幼儿园时就和书婉是同学了，在同一个班里，每天放学时都接不走，和她哥哥、书婉还有其他几个小朋友，在幼儿园的院子里追着跑，一边跑还一边告诉我，“妈妈，我们在玩‘追逐’的游戏”，直到幼儿园要锁门了，他们才依依不舍地说再见。想想现在跑步跑得快跟那时候“追逐的游戏”有关系。

小学时的启月是个文静有主见、倔强但又不乏活泼的孩子，记得2017年的那个暑假，我给她报了日照的夏令营，其中有一项锻炼的内容是高空滑索，好多孩子都不敢尝试，她却信心满满、敢为人先，要求第一个尝试，结果在从山顶下滑的过程中不小心被山上的石头划破了小腿，从膝盖到脚腕长长的一个大口子，好在教练给她及时处理了伤口，她怕我担心愣是没有告诉我，几次打电话都告诉我：“妈妈，我挺好的，没事，您放心吧。”依旧继续坚持了后面几天的训练。启月的懂事和体贴真是让我感受到了“贴心小棉袄”和“皮夹克”的不同。

启月转眼间已从那个天真快乐的小姑娘长成大姑娘了，我总能从她眼神散发的光芒中读出她的稳重与见地。

启月是慢热型的，熟识了之后也会滔滔不绝。在学校不大说话，在家却是“话痨”，每天放学后晚餐时是她与哥哥的交流时间，学校的趣事、同学之间的趣事都要说完才行，更多的时候是饭吃完了，高兴的事儿还没有说完，我要去刷碗，不行，抱着我的腿不让走，得听她说完了才放行。

刚刚升入二十二中时，什么都是新鲜的，什么都是好奇的，然而从开学见到郑老师的那刻起，启月回家谈起最多的是郑老师。

“妈，我们语文老师真漂亮……”

“妈，我们班主任皮肤多好……”

“妈，我们老师的儿子竟然考进了清——华——大——学！……”

“妈，我们班主任好有文采……”

“妈，我们郑老师要出书啊！……”

……

我总结了一下就是：“我们语文老师样貌好，皮肤好，身材好，性格好，更让她折服的是文采好，出口成章，教子有方。”在我们看来很多遥不可及的事情都在郑老师身上一一实现，此刻，我知道她遇到了她心目中的偶像。

启月从小喜欢读书，小学时中午放学回家，趁着午饭前的时间她也会拿起书看一会儿，刚升入初中时，第一次月考后，启月收到了人生中最珍贵的奖品，那是班主任郑老师自费购买的作家丁立梅的书，不仅如此，郑老师还让丁老师签了字，当我开完家长会回到家，把那本签有“陈启月天天快乐”的书放到她面前时，她双手接过那本书，欣喜地翻开第一页，脸上充满了感动的笑容，眼中闪烁着惊喜的泪花，她的笑、她的泪、她的喜形于色我全看在眼里，感动在心中。此刻，我知道带给她感动的不仅仅是这份奖品，而是郑老师的这份心意，这给了启月莫大的鼓舞。我感慨如此幸运，启月能成为郑老师的学生。

从启月进入42班的那天起，从孩子遇到郑老师那刻起，郑老师带给我们的感动不止一点点，郑老师不仅自费买书送给孩子们，还让作家给孩子签了名，给了孩子们大大的惊喜，我感叹如此用心的郑老师。清华大学是多少孩子心中梦寐以求的地方，孩子们也想要带着“清华大学”字样的小本子，郑老师千叮咛万嘱咐让儿子从清华大学买回来，送给孩子们，这又给了孩子们多大的鼓励。我感叹如此有爱的郑老师。

启月升入初二后，随着学习负担的加重和功课难度的加大，启月的成绩一度有些下滑，这让我很是担忧甚至有些焦虑，与郑老师沟通后，郑老师说：“没关系，我找启月谈一谈，放心吧，找对方法相信启月一定会赶上去的。”考试前夕，看到郑老师写给启月的鼓励与期望，当我将郑老师的鼓励与期望转达给启月时，我与启月心中满满的感动，我感叹如此有教育情怀的郑老师。

我想让每个孩子都不掉队，所以我的大部分精力在另外一个孩子的身上，很多时候启月也能理解，但有时候也会噘起嘴，给我提意见：“妈，我也需要家长陪着！”再三思量后，我把家里的餐桌收拾出来，让两个孩子在餐桌上一人一边写作业，我则坐中间看书，每天晚上在温暖的灯光下，看着他俩埋头写作业，听着笔尖在作业本上的“沙沙”声，真是感叹岁月静好，真想让时光停留在此时。

孩子的成长离不开老师的辛勤付出，很庆幸选择了在二十二中这样一所有爱、有梦想、有拼搏的学校里学习，从孩子进入二十二中以来，我与孩子都深深地被校长、班主任、老师们的敬业与努力感动。

孩子的成长过程也是家长的成长过程，每每遇到困惑，与姗诺妈妈、艺缤妈妈、译文妈妈谈起时，她们总能给予一些意见或建议，为我拨云见日，指点迷津。

成长的过程是一种磨砺，是一种历练，把所有的磨砺都当成严格的训练，生命的本身就会绽放出神奇色彩。

我希望启月能够健康成长、快乐学习，成为一个热爱生活的人，以梦为马，不负韶华！

——陈启月妈妈王方

刘天宇成长足迹

“尊敬的领导、老师，亲爱的同学们，大家下午好！我是42班刘天宇，今天我朗读的英语题目是：《*Out of the Darkness*》（《冲出黑暗》），以此献给敬爱的闫老师（英语老师）……”

“我下面朗读的中文题目是《沁园春·长沙》，以此献给敬爱的班主任郑老师和风华正茂的同学们……”

这是2020年元月19日，2018级41和42两个班级的同学、老师及家长们在菏泽书城举行的“朗读者”活动，刘天宇正落落大方、声音洪亮地朗读。台下的我满心欢喜，孩子，你渐渐长大了！

天宇是个性格内向的男孩，特别是在老师与同学面前总是有些拘谨。

记得初一刚开学不久，学校举行了迎国庆歌咏比赛，梁艺缤、李姗诺、李铭瀚、刘锦泽等四位同学朗诵的《中华少年》，荣获一等奖。我为艺缤、姗诺声音的甜美而陶醉，为铭瀚、锦泽的大气而震撼。当时我就想，天宇什么时候也能像他们那样，大大方方地站在台上大胆展示自己呢？

机会终于来了。

记得那是初一上学期，郑老师说要在41和42两个班级组织“朗读者”活动，我听说后非常高兴，天宇终于有一个锻炼自己的机会了。可是天宇对这次活动一点也不积极，虽然在家做了很多的思想工作，但都无济于事。我只好求助郑老师，请郑老师做他的思想工作，最初他勉强答应了。可是，到了该去参加朗读的时候又打退堂鼓了，说：“我不愿意去参加了，因为我的普通话没有班里其他同学好，并且心里好紧张。”怎么劝说还是无济于事。我只好又求助郑老师，郑老师当即在百忙之中打来电话，用她那柔和的声音说：“优秀的天宇同学，你怎么还没来呀，我正等着看你出色的表现呢……”天宇这才勉强同意。

那次他朗读的篇目是《岳阳楼记》。朗读结束后我问他：“天宇，你朗读时害怕了吗?”他说：“没，去时特别害怕，只想逃避，但一旦站到台前面对同学们就又不害怕了。”

是的，也许事情本身并没有那么可怕，难以克服的是自己心里的恐惧。

天宇第一次战胜了自己，我欣喜。

盼望着，盼望着，终于又迎来了41和42班第二季“朗读者”活动。郑老师与闫老师鼓励同学们用双语朗读，我在家也积极鼓励天宇参加。先帮他选材料，找一些积极向上、充满正能量的文章，然后在网上查找朗诵视频，每天早上不等他起来，就在他耳边播放，并让天宇在家反复练习，他这一次倒是很配合。也许你要说，这样的活动不必这么重视吧，但这一过程就是一个锻炼孩子胆量的过程，就是孩子成长的过程。现场朗读时，天宇虽然还不能做到激情澎湃，但也能声音洪亮、落落大方了。我满心欢喜，因为天宇比以前有胆量了，台姿也进步了很多，这，就是成长。

天宇的成长，还有一个重要的标志，那就是心理素质也提高了。

天宇小学所在学校优秀生较少，使得他有点鹤立鸡群的感觉。升入初中后，看到这么多同学比他优秀，真有点思想压力了。尽管文化课成绩还不错，但初一上学期第一次月考，30分的体育跳远测试，他只考了15分，一向争强好胜的他顿时陷入了困惑之中。虽然他每天回家都坚持练习跳远，但效果还是不明显。我看在眼里，急在心上。我想他应该是方法不对，论体质，他还练过篮球，跳远不应该这么差。这时我找到郑老师，商量着如何帮他摆脱困境，最后我们商定，每天做完课间操让同学们一起练习跳远，并邀请体育王老师有时间就来指导，这样同学们一起练习，相互取长补短，把跳远练习变成一种愉悦身心的阳光活动，这样既可以加强同学之间的友谊，当然也达到了提高体育成绩的目的。短短一个月，天宇的体育成绩就由15分提高到30分（满分）。而且那时，我们42班的体育成绩也名列年级第一。

郑老师及时鼓励天宇，让他把自己成长的经历，写成了一篇作文《你的坚持，终将美好》，并且还发在了42班的公众号上。

这件事，也大大增强了他的自信心，初一年级结束时的期末考试，天宇取得了年级总分最高分的好成绩。

天宇满怀信心进入初二，但是初二把体育满分的标准提高了，提到中考标准。这对他又是一次打击，一段时间一直闷闷不乐，凭什么初二的同学就按中考标准？郑老师开导他："天宇啊，学校有学校的考虑，初三课程非常紧，初二这一年如果能达到初三标准，到时候就可以集中精力学习了。当然这样你可能拿不到第一了，那又怎么样呢？学习是一个长期的过程，不要太看重名次，而要享受学习的过程，这样才能使学习变成一件愉快的事。"天宇点点头："老师，我明白了，享受学习的过程，坦然面对结果，不亦乐乎！"

天宇做到了，满分60分的体育成绩，期中他考了57分，期末考了58分，总分虽然没有取得年级最高分的成绩，但他不再哭泣，他已经是一个能经得起挫折的小男子汉了。

在孩子的成长过程中，最该感谢的是郑老师，是她给孩子一片成长的沃土。人的一生最大的幸事就是能够遇到一位像郑老师这样的慈母般的优秀老师，是她像阳光雨露一样的母爱，滋润着42班每个孩子的心田，使天宇由一个文弱男孩，渐渐成长为一个阳光的少年！

同时，感谢领导的亲切关怀，感谢各位老师对天宇的辛勤培养，感谢全体同学的热情帮助！

希望42班的孩子们都能牢记班主任郑老师的期望与嘱托：

"希望我们班的男生都拥有男子汉的正直之气、宽容大度之气、雍容之气，浑身都散发着一种善良的光辉、一种正直的光辉。遇事不悲不喜，遇人不卑不亢，既能仰望苍穹，又能脚踏实地。"

"希望42班的女生总能保持一份自然、一份坦然，安守一份宁静、一份纯净，保留一份执着、一份坚韧，在含苞的日子里，蕴蓄自己的美。唯愿十年、几十年后的你们，如锦缎一般高贵，如珍珠一般圆润，如纯玉一般美好。”

——刘天宇家长袁红梅

孩子，我陪你慢慢长大

——成天乐成长足迹

当我的孙女呱呱落地时，我心中便涌起了一股希望和寄托。我抱着襁褓中的婴儿，满心欢喜，这个小小的人儿就是上帝给我派来的天使。

从咿呀学语开始，我就给她读故事书。由于她爸妈工作忙，所以我在家看乐乐，经常给她讲些神话故事——盘古开天辟地，女娲造人，女娲补天……她似懂非懂地眨了眨眼睛，抿了抿小嘴儿，我顿时心花怒放，心想，一定要好好陪伴、教育这个可爱的“小天使”。

时光荏苒，岁月如梭，转眼间，孩子升入了小学。睡懒觉几乎是大多数孩子的天性，乐乐有时也会叫不醒。这时，我会在她背上写字，让她猜是什么字，不一会儿，她就精神抖擞地坐起来了，不但字猜得很准，而且提高了她的专注力。在小学期间，她积极踊跃参加每项课外活动——公益卖报、歌咏比赛、民乐队古筝演奏……虽然活动很多，但一点儿也没耽误乐乐的学习，她的成绩一直名列前茅。

终于，乐乐步入了初中这个神圣的殿堂，在人才济济的二十二中，她一次又一次考试失利，她迷失了方向，心情落入了低谷。作为奶奶，由于学历有限，年龄又大，我也感到无能为力，失去了信心。这时，感谢孩子拥有一个负责任的好老师——郑老师，她及时与我们沟通，教给我们如何提高孩子信心的方法，我们努力按照老师的提示去做，于是，乐乐在老师的关心鼓励下，成绩渐渐提高。原来，孩子需要的其实就是老师的表扬、鼓励，以及家长的陪伴。这是对她的肯定，让她信心倍增，在以后的学习中，乐乐更加自觉，更加努力，因此才有了现在的好成绩。

寒假里，我和乐乐约定利用这个假期锻炼身体，我们击掌为誓。可是没跑几天，乐乐就不想起床了，别说孩子了，我也多么想再睡一会儿。可是我看到群里郑老师的号召，任淑雨爸爸的呼唤，我立马起身叫上乐乐到操场跑步，然后我们会在那儿读书。我有时会问乐乐：“累吗?”她说，跑步虽然很累，不过跑过后就会感觉心情很愉悦，一天的学习效率也会提高很多。现在让孩子多吃点苦，就是为了以后有更多的甜。

我希望她在成长的道路上，可以一直如此坚定地走下去!

孩子，奶奶已经慢慢变老，跟不上你长大的步伐了，我想请时光慢一点，再慢一点，让我有足够的时间陪伴你长大。

——成天乐奶奶朱虹

编者感言：

读着这篇文章，我泪眼婆娑，感动感谢一位六十多岁的老太太对孙女的关爱与期待。从孩子一生下来一直到现在，甚至还会有很久的时光，她一直这样默默付出着，陪伴着，没有半句怨言，反而时时处处充满了幸福感，或许，这就是爱吧，血脉之爱!

正如奶奶文中所言，我们也希望时光能够慢一点，再慢一点，让她有足够的时间陪伴孩子慢慢长大。为这位奶奶点赞！同时，也祝福奶奶永远健康平安，永远开心快乐！祝福乐乐成长快乐，每天都有新的收获!

陪伴是最长情的告白，守护是最沉默的陪伴

——梁艺缤成长之旅

曾和女儿共同看过的一部电影——《大鱼海棠》，里面的几句话让我记忆犹新：

“人生是一场旅行，这段人生旅程中最幸福的时光就是爱人相伴，朋友常聚，无论时代更替，还是岁月变迁，都不及亲人好友的守护幸福。”

于我而言，陪伴孩子的成长是我最大的幸福。

想为孩子记录一段成长历程，我心里是忐忑的，既有作为家长的骄傲，又有对孩子还有这样那样小毛病的羞怯。翻翻旧照片，思绪仿佛又回到了女儿咿呀学语的童年……

陪伴孩子读万卷书。

自从有了小小的她，我就付出全部时间和精力去陪伴她，用陪伴见证孩子的成长。幼时的女儿是出了名的小书迷，不到一岁就给她订阅了好几套适合她的期刊。从开始要求父母点读，到后来自己识遍读本上的汉字。说实话，我并没有刻意要求孩子识字、写字，但通过阅读，她自然而然学会了这些字，也更加爱阅读。还记得有套读本里面有着各种有趣的小实验，如放大镜的使用、造纸的过程等，这套读本让学前的女儿掌握了很多课外知识，而受益是初二上物理实验课时，女儿做起这些实验来得心应手。

上了小学以后，爱阅读带来的好处更是逐渐显现。因为阅读能力强，理解能力就会提高，语文成绩不在话下，而数学能力也会随之提升。作为陪伴阅读的受益者，我自然是向亲戚朋友们不断灌输着这一思想：一定要陪伴孩子阅读，让他爱上阅读，有百益而无一害！

陪伴孩子“行万里路”。

自从孩子大一点能出行，我就陪她出去多看看，在不同的地域中收获一次次文化体验。走进当地的民居，看看地域不同的人们如何生活；和孩子一起到山水甲天下的桂林，让她收获自然给予的视觉盛宴，感受千百年来，人们与自然相处的过程中，所留下的丰厚的文化宝藏。

小学时光的多少个周末，我陪伴她跟随菏泽电视台去参加《天天体验》栏目组织的各种活动，收获了很多课外知识，也学会了遇到困难时小伙伴应协同合作和面对镜头现场如何组织语言。

陪伴孩子养成坚韧不拔、迎难而上的品质。

有了我们的陪伴，孩子慢慢养成遇到困难不放弃的坚韧品质。从小学起，画画、唱歌、播音主持、拉小提琴，不论严寒酷暑，就这么一路坚持下来，风雨无阻。多少个周末我都陪伴她在赶课的路上，多少次因为赶课她连饭都吃不上，多少次在等待下节课的车里，她读书做作业的身影嵌进我的心里。途中有多少同伴因各种各样的原因放弃了，但她没有！这需要的不仅仅是坚持，还有战胜各种困难的勇气。

当然，每个人的优秀都和自己的努力付出是分不开的。期末考试前因为参加学校朗诵比赛，耽误了物理新课，女儿非常担心，不断给我强调这节物理课有多么的重要，放学回家后放下书包，没顾得上吃饭，就打开学习机开始学习物理。看着逐渐变凉的饭菜，我不断安慰她，先吃饭吧，如果今天没听懂，明天去学校找老师补一下。而她却没有放弃听课，坚持听了一个多小时，直到感觉自己掌握得没问题了，才放心地出来吃饭。

有时作业写到很晚，我劝她要不今天就先别写了，第二天给老师说明情况。而女儿坚决不同意，在她的意识里完不成作业是没有任何理由的，她总能坚持到最后写完作业才安心地睡觉。

女儿也因学习遇到瓶颈期哭过，但从来没有说过要放弃，而是抱着越挫越勇、越勇越战的心态一路披荆斩棘。就是这种坚韧，就是这种专注，才成就了今天更努力的她。

抓住叛逆这个成长契机，陪伴孩子平稳度过青春期。

很多人把青春期称为人生的“花季”和“雨季”。说这一时期是“花季”，是因为孩子们在这时青春昂扬、朝气蓬勃；说这一时期是“雨季”，是因为他们要经历许多成长的烦恼。

青春期的逆反，女儿也不例外。就在这个寒假，当我看到郑老师在群里表扬姗诺、启月同学完成作业后锻炼身体的消息，再听听正在进行激烈平板游戏的女儿，我顿时坐不住了，推门进去问她的作业进度，她却敷衍说：“快了，快了！”我强压着怒火等她打完那一局，伸手抢了平板，她却俩手死死护住，我放弃了争抢，摔门而出，还以为她会像儿时那样跟着出来道歉，谁知道“啪嗒”一声，她把门反锁了。虽说就这样暂时结束了“战争”，但我的内心却久久不能平静……

就在我束手无策，绞尽脑汁地思索到底哪种方式才能让她开始认真写作业时，凌晨一点多我收到郑老师发来的一条信息，询问女儿作业完成情况的同时还夸奖鼓励她。我感动万分，我像是找到了指航的灯塔一样，连忙向老师“告状”。

当清晨让她看郑老师询问作业进度的信息时，她先是“啊”了一声，说：“郑老师这么晚还没有睡觉吗？真是为我们这些孩子操碎了心呢，妈妈，我给郑老师打个电话吧。”

虽然不知道郑老师和她聊了什么，但看她频繁点头，并“嗯嗯”回答着，最后还承诺请老师放心，一定高质量完成作业！看着昨天还振振有词的女儿，今天像被郑老师施了魔法一样听话地坐在书桌旁奋笔疾书。我不禁感慨：能遇到一位有方法又用心引导孩子们成长的好老师，是孩子和家长的幸运。

从呱呱坠地到豆蔻梢头，优秀的她未来可期。我想送女儿一段话：“妈妈愿你是风，鼓起白色的帆！愿你是船，剪开蓝色的波澜！生活正在你的前方微笑，请勇敢地走上前去，将彩色的人生拥抱。”

岁月静好，我已做好准备，陪伴孩子共同成长！

——梁艺缤妈妈房桂萍

守望花开

——李潇成长点滴

年一天天走远了，天空中依然飘荡着年的气息，一些不知名的小草迫不及待地绽放出一丝绿意——春天到了。

一抹阳光惬意地透过玻璃，洒在了书桌上，看着奋笔疾书的李潇，心底莫名地涌起一丝颤动，仿佛孩子一夜间长大了。

总觉得自己孩子不够优秀，静下来的时候也曾深刻反思，我们是不是对孩子要求太苛刻了？“橘生淮南则为橘，橘生淮北则为枳”，没有哪个人生来优秀，孩子固然需要引导，但不应急功近利，拔苗助长，不能抹杀孩子天性，一定要顺其自然，适度指引。有一句话，家庭教育就是父母与子女共同成长，金无足赤，人无完人，我们自身也有这样那样的缺点，何况孩子？有比较就有优劣，孩子有上进心，勤奋好学，品行端正，何其幸哉！

人生就是一场旅途，放慢脚步才能充分品味身边美景。工作之余，同孩子多聊聊，谈理想、谈学习、谈美食，等等，共学互长，又何尝不是一件乐事。

李潇学习很刻苦，也很认真，每次放学回到家，总是早早把作业写完，也许是不善于总结的原因，成绩总是不温不火，一直在中游徘徊，万幸的是她一直很努力，每次考试都能有些许进步。记得期末考试结束后，她对我说：“爸爸，我这次又没考好。”孩子，其实我们并不是很在意成绩，只要你真的努力了，将来不会因为“我本可以”而后悔。相信努力总会有收获，付出总会有回报，“苦心人，天不负；卧薪尝胆，三千越甲可吞吴”！

孩子喜欢手工和绘画，学习累了，总能自己想着法儿折腾，一个人在那里怡然自乐，独享其中。兴趣是一个人最好的老师，多点爱好，让自己的生活流光溢彩，充实而富有情调。

李潇性格有点内向，平时不怎么说话，但心思缜密，富有爱心。有次从银座经过，看见一对老夫妇，在那里吹笙行乞，我心里正想着：这又是出来骗人的。这时，孩子对我说："爸爸，有零钱吗？你看那爷爷奶奶多可怜，那么大年纪了还出来要钱。"我拿了5元钱，孩子兴冲冲地跑过去，放在老人面前的缸子里，回来满脸的兴奋。

其实，孩子点滴的成长都离不开老师的关怀，特别是郑老师，无论学习上还是生活上，无时无刻不在挂念着孩子。前几天孩子闹别扭，恰逢郑老师电话家访，跟李潇聊了许多，帮她厘清学习思路，调整心态。这几天劲头又足了，也主动锻炼身体了。李潇爷爷也是教师，教了一辈子的书，我很能体会老师的辛苦，在这里，我们要感恩所有的老师，是你们大把的青春年华，在三尺讲台恣意挥洒，才换来孩子一点一滴的进步，让她学到了知识，懂得了做人的道理。

"望子成龙，盼女成凤"，每个孩子都是家里的宝贝，是爸妈心底盛开的花。越努力，越幸运，愿孩子一生努力，生活遂心如意，让生命之花尽情绽放！

——李潇爸爸李美君

闫祎泓成长点滴

春节期间的闲暇时光，让我下决心彻底整理了一下电脑中的往年照片，其中存储最多的自然是儿子闫祎泓的，一张张照片，一段段视频，装满回忆和孩子的成长，认真看下来，顿觉幸福满满。

2006年至2012年，是他入学前的欢乐时光。太多的第一次浮现在我的眼前。第一次打喷嚏自己被吓到的表情，第一次抬头冲我们笑，第一次爬行够不到东西的急切，第一次外出走路的迫不及待，第一次学包汤圆的花手花脸，第一次上台表演武术的认真模样……慢慢地，照片里的笑脸愈来愈多，在家人的怀抱里，在草地上，河水旁，沙堆里，雪窝中，滑梯等运动器材间……笑得盎然恣意，笑得酣畅淋漓，那纯真无瑕的眼睛，那无忧无虑的笑容，让我的心变得温暖柔软，那时只要一有空闲，天气允许，我就带孩子出去疯跑玩闹。在家人的期待目光中，在我的亲密陪伴下，爱笑的他一天天慢慢长大。

2013年至2015年，也就是小学四年级前，他外出旅游的照片居多。我们做家长的，尽量为他创造机会，多出去看看外面的世界，开阔他的视野。济南、泰安、青岛、北京、郑州、太原……都留下了他的足迹。问闫祎泓，他也大多有印象，我很欣慰，想想当时他的知识面比同龄人广，除了爱读书的原因，这段外出旅行的时光也是促进他见识增长、快速成长的添加剂吧。

印象最深的是有次爬泰山，同行玩伴多选择步行上山坐缆车下山，8岁的他坚持全程自己步行，而且为了鼓励落后的我，每走一段，他就在远处等着我，怕我掉队，给我加油，给我鼓劲，那股热腾腾的干劲是那么的有感染力。还有一次去太原玩，他才出来两天就病倒了，为了不影响小伙伴的游玩行程，他主动吃药打针，遇到美食能主动自我约束，日常起居也不搞特殊，完全摆脱了在家时的任性懒怠，好像换了一个人似的，一点也不让我们操心，那一瞬间真就觉得我的孩子懂事了，长大了。

继续整理，忽然发现，2016年到2018年的这段小学阶段照片数量急剧减少，只有他生日与小伙伴的纪念照片，或是他在校与同学的联欢照片。为什么，我努力回想，当时是因为心里觉得孩子已经慢慢长大了，已经适应了学习生活，可以不用再日日挂心了，又赶上我们两口子工作繁忙，却没意识到无形中对孩子成长岁月的参与度降了这么多！

闫祎泓一直是一个精灵活泼、情感充沛的孩子，有很大的好奇心、很清晰的是非观，也有很强的班级荣誉感。周围的人一直夸他懂礼貌，爱学习，很幽默，不知不觉间在心里已默认他是个小小男子汉，对他放心，也放手了，但却忘了他仍是个孩子，看似懂事，实则还是个爱动爱玩爱搞怪的孩子啊。仔细再想，我们一家这几年没有外出的亲子时光，孩子的老师，我也只在家长会上见过，他成绩下降时未针对性辅导，他写字潦草也只是偶尔提醒……越想越汗颜，是我想当然地对孩子撒手太早，偷懒了，缺席了，尤其是想到闫祎泓那手独特的书写字体，真是充满愧疚，做父母的心太大了，在孩子这段成长时期未能积极引导。

这个阶段的他自然是“玩”字当先，那股热腾腾的干劲又有了去处，有了关系很好的小伙伴，又疯狂地爱上了踢足球。为了带动小伙伴的兴趣，他慨慷分享自己的运动器材，主动给年龄小的伙伴当教练，细心地给大家提供应急医疗包，并见缝插针地请精通足球的爸爸给大家当陪练，硬生生在家属院培训出一个足球小分队，他还可以跟他的好友在楼下散步遛圈说话一两个小时也不累。他开始喜欢自己一个人看电视，一个人唱歌，以家庭为单位的交际逐渐拒绝参加，心情不好时，总是把自己关在屋里，谁也不理，事后啥话也不多说，问多了最多一句“刚才有点烦”。

接下来的2018到2019年，我们拍的照片还是不多，因为他已经不喜欢让家长刻意给他拍照了，存储的多是班主任郑老师发的爱心抓拍照及他自己留的搞笑自拍照。操场上，讲台上，教室里，郑老师用照片细心记录了他与同学们时时刻刻的进步与成长，已习惯大大咧咧不常去学校的我，也能及时了解到孩子的在校动态，心里感到从未有过的踏实。

但慢慢地，闫祎泓还是进入了成长的瓶颈期。日益增多的课程，规矩的约束，学习过程中的不顺，让状态有些散漫的闫祎泓有些不适应了，成绩忽上忽下，继而脾气也日趋暴躁。这时我们再像以往一样，关心他，安慰他，劝解他，却感到力不从心，他根本听不进去，坚持自己做的就是对的，跟我们一说话就变得特别没耐心，排斥我们的主动沟通。看着他自己为难自己，释放不出负面情绪的焦躁状态，而做父母的无从下手，我们更加焦虑，劝说的话说着说着就不由得转为管教责备，彼此敌对关系愈加紧张。

其实进入初中以来的几次家长会上，郑老师已经提醒过我们跟孩子的沟通问题。可知道是知道，做出来的结果却总是矛盾升级。还好，这时候我们做了一个特别正确的决定——向郑老师求助，因为在孩子心里，郑老师始终有着无与伦比的特殊地位，孩子遇到郑老师做班主任是幸运的，而我们作为家长的，认识了郑老师，也是人生一大幸事。郑老师耐心地帮我们找到了症结所在，并亲身示范，怎么跟孩子平等交流，怎样对孩子的长处积极认可，如何对孩子真诚引导，又轻声细语地一次又一次跟闫祎泓单独谈心，打开他的心结，鼓励他主动与我们改善关系，在郑老师的精心引导下，我们的亲子关系终于进入了良性循环，我也终于明白了郑老师一再强调的与孩子一起共同成长的良苦用心。

孩子的成长是需要家长细心呵护，用爱陪伴的。随着孩子的不断成长，家长需要不断地调整教育方式，找到正确的引导方式，才能助力孩子成长。

进入初二，在与郑老师和闫老师的沟通中，我们意识到良好行为习惯的培养，要比拥有好成绩更重要。为了培养闫祎泓的自律意识与好的学习习惯，我们专门搬到了一个无网无电视的新住处，帮助孩子心无旁骛地投身学业。半年下来，闫祎泓的衣食住行井然有序，自己洗衣服，并且已学会做简单饭菜。独立完成作业，自主学习能力也逐步增强，能合理安排自己的休闲时光。而我们做家长的，感受他日常点点滴滴的蜕变，重温他积极向上的那股认真干劲，心里充满了感激与骄傲。

2020年的这个特殊春节，我们一家人拍了好多生活照片，一家人其乐融融。闫祎泓虽然和妹妹年龄相差11岁，可爱心满满的他与妹妹无任何隔阂，两人在家里你追我赶，热热闹闹，最出乎意料的是，妹妹的言语表达、肢体动作都有了质的飞跃，看来，对于妹妹来说，哥哥的影响力甚至大于爸妈，有这么一个好哥哥，相信妹妹的成长会更加顺遂。

——闫祎泓妈妈王芳

编者感言：

每个孩子都是独一无二的，作为父母，我们要努力跟上孩子成长的步伐，积极影响和引导孩子，耐心陪伴孩子，与孩子共同成长，做好孩子的精神后盾，让孩子拥有家庭的幸福，给孩子一个宽松和谐的成长空间。

张译文成长足迹

深夜，文文房里仍亮着灯光，看到孩子伏案学习，我唤道："去睡觉吧！"她回答："妈妈，你先睡，我再学会儿吧！"我不禁感慨，真是光阴荏苒，弹指一挥间，文文已是一个热爱学习、懂得感恩并且非常自律的大姑娘了。

在我们的小家庭里，她是个听话懂事的好孩子，生活和学习上几乎从不让妈妈操心。就是小时候体弱多病，是医院的"常客"。现在我仍记得只要看到是爷爷打来的电话，头皮紧绷如临大敌，不好，是文文生病了。随着平日里的运动锻炼，她的身体素质慢慢好了起来。生活中，文文也非常懂事，最好的东西一定会先给爷爷奶奶，空闲时光也一定会陪伴他们，仨人整天乐呵呵的，是家里的"开心剂"。

记得去年我俩在肯德基吃饭时，她突然看着我的眼睛，特别认真地对我说："妈妈，你知道我为什么跟着爷爷奶奶非常听话吗？记得我小时候，也是在这里，我看到一对老夫妻抱着小孙女，女孩哭闹不停，任凭他们使出浑身解数，也无济于事，大冬天老奶奶满脸通红，额头上都是汗水。我很心疼他们，那么大年龄能吃得消吗？我不禁想到，小女孩的爸爸妈妈呢？与她相比，我真是太幸福了……"她总会在不经意间，给予我大大小小的感动和温暖。

在42班这个大家庭里，她是个活泼开朗、聪明勤奋的好少年。从她步入学校起，我很庆幸她能遇到这么多好老师，让她不断进步。时至今日，我仍记得开学时她背着书包，面对无尽的未知，坚定走进初中校门时的情景。那时，我第一次清晰地意识到她长大了。

接下来，初中生活带来的不适接踵而来，不论是她还是我，都在不断地改变与成长。在日常学习生活中，文文遇到难题时会急躁不安，以此否定自己。后来，我发现她开始逐条列出已知条件，循序渐进地分析，有些吃惊。事后我问她，她说："每当这时，眼前总会浮现出郑老师那灵动的眼睛，似一汪清泉，眼神中透露出肯定和鼓励，指引我前行，让我安静下来。"郑老师也会在考试前鼓励文文，她总说："考试不用紧张，你一定可以的，正常发挥就好，我相信你！"在老师的一次次鼓励下，我看到了她学习上的进步，我看到了她对自己的认可。

在春季运动会前夕，文文有些腿疼，我多次劝她不要因小失大，班里其他同学也很棒，让她不要参加比赛了，别拖了班级后腿。面对我的质疑，她坚定不移地向我保证："我可以完成，我一定能够成功。"她很激动，语气很坚定，明亮的眼睛里充溢着自信。后来的好成绩让她高兴了很久，她向我炫耀着老师对她的夸赞，我发现她越来越自信了。

不仅是她，我也有了很大变化。进入初中后，在和郑老师、许多家长的沟通中，我逐渐意识到了陪伴的重要性，也很荣幸地成为家委会的一员，参与班级事务，也与文文多了好多在学校相处的时光。因此，我们俩的关系也越来越融洽。

郑老师多次告诉我们"陪伴是最好的教育"。在学校，文文有老师倾心相伴；在家里，我也放下手机，参与到她的学习中来。记不清，多少次，我与文文一起探讨难题；记不清，多少次，文文向我叙说学校里的趣事；记不清，多少次，我们一起品书中的故事……

于是，文文在陪伴中，不断蜕变、成长，变得更加优秀。

此刻，我只想对文文说：孩子，你慢慢来，我们都在陪伴你成长。

一路走来，有幸能和42班一起成长，感恩相遇！

——张译文妈妈胡海英